30인의
회귀자

30인의 회귀자 9
이성현 장편소설

초판 1쇄 찍은 날 § 2018년 6월 7일
초판 1쇄 펴낸 날 § 2018년 6월 14일

지은이 § 이성현
펴낸이 § 서경석

총괄팀장 § 최하나
편집책임 § 김슬기

펴낸곳 § 도서출판 청어람
등록번호 § 제387-1999-000006호
등록일자 § 1999. 5. 31
어람번호 § 제1-2915호

주소 § 경기도 부천시 부일로 483번길 40 서경B/D 3F (우) 14640
전화 § 032-656-4452 팩스 § 032-656-4453
http://www.chungeoram.com
E-mail § chungeorambook@daum.net

ISBN 979-11-04-91755-4 04810
ISBN 979-11-04-91551-2 (세트)

[완결]

9

운명을 넘어서

이성현 장편소설

FUSION FANTASTIC STORY

30인의
회귀자

도서출판 청어람

30인의
회귀자

목차

C O N T E N T S

제1장
살아남은 자들

  카르디어스교의 교황 아르디언이 직접 전장에 모습을 드러낸
이후, 교단의 세력을 강하게 밀어붙이던 이레귤러와 결사대의 기
세는 한풀 꺾였다. 회귀자들은 전생의 처절한 패배를 기억하고
있었고, 교황이 직접 나설 때를 대비해 왔다.

  그러나 아르디언은 전생보다 훨씬 더 강해진 모습으로 이레귤
러와 결사대 앞에 나타났다. 회귀자들이 이전보다 강한 힘과 세
력을 갖춘 것과 마찬가지로.

  압도적인 빛의 힘 앞에 최악의 결말을 각오했던 그들은 결사대
의 대장 맥스의 희생으로 인해 최악의 상황만은 막을 수 있었다.

  그러나 큰 타격을 입은 이레귤러와 결사대 양측 모두 성지로
진격하려던 계획을 수정해야만 했다. 전투가 끝난 후 이레귤러와

결사대의 병력을 태운 비공정은 순간 이동 마법을 통해 렌딜의 마탑으로 피신했다.

듀란은 전사한 맥스를 대신해 임시로 결사대의 대장 역할을 맡았다. 그는 이레귤러 측과 논의 끝에 우선은 이곳에 머무르며 훗날을 도모하기로 결정했다.

지난 전투에 참여한 이들 대부분이 몸은 물론 정신적으로 피폐해진 상태라 안정이 그 무엇보다 우선시되었기 때문이다.

렌딜의 마탑은 부상병들로 가득 찼고, 예전 교단 소속이었던 이들이 그들을 간호했다.

이전까지 쟁취했던 무수한 승리 때문이었을까.

단 한 번의 패배가 가져다준 충격은 그들에게, 특히 맥스를 잃은 결사대원들에게 쉽게 회복될 수 없는 마음의 상처를 남겼다.

웃음이 사라진 마탑은 우울한 분위기에 휩싸였고, 그 분위기는 한 달이 넘어가도록 계속 유지되었다.

*   *   *

카르디어스 신성력 1401년 10월 15일.

그레인은 크루겐과 베스티나와 함께 마탑의 30층 복도를 걸어갔다.

도중에 마주친 경비병들과 마찬가지로 그들의 표정은 굳어 있었다. 항상 웃음을 잃지 않던 크루겐의 얼굴에서 웃음기를 조금도 찾아볼 수 없을 정도였다.

그러나 지금 그들이 만날 상대에 비하면 아무것도 아니었다.

복도 끄트머리에 위치한 방에 다가간 그레인은 방문에 등을 기대고 있는 헬라와 마주쳤다.

"헤르디온 왕자님께서는 안에 계십니까?"

그레인의 물음에 고개만 끄덕이는 그녀의 눈은 충혈되어 있었다.

"아직도 계속 그런 상태입니까?"

"…네."

헬라는 힘겹게 대답하면서 옆으로 물러섰다.

"헤르디온 왕자님, 그레인입니다. 들어가도 되겠습니까?"

그레인은 노크를 하면서 물어봤지만 문 안쪽에선 아무런 반응도 없었다.

계속해서 노크를 반복했음에도 방 안에서는 어떤 소리도 들리지 않았고, 그레인은 대답을 기다리지 않고 안으로 들어가기로 결정했다.

끼이익.

"윽."

문을 열고 들어간 그레인은 반사적으로 코와 입을 틀어막았다.

각종 쓰레기들이 서로 뒤엉켜 있었고, 침대에 걸터앉아 있는 헤르디온의 몸에서는 악취가 풍겼다.

벽을 멍하니 쳐다보고 있는 그의 얼굴에선 평소 보여주던 여유로운 웃음을 조금도 찾아볼 수 없었다.

"헤르디온 왕자님, 괜찮으십……."

그레인은 하던 말을 멈추고 벽 쪽으로 시선을 돌렸다.

벽에 남아 있는 핏자국과 피딱지가 앉은 그의 두 주먹을 보는 것만으로도 무슨 일이 일어났는지 파악할 수 있었다.

'생각보다 상태가 심각한 것 같군.'

평상시의 성격과 사고방식만 따지면 헤르디온이야말로 지난 전투의 패배를 가장 먼저 극복하리라 다들 여겼다.

전투로 인한 손실은 돈이 있으면 다 해결할 수 있다고 말하면서.

그러나 예상과는 정반대로 헤르디온은 그 누구보다 슬픔 속에서 헤어나질 못하고 있었다.

"너희들은……."

계속 입을 다물고 있어서였을까, 헤르디온의 입에서 가래가 끓는 목소리가 흘러나왔다.

퀭해진 눈으로 그레인을 바라보던 그의 시선이 탁자 위로 향했다.

선명한 핏자국이 남아 있는 한 쌍의 너클.

쓰레기를 치우기 위해 방 안으로 들어온 헬라는 다른 이들처럼 벤의 유품을 바라보며 할 말을 잊었다.

"얼마나 지났지?"

"한 달이 넘었습니다."

"그렇게나… 되었군. 다들 뭐 하고 있어? 나와 다르게 각자 할 일을 하고 있겠지?"

자신이 한 질문에 스스로 답하는 헤르디온의 목소리에는 허망함이 담겨 있었다.

슬픔과 두려움에서 완전히 벗어난 자들은 없었다.

그러나 한 달이라는 시간 동안 마음속 아픔을 억누르며 해야 할 일에 전념하기 시작했다.

이레귤러와 결사대 소속의 마법사들은 마탑의 지하 깊숙한 곳에 위치한 동굴 안에서 비공정의 수복 작업이 진행되는 중이었다.

아직도 병상에 누워 있는 트리아나를 간호하는 에르닌처럼 동료의 고통을 덜어주기 위해 힘쓰는 이들도 있었다.

"에트슨과 쿨렌은?"

"식사 시간과 잘 때를 제외하고는 수련실에 있을 겁니다."

헤르디온의 다른 부하들 역시 슬픔에 잠기기는 마찬가지였지만, 그와는 다른 선택을 했다.

자신들이 약했기 때문에 벤의 희생을 막을 수 없었다며 자책하면서 훈련에 매진했다.

손의 굳은살이 떨어져 손 전체가 피투성이가 될지라도 무기를 쥔 손에 힘을 빼지 않았다.

동료의 죽음이 안겨준 충격에서 벗어나기 위한 그들 나름대로의 몸부림이었다.

"그리고 나는 여전히 이 모양 이 꼴이고."

헤르디온은 혼자서 낄낄 웃기 시작했다.

벤의 죽음에서 헤어나지 못하는 자신을 비웃으면서.

"난 말이지… 내 곁에 둔 놈들이 죽는 걸 보고 싶지 않아. 아니, 않았어."

절대 쓰고 싶지 않았던 표현을 과거형으로 고쳐야만 하는 현실이 그에게는 너무나 차갑게 느껴졌다.

"그래서 베세스 왕국이 이레귤러와 대립할 때 일부러 내 직속 부하들을 보내지 않았어. 너의 실력을 가늠하려고 맞서게 하기엔 너무나 위험했거든."

"그랬었군요."

"실력 있는 자들을 돈으로 고용할 수 있어도, 그들의 목숨까지 돈으로 살 수는 없으니까. 아무리 많은 돈이 있어도 죽은 자를 살릴 수는 없으니까."

침착하게 말을 이어가던 헤르디온은 두 손을 격하게 떨기 시작했다.

슬픔에서 벗어나야 한다고 인식하면서도, 자신의 의지와는 정반대로 행동하는 몸을 주체할 수가 없었다.

"나는 벤에게 돈으로는 값을 수 없는 빚을 지고 말았어. 나는, 나는… 어떻게 해야 하지?"

헤르디온은 그레인의 양팔을 두 손으로 강하게 붙들었다.

"가르쳐 줘!"

그레인은 자신을 붙들고 앞뒤로 흔드는 힘에 거스르지 않고 조용히 헤르디온을 지켜봤다.

"이런… 미안, 내가 너무 감정적이었지?"

"아닙니다."

어쩔 줄 몰라 하는 헤르디온을 앞에 둔 그레인의 어조는 평상시와 다를 바 없었다.

"왕자님의 반응이 정상입니다. 저처럼 빨리 슬픔을 떨쳐낸 쪽이 비정상입니다."

그레인은 전생에서 처음 동료의 사망 소식을 접했을 때의 기억을 떠올렸다.

그의 성격상 격하게 반응하지 않았지만, 당시 연인이었던 아딜나의 어깨에 등을 기대며 슬퍼했던 기억이 선명하게 남았다.

그 후 교단을 향한 투쟁이 격해지면서 결사대의 동료들이 하나둘씩 먼저 세상을 떠났다.

회귀한 이후에도 자신보다 먼저 떠난 이들에 대한 슬픔이 차곡차곡 가슴속에 쌓여갔다.

1부터 100까지 빽빽하게 들어선 동료들의 번호에 공백이 넓어지면서 슬픔에서 헤어나기까지 걸리는 시간이 점차 줄어들었다.

물론 동료의 죽음에 슬픔을 느끼지 못하는 것은 아니었다.

단지 다른 이들보다 슬픔을 극복하는 것에 익숙해지고 빨라진 것에 불과했다.

"누군가는 다른 이들의 몫까지 슬퍼해야 하는 법입니다."

현생의 나이로만 따지면 헤르디온은 그레인보다 연상이다.

그러나 죽음에 한해서는 전생과 현생에서 보낸 시간을 합친 것보다 더 많이 나이를 먹은 셈이었다.

다른 부분에서는 동년배의 다른 인간들보다 어려 보일 수 있음에도.

"저는 가까이 있는 자의 죽음에 둔감해지지 않기를 바랐습니다."

전생의 결사대원 100명 중 살아남은 자들은 30명.

70명은 회귀라는 선택지에 도달하지 못하고 먼저 떠나갔고, 그가 가장 소중히 여겼던 아딜나는 30명이 아닌 70명에 포함되어 버렸다.

그녀의 죽음과 거의 동시에 회귀를 한 까닭에 그레인은 슬픔에 매몰되기보다 살아남기 위한 행동을 택했다. 헤르디온처럼 스스로를 망가뜨리면서 아딜나의 죽음에 매몰되어 버리는 선택지는 처음부터 주어지지 않았다.

"내일 아침, 듀란이 중대 발표를 할 예정입니다."

그레인은 헤르디온을 억지로 끌고 나오지 않았고, 방 밖으로 나오라는 말 역시 하지 않았다.

다른 이들에게 슬퍼할 기회를 넘기느냐, 스스로 슬픔에 빠지냐 하는 결정은 타인이 아닌 스스로가 내려야 했기에.

방문을 닫기 직전, 그레인은 헤르디온 쪽으로 고개를 돌렸다.

침대에 걸터앉은 채로 고개를 숙인 헤르디온의 상태는 이전과 크게 다르지 않았다.

그러나 꽉 움켜쥔 오른손을 본 순간, 머지않아 그가 슬픔을 박차고 나올 거라 확신할 수 있었다.

*   *   *

다음 날.

마탑의 대강당에 많은 이들이 모여 듀란의 말을 기다리고 있었다.

베릴란트 왕국에 있는 스코트와 크로드를 제외한 결사대원 전원이 참석했고, 결사대를 떠난 이레귤러의 핵심 멤버들 역시 자리를 함께했다.

두 부류로 나뉜 그들은 서로 눈치만 볼 뿐 뒤섞이지 못했다.

신념의 차이로 한번 갈라선 사이라는 점도 크게 작용했지만, 맥스를 잃은 슬픔 때문에 누군가에게 다가간다는 것 자체가 힘든 일이었기 때문이다.

듀란은 참석한 이들 모두의 얼굴을 한 명씩 확인했다.

'역시 아직도 슬픔에서 헤어나질 못했나……'

듀란은 혹시나 하는 생각에 다시 한번 확인을 해봤지만, 참석하길 바랐던 이의 얼굴은 여전히 보이지 않았다.

"그러면 시작하겠습니다."

듀란은 숨을 한 번 크게 내쉬더니 편지 봉투의 입구 부분을 살짝 뜯었다.

"미안, 내가 좀 늦었지?"

바로 그때.

계속 방에 틀어박혀 나올 것 같지 않았던 헤르디온이 부하들과 함께 모습을 드러냈다.

덥수룩하게 자라났던 수염은 사라지고 원래의 말끔한 얼굴로 돌아갔지만, 턱 여기저기에 베인 자국이 남아 있었다.

"괜찮으십니까?"

그에게 다가간 그레인이 조심스럽게 물어봤다.

"솔직히 말하면, 아직도 힘들긴 해. 하지만 계속 혼자 방에 틀어박혀 있는다고 뭔가 나아지는 건 없잖아?"

그레인의 우려에 헤르디온은 미소를 머금으며 어깨를 으쓱거렸다.

입술 끝이 파르르 떨리는 것만은 참을 수 없었지만.

"그러면……."

듀란은 아딜나를 통해 전달받았던 편지 중 한 장을 펼쳤다.

"여러분들께 우선 알려 드릴 게 있습니다. 사실 이 편지는 대장이 매번 전투에 임하기 전에 쓰고 버리기를 반복하던 것이었습니다."

듀란의 설명에 대강당에 모인 이들이 웅성거리기 시작했다.

"이것은… 대장의 유서입니다."

＊　　　　＊　　　　＊

─이 편지를 누군가 읽는다면, 나는 너희들보다 먼저 세상을 떠났다는 의미일 것이다.

편지의 서두를 읽은 듀란은 숨을 고르며 주위를 둘러봤다.

이야기를 주고받는 이들은 한 명도 없었고, 엄숙한 분위기와 함께 다시 침묵이 감돌았다.

—우리들의 목표를 이루지 못하고 먼저 떠나는 나를 용서해 달라는 글은 남기지 않겠다. 나는 모두에게 빚을 남기고 떠나는 것이나 마찬가지다. 정말로⋯ 미안하다.

미안하다는 말을 힘겹게 말한 듀란은 감정을 억누르고 읽기 시작했다.

편지의 내용 대부분은 결사대원 한 명, 한 명에게 당부하는 말이었다. 편지의 대상에게 모두의 시선이 집중되었다가, 다음 대상에게 옮겨지는 식으로 낭독은 이어졌다.

"맥스⋯⋯."

이전에 맥스의 유서를 읽어본 적이 있었던 렌은 소리 죽여 울기 시작했다.

절대 개봉되는 일이 없기를 바랐던 편지.

그러나 그녀의 소망은 절망으로 끝났다. 전생에 끝내 이루지 못했던 결사대의 목표처럼.

"정말⋯ 미안해요."

그녀의 오른편에 서 있는 델리아는 입술을 깨물며 눈물을 참았지만, 고개를 들지 못했다.

감정을 억누르는 자와 그렇지 못한 자들을 둘러보며 듀란은 편지를 계속 읽었다.

이미 죽은 결사대원에 대한 미안함.

살아남은 결사대원에 대한 고마움.

전투를 앞두고 매번 쓰고 태워 버리기를 반복한 맥스의 편지는 산 자와 죽은 자를 정확하게 구별해 언급했다.

지난 전투에서 죽은 파르티온을 제외한다면.

─파르티온, 델리아와 재회하기 전까지 그녀를 보호해 줘서 정말로 고맙다. 내가 막지 못했던 불행을 너는 막았다. 비록 그녀는 지금 내 곁을 떠났지만, 훗날 교단을 쓰러뜨리고 자유를 얻게 된다면 예전에 그러했던 것처럼 그녀를 보호해 주길 바란다.

"크흑……."

죽은 파르티온에 대한 이야기에 델리아는 더 이상 눈물을 참을 수 없었다.

그녀의 흐느낌 속에서 듀란의 낭독은 계속 이어졌고, 어느새 막바지에 다다랐다.

─…나와 이레귤러 사이에 그 어떤 일이 있었다 하여도, 내가 죽은 뒤에는 그들과 손을 잡을 것을 바란다. 이건 어디까지나 명령이 아닌, 권유다. 그들과 함께할 수 없는 자들은 결사대를 떠나도 좋다. 이미 그동안 나와 함께 싸워준 것만으로도 충분하기에……

듀란은 편지의 마지막 구절을 남긴 상태에서 또 하나의 편지를 품에서 꺼냈다.

―하지만 나는 또 하나의 편지를 썼다. 그 어떤 일이 있더라도 결사대에 남기로 결심한 자들이라면 반드시 알아야 할 내용이다. 혹은 계속해서 교단과의 투쟁에 참여할 자들이라면 알아야만 하는 진실이다.

맥스가 회귀하지 못한 이들에게 알리지 못했던, '감춰진 진실'을 적은 또 하나의 유언장이었다.

"다음 편지를 읽기 전에, 미리 말씀드리겠습니다. 결사대원이 아닌 이레귤러에 속한 분들 중, 감춰진 진실에 대해 모르는 분들은 이것에 대해 알아야 할 의무는 없습니다."

"의무?"

듀란의 이야기를 묵묵히 듣고 있던 헤르디온이 고개를 갸웃거렸다.

권리가 아닌 의무라는 단어를 택한 이유가 무엇인지 짐작할 수조차 없어서였다.

"그레인, 지금부터 할 이야기는 내가 들어서는 안 되는 거야?"

헤르디온의 물음에 그레인은 긍정도 부정도 하지 않는 미묘한 표정을 지었다.

"나, 제법 너희들의 신뢰를 얻었다고 자부하는데, 이제 와서 부외자 취급하는 거야?"

"……"

그레인은 대답을 망설이며 다른 이들을 둘러봤다.

결사대원 중 자리를 뜨는 이들은 한 명도 없었지만, 뒤에 이어질 이야기를 들은 이후에도 몇 명이나 남을까에 대해 회의감이 들었다.

회귀에 대해 모르는 이레귤러 측 멤버들의 경우도 마찬가지였다. 그런 상황에서 가장 나중에 들어온 헤르디온이 진실이 가져다줄 무게감을 견뎌낼 수 있을지 아닐지는 미지수였다.

"나는 말이지, 절대 잃어서는 안 되는 부하를 잃었어. 그러니 나에게도 끝까지 들을 권리는 있겠지?"

헤르디온은 절대 물러서지 않겠다는 의지를 보이며 그레인을 쳐다봤다. 그의 눈동자 주변에 자리 잡은 실핏줄이 얼마 전까지도 눈물을 흘렸다는 증거였다.

"게다가 편지에 그렇게 적혀 있었잖아? 계속해서 교단과 싸울 사람들이라면 알아야 한다고. 아직 벤의 복수를 하지 않았는데 꼬랑지를 내리고 도망칠 작자로 보여, 내가?"

"이건 절대 특권이 아닙니다. 오히려 저주에 가까울 겁니다."

"상관없어. 지금의 나에게 부하를 잃는 것보다 더 큰 저주는 없을 거니까."

헤르디온은 두 팔을 펼치더니 자신의 양옆에 서 있는 에트슨과 쿨렌의 등을 가볍게 두들겼다.

그레인은 듀란 쪽을 한번 흘깃 쳐다봤다.

듀란은 남은 한 장의 편지를 곧바로 읽지 않았다. 두 남자를 가만히 지켜보면서 대화가 끝날 때 까지 기다리는 중이었다.

"돈타령을 안 해서 의외야?"

"그건······."

"그런 반응이 나와도 어쩔 수 없지. 나도 벤이 죽기 전까진 어떻게든 나만의 방식대로 쉽게 극복할 줄 알았어. 그런데 막상 벤이 죽는 모습을 보고 나니 그렇게 할 수 없었어. 내가 이런 식으로 망가질지 상상하지도 못했고."

헤르디온은 턱을 쓱 매만졌다. 급하게 면도하느라 베인 자국을 손끝으로 더듬으면서 혼자 틀어박혔던 한 달의 시간을 다시금 떠올렸다.

"무엇보다 이건 결코 돈 따위로 해결되지 않는 일이니까."

그가 가장 귀중하게 여겼던 가치에 따위라는 표현을 붙인 헤르디온의 입가에는 옅은 미소가 자리 잡았다.

"알겠습니다. 그 전에 잠시······."

그레인은 굳은 표정으로 참석한 자들의 얼굴을 한 명씩 확인하기 시작했다.

헤르디온처럼 자청해서 진실에 대해 알길 원하는 자들이 있다면, 반대로 '숨겨진 진실'에 대해 들어서는 안 되는 자 역시 있었기에.

"걱정할 필요 없어. 아딜나는 여기에 없거든."

그답지 않게 계속 입을 다물고 있던 크루겐은 그레인의 왼쪽 어깨에 손을 살짝 얹으며 말했다.

"지금 렌딜 님의 연구실에 있을 거야. 내가 미리 귀띔해 뒀거든. 여태처럼 알면 곤란해질 내용이니 양해해 달라고 했지."

"고맙다."

"우리 사이에 이 정도 일 가지고 고마워하면 곤란하지. 그렇지 않아?"

크루겐과 그레인은 서로를 향해 고개를 끄덕였다.

"그러면 무슨 말이 나올지 들어볼까? 나 때문에 오래 기다린 것 같아서 미안한데."

헤르디온은 팔짱을 끼며 입을 다물었다. 그레인이 말한 대로 듀란이 이야기할 내용이 얼마나 충격적일지 기대하면서.

"그러면 시작하겠습니다."

듀란은 편지를 펼쳐 들었고, 모두의 시선이 다시 듀란에게 집중되었다.

─이야기하기에 앞서, 모두에게 부탁할 것이 있다. 예전 결사대에 몸을 담았던 두 명의 대원, 42호와 86호에게는 지금부터 말하는 내용에 대해 알리지 말길 바란다. 그 두 사람에게는 전생의 기억으로 인해 고통받지 않을 자격이 있기 때문이다.

'전생?'

처음 들어보는 단어에 흥미를 느낀 헤르디온은 고개를 살짝 갸웃거렸다.

*　　　　*　　　　*

─…그렇기에, 나는 다시 한번 모두에게 용서를 구하고자 한다. 그

동안 진실을 숨겼던 점, 그리고 대장의 의무를 다하지 못하고 먼저 떠나야만 하는 나 자신에 대해서.

맥스가 남긴 두 번째 편지를 다 읽은 듀란은 고개를 들어 올렸다.

고요함이 감도는 가운데, 사람들의 반응은 둘로 나뉘었다.

회귀가 있었다는 사실을 처음 들은 이들은 할 말을 잃고 멍하니 서 있기만 했다.

미래에서 과거로 온다는 것 자체가 너무나 터무니없었기에, 다른 이가 말했다면 말도 안 되는 소리라며 웃어넘겼을 것이다.

그러나 결사대원들이 알고 있는 맥스는 가벼운 농담을 단 한 번도 하지 않았다. 하물며 유서로 거짓을 말할 자는 더더욱 아니었다.

이레귤러에 속한 이들의 반응 역시 마찬가지였다. 이야기가 진행될수록 전혀 예상하지 못했던 내용이 계속 나오자, 호기심은 서서히 의구심과 경악으로 바뀌기 시작했다.

반면 회귀에 대해 이미 알고 있었던 이들은 딱딱하게 굳은 표정으로 침묵에 동참했다.

전생과 똑같은 목적을 위해 다시 결사대를 결성했고, 그러한 과정 속에서 부득이하게 전생에 대해 말하지 못했던 그의 심정이 편지를 통해 전달되었기 때문이다.

"정말로… 그런 일이 있었단 말이야?"

후자가 아닌 전자에 해당하는 헤르디온은 도저히 믿을 수 없다는 얼굴로 듀란이 손에 쥔 편지를 바라봤다.

처음에는 의자에 앉아서 여유롭게 팔짱을 끼고 있었지만, 언제부터인가 자리에서 벌떡 일어서서 듀란의 이야기를 듣고 있었다.

결코 쉽게 받아들일 수 없는 이야기.

그러나 거짓이라고 치부하기엔 너무나 무겁고, 슬픈 고백.

"너무 많은 내용을 한꺼번에 듣다 보니까 머릿속에서 정리가 잘 안 돼. 솔직히 믿기 힘들어."

"하지만 저에게 있어서는 부정할 수 없는 진실입니다. 반대로 저와 다른 입장인 헤르디온 왕자님께서 받아들이기 힘든 것 역시 부정하지 않겠습니다."

회귀한 자에 속하는 그레인의 표정은 평소보다 더 진지했다.

"회귀자와 아닌 자의 차이… 겠군."

사실이라고 받아들인다 해도, 거짓이라 부정하더라도 한번 듣게 된 이상 가볍게 떨쳐낼 수 없는 이야기.

헤르디온은 그레인이 숨겨진 진실을 왜 저주라고 표현했는지 비로소 이해할 수 있었다.

"휴우… 답답해. 그런데 말이야, 편지의 내용대로 진짜 회귀가 있었다고 받아들이면, 풀리지 않았던 수수께끼들의 해답이 너무나 쉽게 떠올라. 너무나 시원하게도."

맥스와 그가 속했던 결사대와 결사대를 떠난 이레귤러의 행보 중 납득하기 힘들었던 부분이 '회귀'라는 단어 하나만으로도 쉽게 이해되었다.

특히 하이브리드 중에서 소수에 해당하는, 시련에 고통받지 않는 자들만을 빠른 시간 내에 찾아서 결사대에 합류시킨 부분에 대해 헤르디온은 오랫동안 의구심을 품었다.

결사대만의 수단이 있지 않았나 추측했지만, 회귀로 인해 이레귤러였던 자들을 이미 알고 있었다면 그것만큼 명쾌한 해답은 존재하지 않는다.

"모두를 위해 희생한 사람 상대로 이런 말을 꺼내는 게 무례할 수도 있겠지만, 자신이 죽은 이후 결사대의 결속을 위해 비장함을 가장한 거짓이라는 가정도 해봤어. 그래서인데……."

헤르디온은 도중에 말을 멈추고 그레인의 반응을 살펴봤다.

"이해합니다."

"저도요."

그레인은 물론이거니와 크루겐 역시 화를 내지 않았다.

회귀를 겪지 않은 자의 입에서 나올 수 있는 가정 중 하나였기에.

"…이런 식으로 믿기 힘든 허구를 사실로 꾸며내는 것보다 더 나은 방법이 많다고 보거든? 그래서 믿기 힘들면서도 동시에 믿어야 하냐는 갈등이 마구 일어나고 있어."

헤르디온은 오른손의 검지로 자신의 머리를 톡톡 두들겼다.

"그러면 전생의 나는 어땠어?"

숨겨진 진실에 대해 처음으로 알게 된 펠릭스가 그랬던 것처럼, 헤르디온은 자신이 알지 못하는 전생의 자신에 대해 물어봤다.

"전생의 왕자님과 결사대는 접점 자체가 없었습니다."

"그래도 나에 대해 알고는 있었을 거 아냐? 명색이 한 나라의 왕자였으니…….”

“제가 기억하는 전생의 왕자님께서는, 현재를 기준으로 몇 년 전에 이미 돌아가셨습니다.”

“그래?”

헤르디온의 입가에 미소가 절로 피어올랐다.

신빙성의 높고 낮음을 떠나, 자신에게 좋게 흘러간 이야기에 인간은 웃을 수밖에 없다.

“운명이 바뀐 거로군.”

그러나 입술에 살짝 머금었던 미소는 금방 사라졌다.

“하지만 아쉬워. 그 녀석도 계속 살아갈 수 있는 운명이었다면 좋았으련만, 그것까지는 무리였나 봐.”

여전히 벤의 죽음을 떨쳐내지 못한 헤르디온은 안타까운 얼굴로 다시 만날 수 없는 부하의 얼굴을 떠올렸다.

“그래도 너희들이 그 뭐냐… 회귀라는 걸 했기에 내가 죽지 않고 지금까지 살아 있는 건 맞지? 고마워해야 하나?”

“일부러 의도하고 한 것이 아니니 그러실 이유는 없습니다.”

“정말 담담하게 대답하네. 하긴, 회귀한 자라면 그렇게 반응하겠지.”

헤르디온은 그레인을 바라봤다.

바로 그 순간, 애써 잠재웠던 의심이 다시 피어올랐다.

“그런데 너, 나이를 전생 것까지 합치면 40대는 이미 훌쩍 넘은 거잖아? 하지만 아무리 봐도 그 나이로는 안 보이는데? 아, 늙어 보여야 한다는 의미가 아니라… 젠장, 왜 이렇게 말이 꼬이지?”

갈피를 못 잡고 횡설수설하던 헤르디온은 고개를 숙이더니 두 손으로 얼굴을 감쌌다.

"아니다, 그 부분에 대해서는 나보다 연상이 맞아. 죽음에 대해서는 확실히… 지금의 나이보다는 훨씬 많아 보여."

어제 헤르디온을 찾아왔던 그레인은 슬픔에서 허우적거리지 않았다. 그때는 원래 성격이 그러해서 담담하게 받아들였다고 여겼지만, 회귀를 통해 타인의 죽음을 무수히 경험했다면 이야기는 달라진다.

"아무튼 회귀에 대해서는 좀 더 시간을 두고 생각해 봐야겠어. 나처럼 회귀하지 않는 자들에게는 그것보다 더 중요한 사실이 있잖아. 안 그래?"

맥스의 두 번째 편지에 적힌 내용은 회귀 하나만 존재하는 게 아니었다. 하이브리드인 자신이 다시 인간으로 돌아갈 수 있다는 가능성. 교단의 전 추기경이었던 이스트라가 개발한 '비약'.

당장 이해하기 힘든 회귀에 대한 관심은 비법 쪽으로 모였다.

"정말 하이브리드가 인간으로 되돌아갈 수 있는 거야?"

"실제로 성공 사례가 있다고 보고받았습니다. 하지만 비약의 특성상 숨겨야만 했습니다."

"그렇겠지. 교단과의 투쟁 따위 때려치우고 당장 인간으로 돌아가겠다고 나서는 이들이 있을 테니까."

"괜찮을려나? 잘못하다가는 이거……."

문제는 비약의 재료로 반드시 들어가야 하는 것 중 하나가 같은 하이브리드의 시신이라는 점.

인간으로 돌아가기 위해 서로 죽고 죽이는 사태가 벌어질 수도 있다.

"저… 질문해도 되겠습니까?"

누군가 손을 들고 듀란을 향해 말을 걸었다.

이레귤러가 맨 처음 구출했던 교단의 인물, 아르구테스와 함께 이레귤러에 합류한 세이브린이었다.

"하이브리드가 인간으로 돌아가기 위해서는 하이브리드의 시신 1구당, 1명만 인간으로 돌아갈 수 있는 거죠?"

"네, 그렇습니다."

이미 들었던 내용에 대해 재차 확인을 받은 세이브린은 시선을 아래로 내리며 생각에 잠겼다.

'그래, 결심했어.'

망설임을 떨쳐내고 고개를 들어 올린 세이브린은 아르구테스 밑에서 같이 일했던 두 명의 동료들을 가리켰다.

"만약 내가 죽는다면, 이 녀석들 중 한 명을 인간으로 되돌리는 데 써줘요."

"뭐?"

"무슨 소리야! 우리 둘을 위해 죽겠다는 거야?"

두 명의 동료가 세이브린에게 달려들었다.

"끝까지 같이 살아남을 생각을 해야지, 왜 죽을 작정부터 해?"

"내 말 끝까지 들어봐! 너희들을 위해 무조건 죽겠다는 의미가 아니야! 나 역시 죽지 않고 살아남아서 인간으로 되돌아가고 싶다고."

이레귤러에 합류하기 전까지, 시련을 받지 않는 육체라는 걸 들킬까 봐 두려워하던 과거는 아직도 세이브린에게 잊히지 않았다.

"그렇다고 교단 소속의 하이브리드를 죽여서 비약을 만든다면, 우리들은 교단보다 못한 존재로 비춰질 거야."

"아……"

"그, 그렇겠지."

세이브린의 동료들뿐만 아니라 자리에 있는 이들 모두 그의 말에 납득했다.

교단 소속의 하이브리드를 쉽게 제압할 수 있는 황금색 팔찌의 힘을 이레귤러가, 결사대가 모두 사용하지 않은 것처럼.

"결사대의 대장이 모두를 구하기 위해 희생한 것처럼, 누군가는 먼저 죽을 거야. 전쟁이란 건 그런 거잖아. 그렇다면 자신이 먼저 죽을 경우, 다른 누군가를 인간으로 되돌리기 위한 비약을 만드는 데 써달라고 지정해 두는 쪽이 차라리 마음도 편하고 훨씬 낫지 않아?"

'그런 식으로 생각할 수도 있었군.'

그레인은 세이브린의 말에 말없이 고개를 숙였다.

죽음의 무게를 받아들이는 데에만 전념한 그로서는 떠올릴 수 없는 발상이었다.

"그리고 내가 죽어서 코어가 남게 되면, 그걸 다른 누군가에게 추가 이식 하는 것도 가능하겠지? 교단과의 투쟁이 끝난 후에 인간이 되는 조건으로 내 코어를 이식받고 내 몫까지 싸워준다면… 얼추 맞지 않아?"

세이브린은 가벼운 말투로 이야기를 이어나갔지만, 한층 무거워질 수 있는 분위기를 의식해 일부러 그런 식으로 말했다.

언젠가 닥칠 죽음이 두려웠지만, 아무렇지 않게 굴면서 자신만의 생각을 모두에게 말했다.

"나는 결사대의 대장이란 사람이 한 것처럼 혼자서 모두를 구할 수는 없겠지만, 한 명이라도 구하고 싶어. 죽은 후에라도."

지난 전투에서 겪은 교황 아르디언의 힘은 계속 승리하던 이레귤러에게 큰 충격으로 다가왔다. 처절한 혈전 속에서 한동안 잊고 있었던, 전쟁에서 모두 살아남을 수 없다는 사실을 떠올렸다.

그와 동시에, 희생의 의미에 대해 깊게 깨닫게 되었다.

"물론 너희들을 인간으로 되돌리기 위해 죽는다는 게 아니야. 어디까지나 부득이하게 내가 먼저 죽는다면… 말이지."

말을 마친 세이브린은 거칠게 숨을 들이마시고 내쉬었다.

그의 동료들은 고개를 푹 숙였고, 다른 이들의 머릿속에는 그가 한 말이 계속 맴돌았다.

무거운 침묵 속에서 헤르디온은 무언가를 품에서 꺼냈다.

"그레인, 부탁이 있어."

헤르디온은 손끝으로 너클에 묻은 핏자국을 어루만지며 말했다.

* * *

미래에서 온 자들, 그리고 그들과 연관되어 전생과 다른 운명을 가게 된 이들만이 알고 있던 진실.

회귀.

맥스의 유서가 공개되면서 전보다 많은 이들이 회귀에 대해 알게 되었고, 이후 시간이 흐르면서 이레귤러와 결사대의 분위기는 조금씩 바뀌기 시작했다.

회귀 자체를 믿기 힘든 건 여전했지만, 이제까지 맥스가 걸어왔던 길과 쌓았던 이미지를 비교한다면 절대 허무맹랑한 이야기로 치부할 수 없었다.

한동안 회귀에 대한 이야기가 이레귤러와 결사대 안에서 오고 갔고, 전생의 자신이 어떠했는지에 대해 듀란에게 물어보는 이들이 하나둘씩 나왔다.

단독으로, 혹은 친한 이들끼리 온 이들에게 듀란은 아는 한도 내에서 그들이 알고자 하는 모든 것을 설명해 줬다. 현생과는 달랐던 전생에 알게 된 이들의 반응은 각양각색이었다.

지금 생보다 훨씬 처절했던 전생의 미래 속에서 먼저 죽었던 동료가 살아 있다는 사실에 기뻐하는 한편, 현생에서 먼저 죽은 동료가 전생에는 연인 관계였다는 걸 뒤늦게 알고 슬퍼하는 경우도 있었다. 같이 온 동료가 알고 보니 전생에는 앙숙 사이였다는 걸 알고서 쓴웃음을 짓는 이들도 있었다.

미래이자 과거이기도 한 전생에 대해 알게 된 자들은 한동안 아무것도 하지 않고 조용히 지냈다.

그러나 그들의 고뇌와 혼란은 회귀자들의 예상보다 훨씬 짧았다.

회귀라는 방법을 택하면서도 맥스가 포기하지 않았던 길을, 살아남은 그들은 계속 걸어가야만 했기에.

또한 맥스의 희생은 그들에게 다시 일어설 수 있는 기회를 준 것이지, 결말을 의미하진 않았다. 더 이상 헛되게 시간을 보낼 여유는 없었다. 침체되었던 마탑 안의 분위기는 서서히 활기를 띠기 시작했고, 각자 해야 할 일을 찾아 분주히 움직이기 시작했다.

그런 이들 중 가장 많은 노력을 기울인 자는 다름 아닌 헤르디온이었다. 그는 지난번 전투 이후 계속 교단에 맞서야 하나 망설이던 협력자들을 다시 설득하는 데 성공했다. 그리고 상당한 금액을 써서 베세스 왕국은 물론, 다른 지역의 코어를 긁어모으다시피 했다.

그의 전폭적인 지원 아래 이레귤러와 결사대는 본연의 일에 충실할 수 있었다. 그들에게 남은 것은 이전과 같은 실패를 반복하지 않기 위한 또 한 번의 선택이었다.

＊　　　　＊　　　　＊

카르디어스 신성력 1401년 11월 10일.

마탑에 있는 델리아의 연구실 앞에 그레인은 홀로 서 있었다.
앞서 들어간 동료들이 나오기를 기다리는 그의 시선은 들어 올린 오른팔에 머물렀다.

전생과 달리 아무런 코어도 이식되지 않았던 오른팔.

그러나 전생과 같은 결말을 맞이하지 않기 위해서 예전의 운명으로 돌아가야 할 시간이 머지않았다.

지난 교황과의 전투에서 절실히 깨달은 것 중에 하나.

회귀로 인해 뒤틀린 인과관계 속에서 전생보다 더 강해진 교황을 상대하기 위해선 더 강해지는 길을 택해야 했고, 그것은 코어의 추가 이식이었다.

"그레인, 들어오세요."

문 안쪽에서 들린 목소리에 그레인은 문을 열고 연구실 안으로 들어갔다. 델리아는 손을 뻗어 석판이 있는 곳을 가리켰고, 그레인은 말없이 석판 위에 누웠다.

먼저 방 안에 있던 이들이 석판 주위에 몰려들었다. 창문을 통해 들어오는 빛을 등진 이들의 앞에 어두운 그림자가 서로 이어져 있었다.

이레귤러와 결사대의 구별 없이.

앞서 추가 이식을 마친 결사대 측의 멤버가 아직도 남아 있는 고통의 여파 때문에 표정을 찡그리고 있었다.

거의 바닥난 체력 때문에 거친 숨을 몰아쉬면서도, 쉬어야 한다는 델리아의 충고에도 그는 자리를 뜨지 않았다. 그보다 먼저 추가 이식을 마친 결사대의 다른 멤버 역시 마찬가지였다.

화룡의 어금니.

결사대의 대장이었고, 다시 대장이 되었던 자의 코어.

그것이 새로운 주인이자 원래 소유자에게 돌아가는 광경을 볼 자격은 그들에게 충분했다.

델리아는 붉은빛을 뿜어내는 코어를 양손으로 들고 그레인이 누워 있는 석판을 향해 걸어갔다. 그레인은 자신을 내려다보는 시선 중 예전과 달라진 렌 쪽으로 고개를 돌렸다. 은은한 노란색의 빛이 렌의 왼쪽 눈동자에서 뿜어져 나왔다. 오늘 아침에 뇌룡의 눈동자를 이식받은 그녀의 눈가에 눈물이 고였다.

그녀가 전생과 달리 인간으로 남은 이유는 이루지 못했던 꿈 때문이었다. 연인이었던 맥스 사이에서 전생에는 아이가 태어나지 않았고, 어쩌면 하이브리드였기에 아이를 낳을 수 없지 않았나 하는 생각에 현생에는 인간으로 남았었다.

"하지만 맥스는 먼저 떠났어. 그러니 더 이상 내게 인간으로 남아 있을 이유 따윈 없어."

뇌룡의 눈동자를 이식받겠냐는 델리아의 물음에 렌은 힘 빠진 목소리로 대답했었다.

결국 렌은 전생과 똑같이 하이브리드가 되는 길을 택했다.

자신의 꿈이 아니라, 먼저 간 맥스의 꿈을 이루기 위해서.

"마지막으로 물어보겠어요. 그레인, 다시 그 고통을 감내할 각오가 되어 있나요?"

"네."

"정말로 괜찮겠어요?"

앞서 추가 이식을 받았던 이들이 고통으로 몸부림치는 모습을 계속 봐서였을까. 코어의 이식에 대해 또 한 번 확답을 요구하는 델리아의 얼굴에는 근심이 가득했다.

다행히 추가 이식 과정 중 사망하는 이 없이 모두 성공으로 끝났지만, 만약의 경우를 생각하지 않을 수 없어서였다.

"맥스는… 아니, 대장은 스스로의 생명을 불태우면서 모두를 위해 희생했습니다."

맥스를 이름이 아닌 대장으로 부른 그레인은 오른손을 강하게 움켜쥐었다.

"그가 겪었을 고통에 비하면, 아무것도 아닙니다."

"그렇… 겠죠."

애써 잊으려고 했던 슬픔이 다시 살아나면서 델리아는 고개를 옆으로 돌렸다. 그녀는 손끝으로 눈 아래로 흘러내린 눈물을 훔쳐내면서 마음을 추스르려고 노력했다.

"그러면 시작하겠어요."

델리아는 고개를 끄덕이더니 주문을 읊기 시작했다.

잠시 후, 그레인의 오른팔 아래에서 작은 마법진이 빛을 발하며 모습을 드러냈다.

"크윽……."

전신을 휘감은 뜨거움에 그레인은 자신도 모르게 이를 악물었다. 전생에 한차례 겪은 고통이었지만, 극심한 고통으로 인해 시야가 흐려지는 건 어쩔 수 없었다.

'버텨내야 해.'

그레인은 입술을 굳게 다물며 당장에라도 터져 나올 듯한 비명을 간신히 참아냈다. 전신이 타들어가는 혹독한 고통 속에서도 인상 한번 찌푸리지 않았던 맥스를 떠올리면서.

*   *   *

화르르.

활활 타오르는 불길과 함께 연기가 하늘 위로 피어올랐다.

"……."

주위를 둘러보던 그레인은 고개를 숙이며 시선을 아래로 내렸다. 걷어 올린 왼팔에는 무언가 이식된 흔적은 없었고 대신 그을음이 묻어 있을 뿐이었다.

"그래, 이것은……."

꿈.

기억의 파편이 하나로 뭉쳐서 형상화된 과거의 잔재.

언제였는지 정확한 연도는 기억나지 않았다.

그러나 분명히 전생에 겪었던 일이었음은 분명했다. 되살아난 기억과 똑같이 시간이 흘러갔기 때문이다.

한 무리의 남녀가 활활 타오르는 불길을 꺼뜨리며 다가왔다. 자신과 동료들에게 불길이 닿지 않도록 섬세하게 냉기를 구현한 이는 듀란이었다.

"화룡의 어금니가 이렇게나 강할 줄이야. 과연 남다른 실력이로군."

듀란과 함께 맨 앞에서 다가오는 이의 목소리에 그레인은 목이 메었다.

꿈속에서만 만날 수 있는, 현실에서는 더 이상 볼 수 없게 된 남자의 얼굴은 30대 초반. 현생보다 훨씬 늦은 시기에 만난 그의 나이는 전생의 기억과 정확하게 맞아떨어졌다.

불길에 휘말린 나무들이 하나둘씩 부러지며 옆으로 쓰러졌고, 그를 추격하던 교단의 병력은 새까맣게 탄 시체가 되어 더 이상 움직일 수 없었다.

그러나 그가 일으킨 불길이 적들을 모두 쓰러뜨린 것은 아니었다. 그레인과 만나기로 미리 연락을 받은 결사대원들의 검은 피로 흠뻑 젖어 있었다. 이미 그때부터 그레인은 결사대 내에 배신자가 있었다는 뒤늦은 판단을 꿈속에서 내렸다.

현생과 다르게.

"너희들은……"

그레인은 감정을 억누르며 당시에는 처음 봤던 동료들의 얼굴을 하나씩 확인했다. 그때는 그리 친하지 않았던 크루겐의 얼굴이 시야 구석에 자리 잡았다가 사라졌다. 현생과 달리 너무나 소극적이었던 그의 행동이 낯설게 느껴졌다.

"맥스……"

"내 얼굴을 알고 있었나?"

실제 있었던 일과 다르게 시작된 둘의 대화.

그레인은 현생에서 일어난 조그만 변화가 전생과 다른 미래를 만들어낸 것처럼, 꿈속에서라도 정해진 운명과 다르게 흘러가기를 바랐다.

"불의 힘을 쓰는 걸 보니 우리와 만나기로 했던 그레인이 맞겠군."

그러나 그의 바람과 상관없이 맥스는 기억과 똑같은 말을 이어갔다. 맥스는 손을 내밀어 악수를 청했지만, 그레인은 고개를 숙이며 생각에 잠겼다.

얼마나 시간이 흘렀을까.

그레인은 고개를 들어 올렸고, 맥스는 여전히 손을 내민 모습 그대로였다.

결국 그레인은 화룡의 어금니가 이식된 오른손을 내밀었다.

전생의 기억과 똑같이.

"결사대의 99번째 대원이 된 걸 환영한다, 그레인."

＊　　　　＊　　　　＊

꿈에서 깨어난 그레인은 천천히 몸을 일으켰다.

왼팔에 이식된 빙룡의 어금니는 예전처럼 변함없었다.

자연스레 그의 시선은 오른팔로 옮겨졌고, 전에 없었던 화룡의 어금니가 자리 잡고 있었다.

그리고 누군가의 손이 그레인의 오른손을 붙잡고 있었다.

"그레인! 그레인! 괜찮아?"

"아……."

베스티나의 손이라는 걸 확인한 그레인이 급하게 그녀의 손을 들어 올리며 얼굴 가까이 가져갔다. 예전 베스티나가 천사의 날개를 이식받았을 때와 똑같은 일이 일어났을까 우려하며 손등과 손바닥, 그리고 손가락 하나하나까지 꼼꼼하게 살펴봤다. 다행히도 그녀의 손에는 아무런 상처도 없었다.

"언제부터 붙잡고 있었습니까?"

"네가 눈을 감은 후부터. 네가 나에게 그랬던 것처럼, 조금이라도 고통을 덜어줄까 싶어서 그랬어. 그런데 아무런 느낌도 안 들었어?"

"그게……."

그레인의 설명에 베스타나는 안쓰러운 표정을 지었다.

이식 과정에서 일어난 고통 때문이기도 했지만 그녀의 손에서 뜨거움도, 차가움도 느껴지지 않았기 때문이다.

빙룡의 어금니에 이어 그에게 이식된 화룡의 어금니는 차가움과 뜨거움이라는 두 가지 감각을 모두 빼앗아 가버렸다.

그것뿐만이 아니라 감정 자체가 사라지는 듯한 착각마저 들었다.

"그레인?"

"아, 아닙니다."

그레인은 고개를 저으며 상념을 떨쳐냈다.

그가 이식받은 것은 일개 코어가 아니다. 모두를 구하기 위해 스스로를 희생한 남자가 남긴 유산이었기에, 이식이 제대로 성공했는지 모두에게 증명할 차례였다.

화르르.

그레인의 오른손이 불길에 휩싸였다.

순간 그레인의 옛 동료들은 놀란 눈으로 그에게서 눈을 뗄 수 없었다. 전생에 교단의 병력을 무수히 불태웠던 당시의 불꽃과 다를 바 없었다.

"예전에 이식받았던 코어라고 해도, 이렇게나 쉽게……."

델리아는 화룡의 어금니로부터 손쉽게 힘을 끌어낸 그레인을 보며 말끝을 흐렸다.

전생에 이식받았던 코어를 다시 이식받은 경우는 그레인이 처음이었다. 그렇다 하여도 이제까지 쓰던 힘과 정반대의 성향을 띤 화염을 구현할 수 있을지에 대해서는 미지수였다.

"이제 그는 진짜로 우리 곁을 떠났구나……."

맥스가 아닌 그레인의 손에서 활활 타오르는 불길을 델리아는 슬픈 눈으로 바라봤다.

"아닙니다."

그레인은 오른쪽 팔꿈치에 자리 잡은 화룡의 어금니를 꽉 움켜쥐었다.

"그는… 여기에 있습니다."

*   *   *

카르디어스 신성력 1401년 11월 15일.

벤트 섬 북쪽에 위치한 낭떠러지에 자리 잡은 비석.

오래간만에 벤트 섬을 방문한 쉐일은 손을 뻗어 비석 위에 손을 가져갔다. 비석 위에 쌓인 어제 내린 눈을 털어낸 쉐일은 품에서 여송연을 꺼내 불을 붙였다.

"고든……."

매년 친구가 죽은 날에 맞춰 친구의 묘지를 방문했던 쉐일이었지만, 한동안은 발길이 뜸했었다.

그러던 그는 얼마 전 들은 소식을 친구에게 전하기 위해 기일이 아님에도 불구하고 친구의 묘를 다시 찾았다.

"널 죽였던 맥스가… 죽었다."

생전에 고든이 즐겨 피우던 여송연을 비석 앞에 놔둔 쉐일은 양손을 천천히 움켜쥐었다. 맥스가 사망했다는 소식을 접한 쉐일의 얼굴에는 기쁨이라는 감정을 조금도 찾아볼 수 없었다. 마음 속 응어리가 풀리기는커녕 한동안 허탈함에 빠져 있었다. 소중했던 친구의 원수를 자신의 손으로 직접 끝을 내지 못했다는 아쉬움을 떨쳐내지 못했다.

"하지만 이걸로 끝은 아니야."

고든을 죽인 하이브리드들은 쉐일에게서 고든을 다시 살릴 기회마저도 박탈해 버렸다.

회귀라는 수단을 자신들만을 위해 사용한 그들을 쉐일은 결코 용서할 수 없었다.

거듭된 고민 끝에 그가 내린 결론은 하나.

하이브리드라는 존재 자체의 소멸.

전생에는 결사대와 같은 편에 섰지만, 지금은 결코 같은 곳에 설 수 없게 된 쉐일은 분노와 집념으로 점철된 운명을 택하기로 결심했다. 쉐일은 대답 없는 친구의 비석을 내려다보며 눈을 지그시 감았다. 고든이 죽은 이후로 단 한 번도 입에 문 적이 없었던 여송연의 연기가 비석 위로 피어올랐다.

"쉐일 추기경님."

그의 뒤에서 10대 후반으로 보이는 갈색 머리의 소녀가 천천히 걸어왔다.

"전에 말씀하셨던 친구분의 묘인가요?"

"네 오빠의 친구이기도 하지."

소녀는 비석 가까이 다가가더니 성호를 그으며 죽은 자를 위한 기도를 읊었다. 쉐일은 소녀의 낭랑한 목소리를 들으며 기도가 끝나기를 조용히 기다렸다.

"에스트, 이제 때가 되었다."

"네? 그렇다면… 이레귤러에 납치된 오라버님을 진짜 만날 수 있게 되나요?"

이스트라와 20살 이상 차이나는 여동생, 에스트는 기대에 찬 눈으로 쉐일을 올려다봤다.

"물론이다."

쉐일은 반쯤 탄 여송연을 집어 들어 발 옆에 내려놓은 후, 오른발로 짓눌러 꺼뜨렸다.

제2장
전생과 현생을 잇는

카르디어스 신성력 1401년 11월 17일.

어두컴컴한 제스테일의 연구실 안에 고요함이 감돌았다.

방의 주인인 제스테일은 자신의 악필로 작성된 문서를 읽으면서 혹시 빠뜨린 내용이 없는지 확인 중이었다. 그의 옆에 앉은 그레인은 예정된 시간이 지났음에도 오지 않는 누군가를 초조한 마음으로 기다리고 있었다.

"늦는구먼."

제스테일은 문서를 양손으로 쥐더니 아랫부분을 탁자에 두들겨 튀어나온 부분을 집어넣었다.

그리고 다시 처음부터 읽기 시작했다.

그레인은 오른팔을 들어 올리더니 커튼 사이로 들어온 빛에 갖다 댔다.

화룡의 어금니가 다시 그에게 돌아간 지 일주일째.

훈련을 통해 불의 힘을 큰 어려움 없이 사용할 수 있게 되었고, 심지어 잠재 기술마저 생각보다 훨씬 쉽게 끌어낼 수 있었다.

그러나 오랜 시간 정반대되는 힘만을 써서였을까, 화룡의 어금니가 그에게는 익숙하면서도 낯설었다.

"미안, 생각보다 시간이 오래 걸려서 말이야."

문이 열리면서 후드를 뒤집어쓴 남자가 방 안으로 들어왔다.

뒤이어 그의 부하 에스튼과 쿨렌, 그리고 헬라가 따라 들어왔다.

"헤르디온 왕자님, 별일 없었습니까?"

"전혀 문제없었어. 대신 추가로 이식받은 코어가 한두 개가 아니다 보니… 양해해 달라고."

지원자에 한해 실시되었던 코어의 추가 이식은 이식 자체만으로 끝나는 일은 아니었다.

이식으로 인한 부작용이나 예상치 못한 일이 발생할 경우를 우려해 추가 이식자에 대해 철저한 관리가 실시되었다.

이식이 끝난 이후 일주일이 흐른 지금, 헤르디온을 마지막으로 모두 무사히 이식이 끝났음을 확인받았다.

펠릭스나 베스티나처럼 이미 두 개의 코어를 이식받은 이는 코어의 추가 이식에서 제외되었다. 앞서 언급된 두 명을 통해 두 개까지는 이식이 가능하다는 걸 알았지만, 세 개 이상부터는 어떤 일이 일어날지 우려되었기 때문이다.

"그래도 내 몸에 박은 코어들이 제대로 작동하는 것 같으니 다행이더군."

단, 헤르디온은 하나의 코어를 추가 이식하는 것으로 만족하지 않았다. 다시는 눈앞에서 부하가 죽는 비극을 겪고 싶지 않았던 그는 훨씬 더 강한 힘을 얻길 바랐고, 여러 개의 코어를 이식한다는 결정으로 이어졌다.

하이브리드가 교단이 주장한 대로 정말 강한 존재인지 확인하기 위해, 자청해서 하이브리드가 되었던 때와 비슷하게.

다행히 헤르디온의 추가 이식은 성공적으로 끝났고, 덕분에 지난 전투 때 베스티나가 알아낸 또 하나의 '진실'에 타당성을 부여할 수 있게 되었다.

"새로운 코어를 다루는 데 문제는 없습니까?"

"말보다는 직접 보여주는 게 낫겠군. 저것들 좀 건드려도 괜찮지?"

헤르디온은 방 왼쪽에 놓인 실험대를 가리켰다.

그레인은 방의 주인인 제스테일을 바라봤고, 제스테일은 고개를 끄덕이며 읽고 있던 문서 뭉치를 내려놓았다.

헤르디온은 오른팔과 왼팔의 소매를 각각 걷어 올렸다. 양팔에 새롭게 이식된 수룡의 비늘이 은은한 푸른빛을 내며 존재감을 드러냈다.

"잘 보라고."

헤르디온의 양팔이 빛을 발하는 순간, 시험관 안에 있던 액체들이 마개를 밀어붙이며 일제히 솟아올랐다.

허공으로 뻗어 올라간 여러 개의 물줄기는 하나로 뭉쳐지더니 커다란 물방울이 되었다. 특이하게도 서로 다른 액체들이 뒤섞이지 않고 분리된 상태에서 하나의 물방울을 형성했다.

"휴, 실패하면 망신살 뻗칠 뻔했는데 성공했군. 그렇다면……."

헤르디온은 가볍게 숨을 내쉬더니 손가락을 모았다가 천천히 펼쳤다. 그러자 물방울이 다시 여러 개로 나뉘며 원래 있던 시험관으로 돌아갔다.

"예전에는 꽤 집중해야 가능했는데, 지금은 그냥 되더라."

수룡의 눈동자 하나만을 이식받았을 당시에는 까다로웠던 일을, 지금은 아무렇지 않게 해내는 헤르디온의 눈에 자신감이 넘쳤다.

"확실히 물을 조정하는 능력이 향상되었군요."

"그것뿐만 아니라 위력도 몇 배나 늘었어. 뭐, 그래봤자 너에 비할 바는 못 되지만. 수룡의 어금니를 구하지 못한 게 정말 아쉬워."

일반적으로 용의 비늘을 손등이나 팔에 이식하는 것과 달리 헤르디온은 얼굴을 제외한 피부에 다수의 비늘을 이식했다. 그런 이유로 피부가 드러나지 않게 복장에 신경 써야 했지만, 헤르디온은 조금도 불편한 기색을 보이지 않으며 더 강한 힘을 얻은 대가로 여겼다.

"그러면 내 부탁을 들어줄 때가 되었지?"

"알겠습니다. 제스테일 님, 준비되셨습니까?"

"여기 있네."

제스테일은 실험대 구석에 놓여 있던 네모난 상자를 집어 들더니 방 중앙의 탁자 위에 놓았다. 이식을 마친 이후 그레인의 첫 일은 교단과의 전투가 아니라, 헤르디온의 부탁을 들어주는 거였다.

바로 벤의 유품으로 헤르디온의 새로운 무기를 만들어주는 역할이었다. 네모난 상자 안에는 거의 완성 단계의 검이 들어 있었고, 검신이 있어야 할 자리에는 거푸집이 대신 자리 잡고 있었다.

"부탁해."

헤르디온은 벤이 쓰던 너클을 그레인에게 건네주었다.

한 쌍의 너클에는 핏자국이 아직도 남아 있었다.

그레인은 자신의 손보다 훨씬 큰 두 개의 너클을 오른손에 끼고 천천히 들어 올렸다. 헤르디온을 포함해 다른 세 명의 서글픈 눈빛이 너클에 머물렀다.

"그러면 시작하겠습니다."

화르르.

화룡의 어금니가 만들어낸 불길 속에서 벤의 너클이 서서히 녹기 시작했다.

벤의 너클은 웬만한 열 정도는 견뎌내도록 마법으로 처리되었기에 화룡의 어금니로 일으킨 불길이 아니면 쉽게 녹지 않았지만, 단지 그런 이유 때문에 그레인에게 맡긴 것은 아니었다.

벤이 마지막까지 맥스를 보호한 덕분에, 맥스는 잠재 기술 '생명의 점화'로 많은 이들을 구했다. 그리고 맥스가 스스로를 희생한 후 남긴 화룡의 어금니는 지금 원래 주인인 그레인에게 되돌아갔다. 결과적으로 벤의 죽음과 화룡의 어금니는 시작과 끝으로 연결된 셈.

아무리 소중했던 자라 하여도 죽은 자는 서서히 잊히게 마련이다. 그것을 원치 않은 헤르디온은 벤이 쓰던 너클로 새로운 무언가를 만들고, 그 너클을 그레인의 불길로 녹이기를 부탁했다.

죽음으로 끊겼던 부하와의 연결을 다시 잇고자 하는 마음으로.

한 방울씩 거푸집 안으로 뚝뚝 떨어지던 쇳물이 하나의 선으로 이어지며 아래로 흘러내렸다.

벤의 너클을 모두 녹인 그레인이 오른팔을 거뒀고, 제스테일은 주문을 읊기 시작했다. 마법진이 떠오르면서 거푸집 위로 김이 피어오르며 뜨겁게 달궈진 쇳물이 서서히 식어갔다.

"다 되었다네."

제스테일은 완성된 검을 거푸집에서 꺼내 헤르디온에게 건네주었다. 보석처럼 정교하게 세공된 마나 코어의 일부가 검자루 중앙에 박혀 있었다.

"다시 돌아왔구나."

헤르디온은 벤의 너클로 새롭게 만들어진 검을 쥐고 높이 들어 올렸다.

"벤. 그것 말고 이 검에 붙일 이름은 없어."

그는 상자 옆에 놓여 있던 검집을 집어 들고 그 안에 새 검, '벤'을 천천히 집어넣었다.

"내가 할 수 있는 이런 것밖에 없어. 돈을 들여서 그 녀석을 이렇게나마 기억하는 수밖에."

헤르디온은 원래 쓰던 검을 내려놓고, 대신 새롭게 얻은 검을 허리에 찼다.

그의 부하들은 숙연한 얼굴로 고개를 숙였다. 그레인은 새 검을 보며 엷게 미소를 지은 헤르디온을 조용히 바라봤다.

그레인은 그가 지금 어떤 심정인지 이해할 수 있었다. 전생의 고든은 쓰지 않았지만, 현생의 고든이 먼저 떠나면서 남긴 무기, 트윈 엣지가 그레인의 등 뒤에 자리 잡고 있었기에.

그러나 굳이 말로 표현하지 않고 침묵을 지켰다.

"곰곰이 생각해 보니, 너는 나보다 훨씬 더 많은 죽음을 봐야만 했었지?"

그레인의 눈빛이 무엇을 의미하는지 알아챈 헤르디온이 넌지시 물어봤다.

"네."

"그에 반해 벤 하나의 죽음으로 이렇게까지 구는 내가… 어리게 보일까?"

"절대 그렇지 않습니다."

전생에 겪었던 타인의 무수한 죽음 속에서도 그레인에게 아직도 무거운 짐으로 남겨진 이별이 있었다.

전생의 연인이었던 아딜나의 죽음.

벤과 맥스처럼, 누군가를 구하기 위해 죽었기에 선명하게 기억에 남았고, 그 누군가는 다름 아닌 그레인 자신이었기에 잊히지 않았고 잊어서도 안 되었다.

"네가 택했던 방법으로 벤을 다시 만났으면 좋겠지만, 나를 기억 못 하는 그 녀석을 다시 만나면 더 슬퍼질 것 같아. 아무래도… 아차."

감정이 고조된 나머지, 그레인이 옆에 있다는 걸 망각한 헤르디온은 다급히 말을 멈췄다. 전생에 대해 알게 된 이상, 그레인 앞에서는 절대로 해서는 안 되는 말이었다.

"미안, 이 말은 하지 말았어야 했는데 말이야."

"괜찮습니다."

그레인에게는 오랜 시간 동안 숨겨왔던 비밀이지만, 회귀자가 아닌 헤르디온에게는 알게 된 지 이제 겨우 한 달밖에 안 된 진실.

회귀한 자들이 겪어야 하는 감정에 관해 아직 잘 모를 수밖에 없는 그를 탓할 생각은 그레인에게 처음부터 없었다.

"헤르디온 왕자님, 그러면 이제부터 델타 섬으로 떠날 준비에 들어가야 하지 않습니까?"

지금 그레인에게 중요한 것은 감정에 얽매이는 게 아니었다.

패배 이후 후퇴만을 반복했던 전생의 반복이 아니라, 새로운 미래를 만들어내기 위해 반전을 노려야 한다.

"그래, 당한 만큼 돌려줄 때가 온 거지."

"왕자님께서 거액을 쓰신 덕분에 저희들의 전력도 상승했으니, 지난번처럼 당하지만은 않을 것입니다."

"이걸 만드는 데에도 제법 쓰긴 했어. 그래도 이번에는 제대로 쓴 것, 맞지?"

"이제까지 왕자님께서 쓰신 돈 중 가장 가치 있다고 생각합니다."

"그 녀석도 그렇게 생각해 주면 좋겠어."

헤르디온은 허리에 찬 검, '벤'을 어루만졌다.

"아니, 그렇게 되어야겠지."

*   *   *

카르디어스 신성력 1401년 11월 20일.

"뭐, 뭐야?"

"해일이다!"

"도망쳐!"

드높은 파도가 갑자기 항구를 향해 다가오자 선원들은 급히 흩어져 대피하기 시작했다.

그들의 뇌리에는 예전에 한번 겪었던, 기상과는 상관없이 그들을 바닷물로 흠뻑 적시게 만들었던 '그 사건'이 떠올랐다.

"모두 휩쓸리지 않도록 아무 거라도 붙들… 어?"

"이건 또 뭐야?"

물벼락을 예상하고 몸을 움츠렸던 선원들은 멍한 얼굴로 잔잔해진 해안가를 응시했다.

항구를 덮치기 직전의 파도가 썰물처럼 되돌아갔기 때문이다.

"저거, 콜드란세 2호잖아?"

"잉? 아, 그래서 저렇게 파도가……."

선원 중 몇 명은 델타 섬을 관리하고 있는 카를로스에게 알리

기 위해 급히 달려갔지만, 대다수는 오래간만에 보는 비공정 콜 드란세 2호에서 눈을 떼지 못했다

"오오! 왕자님, 대단한데요?"

비공정의 제독 드레이크는 잔잔해진 해수면을 내려다보며 감탄을 금치 못했다.

"이 정도면 내 몸에 쑤셔 넣은 코어값은 충분히 한 셈이지?"

드레이크의 옆에 서 있던 헤르디온은 코웃음을 치며 어깨를 으쓱거렸다. 순간 이동 마법으로 델타 섬에 도착한 비공정은 예전에 그러했던 것처럼 높은 파도를 일으켰다.

그러자 헤르디온은 물을 다루는 힘을 발휘해 항구를 덮치려던 파도를 멈추게 하더니, 원래대로 되돌렸다.

흔들리는 갑판 위에서도 아무렇지 않게.

"흐음, 이곳이 말로만 듣던 델타 섬인가? 제법 설비를 잘 갖추고 있는데……."

비공정에서 제일 먼저 내린 헤르디온은 가장 가까이에 있는 창고와 정박된 배들을 둘러보기 시작했다.

"흠흠, 교단과의 투쟁이 끝난 뒤에 이곳에 좀 더 투자를 해야겠어. 해적들만 잘 처리한다면, 무역하기에 딱 좋은 요충지이기도 하고."

헤르디온은 그답게 델타 섬이 얼마의 가치를 지녔는지 머릿속으로 계산하기 시작했다.

"누구지?"

"제독님의 지인인가?"

"뭔가 눈빛이 느끼해 보이는데……."

그의 주변에 선원들과 섬의 주민들이 몰려들자, 이번에는 사람들의 복장을 꼼꼼히 살펴보았다.

"다행히 물에 빠진 생쥐 꼴은 안 보이는군. 뭐, 그랬다면 모두에게 옷 한 벌씩 쌔끈하게 맞춰주면… 아, 예산이 모자라잖아!"

평소처럼 호기롭게 돈을 쓰려던 헤르디온은 현실을 깨닫고 양쪽 어깨를 축 늘어뜨렸다. 그사이 비공정에서 내린 드레이크가 헤르디온의 등을 두들기며 위로했다. 다른 일행들도 하나둘씩 내려와 비공정 안의 물건을 내릴 준비를 시작했다.

오랜만에 델타 섬을 찾아온 방문객을 보기 위해 많은 이들이 항구에 모여들었는데, 인파 바깥쪽에서 수염을 기른 중년 남성이 드레이크를 향해 급히 달려오고 있었다.

"제독님!"

"오, 카를로스! 오래간만이야!"

*   *   *

"네? 그게… 정말입니까?"

카를로스는 방금 전 드레이크가 한 말에 믿을 수 없다는 반응을 보였다.

"믿기 힘들겠지만 사실일 거야. 아니, 사실이 거의 확실해."

"그래도… 그럴 리가……."

여전히 그의 말을 받아들이기 힘든 카를로스는 다른 이들의 얼굴을 살펴봤다.

그의 집무실에 모인 이레귤러와 결사대의 핵심 멤버들의 표정은 드레이크의 말을 부정하지 않았다. 드레이크는 카를로스에게 결사대의 대장, 맥스가 숨기고 있던 진실을 알리진 않았다.

대신 적들이 숨기고 있던 또 하나의 진실을 알려주었다.

"카르디어스교의 교황, 아르디언이 하이브리드라니… 그것도 다수의 코어를 이식받은, 이레귤러라니……."

교황 아르디언과의 사투 도중 베스티나에 의해 알게 된 내용이었지만, 지금의 카를로스처럼 믿기 힘든 건 이레귤러나 결사대역시 마찬가지였다. 그래서 진짜인지 아닌지 확인하기 위해 많은이들이 머리를 맞대고 수많은 문건들을 한 달이 넘는 시간 동안수십여 차례 검토해야 했다.

"제독님, 하이브리드가 되기 위한 코어는 하나만 이식하는 데에도 엄청난 고난을 견뎌야 한다고 알고 있습니다."

"맞아. 진짜 죽을 맛이지. 하지만 여기 계신 펠릭스 전하나 베스티나의 경우처럼 2개까지는 이식이 가능했어."

"그리고 그 이상도 가능해. 내 몸이 그걸 증명한다고."

둘의 대화에 끼어든 헤르디온은 자리에서 일어서더니 양팔의소매를 걷어붙였다. 그리고 탁자 바깥쪽으로 나오더니 바지의 끝자락을 무릎 위까지 끌어 올렸다.

"이건 수룡의 비늘 하나만 이식해서는 나올 수 없는 모습이거든. 어때? 이젠 믿겨져?"

"……."

헤르디온의 양팔과 양다리를 뒤덮은 수룡의 비늘을 본 카를로스는 말을 잊었다. 제독인 드레이크를 포함해 크라켄 해적단의 핵심 인물 세 명이 하이브리드였기에 카를로스는 하이브리드에 대해 다른 '인간'들보다 훨씬 더 자세히 알고 있었다.

"도대체 수룡의 비늘을 몇 개나 이식받은 겁니까?"

"5개. 사실 더 받으려고 했는데, 같은 코어를 그 이상 이식해 봤자 더 강해지진 않는다고 해서……. 아무튼 이런 나도 이렇게나 이식받았는데, 교황이라는 작자가 더 이식받았다고 해서 이상할 거 없잖아?"

펠릭스의 등장으로 이식이 가능한 코어의 수가 2개로 늘어난 것은 익히 알려진 사실이다. 그리고 헤르디온은 그 이상의 코어를 이식받기를 자원했다. 극심한 고통의 반복 속에서도 그는 살아남았고, 단순히 각각의 코어가 지닌 힘을 합친 것보다 훨씬 더 강한 힘을 얻을 수 있다는 베스티나의 의견에 힘을 실어줬다.

"아까 보여준 비늘 말고 다른 종류의 코어도 이식받았어. 여기, 요기, 그리고… 손이 안 닿긴 하지만 등에도."

헤르디온은 아까 보여준 부분 말고도 다른 부위를 하나씩 손으로 집어가며 카를로스에게 알려주었다. 옷에 가려져 있어서 어떤 코어인지 알기 불가능했지만.

"아무튼 저 아가씨가 한 말이 거의 확실하다는 걸 나로써 증명할 수 있었지."

헤르디온은 베스티나를 가리키면서 자연스럽게 그녀에게 이어질 이야기의 설명을 맡겼다.

교황 아르디언과의 결전 중, 마력포의 공격이 숨겨진 진실을 밝히는 실마리가 되었다.

비록 마력포로 아르디언을 쓰러뜨리지는 못했지만, 그가 항상 구현 중이었던 마법을 중지시키는 데에 성공했다.

"그때 저는 분명히 보았어요. 제 몸에 이식된 천사의 날개처럼, 빛의 코어가 무수히 전신에 박혀 있는 모습을요."

마력포의 빛과 그것을 막기 위한 아르디언의 빛이 격돌하는 순간, 모두의 시야는 하얗게 뒤덮였다. 그러나 빛의 코어를 이식받은 베스티나는 예외였다. 또한 지상에 있는 다른 이들과 다르게 공중에 떠 있었던 그녀의 시야를 가로막는 건 아무것도 없었다.

"단 하나의 코어를 이식받는 것만으로도 강한 힘을 얻게 되는데, 전신을 뒤덮을 정도라면… 지금도 그때를 떠올리면 두려워요."

탁자 아래로 내린 베스티나의 오른손이 부들부들 떨기 시작했다.

베스티나는 두려움을 떨쳐내기 위해 억지로 주먹을 쥐었다. 바로 그때, 옆에 앉아 있던 그레인의 손과 살짝 닿았다.

그레인은 손을 거두지 않고 그대로 나뒀고, 베스티나는 그의 체온을 느끼면서 마음의 안정을 찾을 수 있었다.

"잠깐, 그 말대로라면 빛의 코어를 이식받은 다른 하이브리드들… 그러니까 교황의 경호원들도 눈치챘을 가능성이 있지 않습니까?"

"그랬을 수도 있지만 그때는 워낙 상황이 긴박했었고, 교황의 몸에 이식된 코어들을 살펴보느라 다른 것에 신경 쓸 겨를이 없었어요."

"하긴 지금 중요한 건 그게 아니겠군요. 그렇게 많은 코어를 이식받은 결과, 혼자서도 이레귤러와 결사대에 맞설 수 있는 실력을 교황이 지녔다는 게 문제일 테니."

"그렇긴 하지만, 비관적으로만 생각할 문제는 아닙니다. 그 부분에 대해서는 제가 대신 설명하겠습니다."

베스티나와 카를로스의 대화를 듣고 있던 듀란이 입을 열었다.

"이전처럼 아르디언이 본격적으로 나선다면 앞으로의 전투는 힘에 버거울 것입니다. 하지만 아르디언이 인간이 아닌 하이브리드라면, 다른 방향으로 상황을 전개시킬 수 있습니다. 우리는 하이브리드임에도, 세상을 지배하려는 야욕의 하이브리드를 상대로 싸운다는 이미지를 부여하는 쪽으로 말입니다."

"아……."

듀란의 말을 이해한 카를로스의 표정에 어두운 그림자가 사라졌다.

"인간과 하이브리드라는 다른 '종족' 간의 대결이 아닌, 종족과 관련 없이 뜻에 따라 세력이 갈리는 구도로 진행된다면, 우리들에게도 아직 승산은 남아 있습니다."

실제로 전생의 교황 아르디언은 교단과 결사대의 전쟁을 인간 대 하이브리드의 구도로 끌고 가 마지막에는 승리를 거두었다.

그 과정에서 교단 소속의 수많은 하이브리드가 결사대와 맞서다가 죽어갔다.

교단은 다수이지만 상대적으로 약한 자들이 소수임에도 강자들 상대로 죽어나가는 모습을 고귀한 희생으로 치장했다. 그 결과, 그 두 부류를 합친 것보다 훨씬 많은, 또 하나의 다수인 인간들의 지지를 얻어내는 데 성공했다.

"그렇다면 교황이 하이브리드라는 사실을 많은 이들이 믿게 만드는 것이 중요하겠군요."

"네, 그래서 계획을 준비 중입니다."

듀란은 고개를 옆으로 돌리더니 바닥에 쌓아놓은 문서들을 내려다봤다.

전생의 패배로 얻은 교훈을 이번에야말로 잊지 않고 활용하겠다는 의지가 강하게 느껴졌다.

"그러면 대륙 전체의 여론이 저희들을 지지할 때까지 시간을 끄는 쪽이 더 유리할까요?"

"아쉽게도 장기전은 저희들에게 독이 될 수 있습니다. 아르디언의 정체에 대해 알리는 것만으로도 교단에게 큰 타격을 줄 수 있겠지만, 교단은 카르디어스교라는 기반을 바탕으로 저희들보다 훨씬 쉽게 여론을 조작할 수 있다는 점을 잊어서는 안 됩니다. 결정적일 때 교황의 진실에 대해 공개하고, 그 여파가 가시기 전에 승부를 내야 한다고 생각합니다."

"그때가 온다면 크라켄 해적단 전원을 동원해 전력으로 지원하겠습니다."

"그 전에 해야 할 일이 있습니다. 불안 요소는 아르디언 하나만이 아닙니다."

듀란은 시선을 약간 위로 향하면서 전생에는 믿음직했던 조력자의 얼굴을 떠올렸다. 절대 쉽게 알려져서는 안 되는 '회귀'에 대해 알고 있으면서, 시련을 받지 않아야 할 이레귤러들에게 '새로운 시련'을 안겨주며 압도했던 자.

어쩌면 교황 아르디언보다 훨씬 더 까다로운 적으로 나타날지도 모르는 이.

"카르디어스 교단의 추기경, 쉐일을 처리해야 합니다."

"……."

듀란이 쉐일의 이름을 언급하자, 방 안에 무거운 공기가 감돌았다. 그가 적으로 돌아선 지 오래되었고, 전생 때처럼 같은 편으로 돌아오지 않을 거라는 건 회귀한 이들 모두 잘 알고 있었다.

그러나 전생 때 인간이었음에도 결사대를 위해 목숨을 걸고 도와줬던 그의 모습을 기억에서 완전히 지워내기에는 여전히 무리였다. 카를로스 역시 회귀한 이들과 마찬가지로 굳은 표정이었지만, 다른 이유 때문이었다.

"듀란 님, 쉐일 추기경의 소재는 알고 계십니까?"

"이곳에 머무르면서 조사할 예정입니다."

"그러실 필요는 없습니다."

카를로스는 품에서 편지를 꺼내 탁자 위에 놓더니 듀란 쪽으로 슥 밀었다.

"한 달 전쯤, 델타 섬 근처에서 교단 소속의 선박을 나포한 적이 있었습니다. 아니, 나포라는 단어를 쓰기엔 적절치 않겠군요. 백기를 걸고 왔으니."

편지 봉투에 적혀 있는 발신인의 이름을 본 듀란의 눈이 커졌다.

"그 선박의 선장으로부터 입수한 것입니다. 이야기가 끝난 뒤에 여러분에게 보여 드리려고 했는데, 아무래도 지금 보셔야 할 것 같아서……"

"이 편지를 입수한 시기가 한 달 전이라고 말씀하셨지요?"

"네, 받자마자 연락하려고 했지만 시기가 시기여서… 대신 같은 내용을 적은 문서를 베릴란트 왕국으로 보내긴 했습니다."

"알겠습니다."

봉투에서 편지를 꺼낸 듀란은 부릅뜬 눈으로 읽기 시작했다.

다른 이들은 듀란이 편지를 다 읽기를 기다리며 침묵을 지켰다. 봉투에 적힌 '쉐일'이라는 이름만으로도 분위기는 한층 더 무거워졌다.

"휴우……"

편지를 다 읽은 듀란은 길게 한숨을 내쉬었다.

다행히도 '회귀'에 관해 직접적으로 표현한 부분은 없었다. 회귀를 알고 있는 자들만이 이해할 수 있도록 돌려서 표현하긴 했지만. 그럼에도 듀란의 얼굴은 여전히 굳어 있었다.

듀란은 편지를 그레인에게 건네줬고, 다른 이들은 자리에서 일어나더니 그레인의 주변에 몰려들었다.

"무슨 내용이야? 왜 그렇게 심각한 표정으로……"

그레인 쪽으로 얼굴을 불쑥 내민 크루겐은 분위기를 바꿔보려던 의도를 접고 말끝을 흐렸다.

"…읽을 만했네."

크루겐은 다른 이들처럼 조용히 입을 다물고서 편지를 읽는 데 집중했다. 고요함 속에서 그레인과 다른 이들은 편지를 통해 쉐일의 증오와 분노를 여과 없이 느낄 수 있었다.

추기경이라는 자리까지 올라간 그였지만, 교단에 대한 충성심은 편지에 적힌 내용 어디에서도 찾아볼 수 없었다.

그가 원하는 것은 오직 하나.

친구에 대한 복수. 복수의 대상인 맥스가 사라졌음에도 그의 분노는 조금도 사그라들지 않았다.

그는 하이브리드의 존재 자체에 대한 저주를 퍼부으며 하이브리드와의 악연에 종지부를 찍자는 제안을 제시했다. 자신이 머무르고 있는 비밀 연구소의 위치를 알려주기까지 하면서.

─…나는 더 이상 복수를 남에게 양보할 생각은 추호도 없다. 나와 똑같이 교단에 속한 그 누구라 할지라도.

편지의 마지막 문구에는 자신의 손으로 직접 복수를 완성시키고 말겠다는 쉐일의 집념이 고스란히 담겨 있었다.

그레인은 다 읽은 편지를 접어 내려놓고는 듀란 쪽으로 슥 밀었다.

맞은편에 앉아 있는 듀란은 머릿속으로 편지 내용을 정리하면서 어떻게 대응해야 할지 고뇌했다.

"듀란."

"……"

"듀란!"

"네? 아… 이런."

그레인의 외침에 듀란은 깜짝 놀라면서 상념에서 빠져나왔다.

"다들 읽었습니까?"

듀란의 물음에 그레인을 포함해 주위에 있는 이들 모두 고개를 끄덕였다.

"우선 함정일 가능성도 있으니 당장 움직이지는 않겠습니다. 그 전에 저는 우선 이스트라 님과 페트로 님의 은신처로 가보겠습니다. 제가 돌아오기 전까지는 모두 델타 섬에 머물러 주십시오."

듀란은 쉐일이 보낸 편지의 내용에서 '둘 중 어느 쪽이 먼저 오는지 기대하겠다'라는 부분이 마음에 걸렸다.

이는 자신들 말고 다른 곳에도 똑같이 편지를 보냈다고 해석할 수 있었고, 쉐일에게 여동생이 인질로 붙잡혀 있는 이스트라에게 보냈을 가능성이 가장 유력했다.

"카를로스 님, 지하실의 열쇠를 저에게."

"여기 있습니다."

열쇠를 건네받은 듀란은 급히 문을 열고 밖으로 나가더니 은신처로 순간 이동 할 수 있는 마법진이 설치된 지하실로 향해 걸음을 서둘렀다.

*　　　　*　　　　*

델타 섬에 이레귤러와 결사대가 도착한 이후, 섬은 분주하게 돌아가기 시작했다. 항구에 정박한 비공정에 많은 선원들과 마법사들이 달라붙어서 대규모의 개조 작업이 진행되었다. 특히 빛의 힘에 더 강한 저항력을 부여하는 쪽으로.

그 외 마법에 필요한 재료와 시약들을 대거 실은 해적선들이 델타 섬과 대륙 남쪽 사이를 쉴 새 없이 오고 갔다. 이전까지 크라켄 해적단이 비축한 재산이 대거 소모되긴 했지만, 또 패배를 경험해서는 안 되는 그들 입장에서는 모든 걸 쏟아부어야 할 때였다.

한편, 쉐일과의 피할 수 없는 결전을 앞에 둔 이레귤러와 결사대 사이에 긴장감이 감돌았다.

그들은 훨씬 더 많이 거뒀던 승리보다, 가장 마지막에 겪었던 패배의 그림자에서 완전히 벗어나지 못했다.

그렇다고 예전처럼 두려움을 못 이기고 방황하지는 않았다. 더 이상의 패배를 용납할 수 없다는 결심 속에서 그들은 실전에 가까운 대련을 통해 스스로를 담금질했다.

주위에 감도는 긴장감만큼이나 팽팽한 대련이 대련장에서 진행되었고, 구경하던 시민들은 마른침을 꼴깍 삼키기 일쑤였다.

그러나 오직 혼자만의 수련에 몰두하는 이가 있었다.

이식이 가능한 코어 중 가장 강력한 용의 어금니를, 그것도 서로 다른 종류로 2개를 이식받은 그레인이었다.

*　　　　*　　　　*

델타 섬 서쪽 해안가에 누군가가 홀로 서 있었다.

냉기에 시간이 정지된 것처럼 파도가 높이 솟아오른 채로 얼어붙어 있었고, 그 아래까지 이어진 얼음 안에는 물고기들이 도망치지 못하고 갇혀 버렸다.

반면 모래사장 위에는 시커멓게 탄 자국이 넓게 퍼져 있었다.

"……."

그레인은 두 눈을 감고 서로 다른 두 개의 힘을 동시에 구현 중이었다.

그의 왼팔에는 전생에 없었던 힘인, 냉기가 휘몰아쳤다.

그의 오른팔에는 현생에 없었던 힘인, 불길이 활활 타올랐다.

그가 구현한 힘에 맞춰 양손에 쥔 한 쌍의 단검 트윈 엣지가 푸른색과 붉은색을 띠었다.

그레인은 눈을 뜨는 순간 양팔을 지면과 수평이 되도록 옆으로 펼쳤다. 그의 손을 떠난 트윈 엣지와 손에 연결된 와이어가 팽팽하게 당겨지면서 직선을 그렸다.

왼손에 쥐었던 트윈 엣지를 중심으로 거대한 얼음 창이 형성되더니, 나무들을 꿰뚫고 멀리 날아갔다. 오른손에 움켜쥤던 트윈 엣지에서 사방으로, 그리고 위아래로 뻗어나간 불길에 주위에 닿는 모든 것들을 불태웠다.

그레인은 와이어를 잡아당기면서 몸을 왼쪽으로, 그리고 오른쪽으로 비틀었다. 차가운 냉기와 뜨거운 불길이 남긴 잔상이 그레인을 중심으로 거대한 원을 그렸다. 그레인은 양손의 중지를 손바닥 쪽으로 굽히면서 두 자루의 트윈 엣지를 회수했다. 모래 사장 위에 검게 탄 자국이 반원을 그렸다.

"휴우⋯⋯."

그레인은 숨을 고르면서 다시 눈을 감았다.

마나를 상당히 소모했음에도 그는 한 방울의 땀도 흘리지 않았다.

아니, 흘릴 수가 없었다.

"이제는⋯ 쉽군."

화룡의 어금니가 다시 그에게 돌아오게 되면서, 그레인은 서리 불꽃을 완전한 형태로 구현할 수 있게 되었다. 눈을 뜬 그레인은 주위를 둘러봤다. 해안가를 빙 둘러싼 나무들은 반 수 이상이 얼음에 잘려 나가거나 꺾이거나, 혹은 불타 버렸다.

그러나 그레인은 조금의 성취감도 느낄 수 없었고, 전혀 만족할 수 없었다. 용의 어금니를 두 개나 이식받았으니 전보다 당연히 강해야 했고, 전생보다 더 강해진 교황 아르디언의 힘을 직접 겪은 이상 더욱더 강해져야 했다.

맥스가 생명을 대가로 일으켰던 불길처럼.

"더 강해져야 해. 이 정도로는 만족할 수 없어."

델타 섬에 오기 전, 그레인은 맥스가 어떤 식으로 '생명의 점화'를 터득했는지 물어본 적이 있었다. 전생의 자신은 깨닫지 못했던 또 하나의 잠재 기술을 연구하면, 한 걸음 더 앞으로 나갈 수 있지 않을까 하는 초조함 때문이었다.

그러나 듀란은 알지 못할뿐더러 안다 하더라도 알려줄 수 없다고 단호하게 대답했다.

"죽음을 전제로 구현되는 기술 같은 건, 더 이상 보고 싶지 않습니다."

결국 그레인은 이제까지 했던 방식대로 강해지기로 결정했다.

그러나 수련에 아무리 몰두해도 초조함을 떨쳐내기엔 여전히 무리였다. 맥스가 떠나면서, 대신 그가 이어받아야 하는 책임감은 예상보다 훨씬 더 무거웠다.

"이런, 어느새 시간이……."

그레인은 바다를 멍하니 응시했다.

혼자서 수련을 시작한 때는 새벽이었지만, 어느새 수평선 위로 저녁노을이 넓게 퍼져 있었다.

"그레인, 괜찮아?"

등 뒤에서 들린 익숙한 목소리에 그레인은 고개를 왼쪽으로 돌렸다.

휘이잉.

허리까지 내려온 베스티나의 푸른 머리칼이 바닷바람에 휘날렸다. 그녀는 흐트러진 머리카락을 매만지며 그레인을 향해 걸어갔다.

두 남녀가 나란히 서 있는 가운데 파도가 물결치는 소리만이 들렸고, 그레인은 바다 쪽으로 시선을 고정시켰다.

"너무 무리하는 걸로 보여서 걱정돼."

그녀의 시선은 트윈 엣지를 움켜쥐고 있는 그레인의 양손에 머물렀다. 터진 물집에서 흘러내린 물이 모래 위로 뚝뚝 떨어졌다.

"이 정도는 아무것도 아닙니다. 게다가 오늘만의 일도 아니지 않습니까?"

"그래도……."

대수롭지 않게 대꾸하는 그레인과 달리 베스티나는 안쓰러운 기분을 떨쳐낼 수 없었다.

쉐일의 편지가 공개된 이후 비공정 안의 사람들 대다수가 그런 분위기인 했지만, 그레인은 그들 중에서도 유독 말을 아끼며 대부분의 시간을 혼자 수련하는 데 보냈다.

평소에도 무뚝뚝한 분위기였다는 걸 감안한다 하더라도, 오랜 시간을 함께 보낸 동료들도 쉽게 접근할 수 없는 분위기를 풍겼다.

"힘들어 보여."

베스티나는 화룡의 어금니가 이식된 그레인의 오른팔을 바라봤다. 화룡의 어금니를 이식받았다는 것은 단순히 맥스의 코어를 물려받는다는 의미에 그치지 않았다.

그가 짊어졌던 책임감이 고스란히 그레인의 몫이 되었고, 당연히 그레인에게 거는 모두의 기대는 커질 수밖에 없었다.

물론 그 부담감이 맥스의 죽음으로 이어졌다는 걸 잊지 않은 그들은 그런 '기대감'을 감추려 했지만, 그를 바라보는 시선에 녹아드는 것까지는 어찌할 수 없었다.

"옛날과 정반대가 되어버린 것 같아."

베스티나는 결사대에 합류한 지 얼마 되지 않았을 당시의 자신을 떠올렸다. 지금의 그레인처럼 고뇌를 혼자 안고 가려다 보니 말수가 적어졌다. 그리고 한 술 더 떠서 무리하다가 그레인을 위험에 빠뜨린 적도 있었다.

"물론 나보다 네가 안고 있는 게 훨씬 무겁고 힘들 거라 생각해. 이전 생에 대해 기억하고 있는 만큼, 더 괴로울 테니까."

베스티나는 앞에 놓인 조개껍데기를 발끝으로 툭 건드렸다.

여전히 그레인은 입을 다물고 있었지만, 베스티나의 말에 동의하며 고개를 끄덕거렸다.

'차라리 전생에 대해 기억하지 못했다면…….'

이렇게 괴롭지는 않았을 것이다.

같은 회귀자들끼리라 해도 전생에 관해 얼마나 기억하는지에 대해서는 각각 차이가 있게 마련이다.

전생에 수많은 이들과 얽혔던 그레인의 기억 속에서 쉐일은 큰 부분을 차지하진 않았다.

그러나 그에 대해 어렴풋이 떠오른 기억들과 현생의 쉐일이 보여준 행보와의 괴리감이 그레인을 괴롭혔다.

결사대원들이 회귀했기에 쉐일은 변했고, 든든한 조력자에서 가장 위협적인 적이 되어버렸다.

차라리 전생부터 적이었던 자를 상대한다면 마음이라도 편했겠지만, 그렇지 못했기에 고뇌는 더욱 커져만 갔다.

그레인은 고개를 옆으로 돌리며 베스티나를 말없이 응시했다.

계속 자신에게 말을 걸어주는 그녀에게 무언가 대답하고 싶었지만, 그녀까지도 고심에 빠뜨릴까 걱정되어 머뭇거릴 수밖에 없었다.

"굳이 대답할 필요는 없어. 그냥 듣고 있기만 해도 돼."

그레인의 옆에 앉은 베스티나는 다리 사이를 붙이고서 무릎을 세웠다.

"그러고 보니 너와 이렇게 단둘이 있었던 적이 얼마만인지 모르겠어."

"단둘이서, 말입니까?"

결사대에 합류하자마자 맥스의 지시에 따라 코어를 회수하고 드레이크를 찾아갔던 당시의 기억이 그레인의 뇌리에 떠올랐다.

"그때는 참으로 위태위태했었죠."

"아니, 그보다 전에. 기억 안 나?"

"아, 그때……."

그때가 앞서 말했던 때보다 훨씬 전을 의미함을 알게 된 그레인은 수평선 너머를 바라봤다. 약속이라도 한 듯이 동시에 두 눈을 감은 남녀의 머릿속에 눈으로 뒤덮인 벤트 섬이 서서히 떠올랐다.

16살의 소년과 18살의 소녀였던 시절의, 거의 6년 전의 기억.

회귀로 인해 많은 것들이 전생과는 달라졌고, 시간이 흐르면서 미래는 예측하기 힘들게 변화해 왔다.

그러나 그때는 그저 서로 말없이 지켜봤던 그녀와 교단을 상대로 기나긴 투쟁을 하게 될 줄은 전혀 예상하지 못했다. 6년에 가까운 시간이 흐른 지금, 이렇게 그녀와 나란히 서 있는 모습

역시.

"정말 많은 일들을 겪었어."

"본의 아니게 힘든 길을 걷게 해서… 미안합니다."

"이제와 새삼 그렇게 말해도… 어쩔 수 없었잖아."

베스티나는 미소를 지으며 오른손으로 모래를 한 줌 쥐었다.

"그리고 나는 어떻게 해서든 살아남아야 했어. 너를 알게 되기 전부터, 언니들이 했던 말을 잊지 않고 바동거렸으니까. 지금 말하는 거지만, 벤트 섬에서의 훈련은 너무나 고되고 힘들었어. 벤트 섬을 떠나 도망치고 싶었던 적이 수도 없이 많았거든."

베스티나가 모래를 쥔 손을 펼치자, 손가락 사이로 모래알갱이가 주르륵 흘러내렸다.

"그러나 나 혼자만의 힘으로는 운명을 극복할 수 없었어. 네 덕분에… 나는 일찍 죽었을지도 모르는 운명을 피해 다른 길을 걸을 수 있게 되었어."

벤트 섬을 수료하고 뿔뿔이 흩어진 동기들을 위해 그레인이 남겼던 한 장의 쪽지.

혹시 전생에 일찍 죽었을지도 모르는 이레귤러 중 한 명이라도 살아남길 바라며 그가 남겼던 쪽지 덕분에 베스티나는 극적으로 죽음의 위기에서 벗어날 수 있었다.

그 당시에는 누군가의 도움으로 살아남았다는 고마움보다는 간신히 비켜간 죽음의 공포에 두려워했지만, 지금은 은인에게 고마워해야 할 때였다.

"그렇지만 저는 당신을 더 힘든 길로 이끈 것이나 마찬가지입니다."

"자책하지 말아줘. 이미 넌 이야기해 줬잖아? 너와 함께하는 길은 지옥이 될 거라고. 그리고 그 길을 나 혼자만 걸어가야 하는 건 아니야. 다른 동료들과 함께 너도 같이 걸어갔으니까."

베스티나는 대화를 이어가지 않고 모래 위에 손가락으로 무언가를 쓰지 시작했다. 아무런 의미도 없는 직선과 곡선, 원을 연이어 그리는 그녀의 손끝은 미세하게 떨리고 있었다.

그렇게 해서라도 두근거리는 가슴을 진정시켜야 했다.

"나는 계속 같은 길을 걸어가고 싶어. 이레귤러의 동료로서, 그리고……."

간신히 입을 연 베스티나는 도중에 말을 멈추더니 고개를 숙이며 무릎 위에 얼굴을 댔다.

"다른 의미로도."

오른손에 쥐고 있던 트윈 엣지가 스스륵 미끄러지며 모래 위로 툭 떨어졌다. 그러나 그레인은 주울 생각조차 하지 못하고 계속 우두커니 서 있기만 했다. 그녀가 말한 다른 의미가 무엇인지 알아챘기 때문이다.

"그 운명의 끝이 죽음이라 할지라도……."

베스티나는 고개를 뒤로 돌려 우거진 수풀 사이를 바라봤다. 멀리서 자신들을 지켜보고 있는 누군가의 시선을 의식해서인지 베스티나의 목소리는 점점 작아졌다.

"나는 너와 함께하고 싶어. 너를 그저 은인으로만 여기고 싶지 않아."

그럼에도 그녀의 말에는 자신의 감정을 감추지 않고 드러내겠다는 확고한 의지가 실려 있었다.

"베스티나, 저는……."

"네가 마음속에 품고 있는 누군가를 잊으라는 이야기는 결코 아니야. 당연히 네 입장에서는 잊을 수 없겠고, 잊어서는 안 되겠지."

베스티나는 전생에서 현생까지 이어지는 그레인의 마음을 부정하고픈 생각은 조금도 없었다.

"그럼에도 나는 함께하고 싶어."

오히려 옛 연인을 잊지 못하는 그의 모습에서 아련한 감정을 느꼈다.

"미안, 가뜩이나 마음이 복잡할 텐데 더 복잡하게 만들어서."

"……."

그레인은 천천히 베스티나 쪽으로 고개를 돌렸다.

그러나 이번에는 정작 베스티나 쪽에서 그와 시선을 맞추지 못하고 회피했다.

"하지만 계속 마음에 담아두고만 있을 수 없었어. 많은 이들이 먼저 가는 모습을 보고 있으니까, 어쩌면 다음 전투가 내 생의 마지막이 될지도 모른다는 생각이 들었어. 그래서……."

"베스티나!"

그레인은 자세를 낮추더니 베스티나의 양어깨를 강하게 움켜쥐었다.

"그런 말은 절대로 하지 마십시오! 우리들은 마지막까지 살아남아야 합니다!"

갑작스러운 그레인의 행동에 크게 떠진 베스티나의 두 눈이 가늘어지면서 은은한 미소로 변했다.

빛과 어둠, 두 가지 색만이 존재하는 그녀의 시야에서 유일하게 원래 색으로 보이는 그레인을 올려다보면서.

"그 우리라는 말에 나만 포함한 것은 아니겠지?"

"그, 그건……."

"이해해."

베스티나는 자신의 어깨를 붙들고 있는 그레인의 오른손에 자신의 오른손을 살며시 올렸다.

"하지만 내가 포함된 건 맞지?"

"네."

"기뻐. 정말로, 기뻐."

손가락 끝을 살짝 웅크리면서 같은 말을 반복하는 베스티나.

얼떨결에 그녀의 어깨를 움켜쥔 손을 빼지 못하고 가만히 있는 그레인.

두 남녀 사이에 고요함이 감도는 가운데, 그녀의 눈에서 시작된 미소가 입술로 옮겨갔다.

"힘든 길을 같이 걸어간 모두가 너에게 소중하겠지만, 나는 네 마음속에서 조금이라도 더 특별해지기를 원해."

"베스티나……."

"그러면 네가 짊어지고 있는 고뇌와 짐을 내가 나누어 질 수 있겠지?"

베스티나의 얼굴은 웃고 있었지만, 눈가가 촉촉이 젖어들기 시작했다.

"그렇지만, 지금 당장 대답을 바라는 건 아니야. 언젠가는 답해 주길 바라."

"저는……."

"그렇다고 나 때문에 네가 예전부터 품고 있었던 감정을 속이는 것 역시 원치 않아. 그것 역시 너에게 소중한 것이니까."

천천히 몸을 일으킨 베스티나는 왔던 방향으로 되돌아갔다.

그레인은 멀어져 가는 그녀의 뒷모습을 멍하니 바라봤다.

언제부터 그녀가 자신에게 특별한 감정을 품고 자신을 바라봤는지 그레인은 알 수 없었다.

그러나 그레인이 그녀를 이전과 다른 시선으로 보기 시작한 시점이 언제부터인지는 알 수 있었다.

'아마도 그때부터였던가.'

베스티나가 천사의 날개를 이식받은 직후, 그녀의 시야에 오직 그만이 원래 모습대로 보였던 그때였음을 그레인은 재차 확인했다.

그러나 그레인은 베스티나와 달리 새롭게 피어난 감정을 드러내지 않았다.

전생의 연인이었던 아딜나의 희생으로 죽지 않고 회귀한 자신에게, 그녀 말고 다른 상대에게 이런 감정을 품는 게 과연 옳으냐는 고뇌가 몰려왔다.

'하지만……'

아달나를 바라보는 자신을 의식해 베스티나가 그동안 감정을 억눌러 왔다는 건 분명했다.

동시에 본의는 아니었다고 하나, 자신 때문에 그녀를 또 다른 고뇌에 빠뜨렸다는 것 역시 확실했다.

그런 그녀가 용기를 내서 스스로의 감정에 솔직하게 나온 이상, 그레인 역시 확실한 확답을 내줘야만 한다.

'여러 일이 겹쳐서 그런지⋯ 힘들군.'

결국 그레인은 결정을 내리지 못하고 멀어져 가는 베스티나를 바라보기만 했다.

베스티나가 수풀 사이로 모습을 감추자, 또 다른 누군가가 그레인을 향해 천천히 걸어오고 있었다.

그녀가 누구인지 알아본 그레인의 두 손이 살짝 떨렸다.

베스티나의 고백이 남긴 여파가 사라지지 않은 상태에서 절대 만나서는 안 되는 상대였기 때문이다.

"그레인, 훈련은 끝났나요?"

"네⋯⋯."

"아무래도 중요한 이야기를 나누고 있는 것 같아서 기다리고 있었답니다."

"혼자 왔습니까?"

"아니에요, 크루겐과 같이 왔는데⋯ 어? 어디 갔지?"

아달나는 당연히 옆에 있을 크루겐이 없다는 걸 뒤늦게 알고 주위를 둘러봤다.

"아, 저기 있네요."

수풀 근처 나무에 등을 기댄 크루겐이 둘을 향해 손을 흔들고 있었다.

"지금 막 듀란 님이 공간 이동 마법으로 돌아오셨답니다. 모두 급히 오라는 연락을 전하기 위해 왔답니다."

"알겠습니다."

그레인은 트윈 엣지를 검집에 넣고 아딜나의 옆을 지나 앞서가려고 했다.

그러나 베스티나가 스스로의 감정을 감추지 않고 보여준 직후여서였을까. 그레인은 도중에 멈춰 선 채로 나가지 못했다.

"그레인?"

아딜나는 그레인에게 무슨 일이 있나 싶어 조심스럽게 안색을 살폈지만, 그레인은 그녀와 시선조차 맞추기 힘들었다.

"혹시 저에게 할 말이 있나요?"

"그게……."

전생에 대해서는 알려서 안 된다는 결심은 여전히 확고했지만, 감정 자체만은 표현하고 싶은 충동은 아딜나를 볼 때마다 매번 들었다.

그러나 베스티나와 달리, 그레인이 아딜나에게 품고 있는 감정은 전생을 기반으로 두었기에 쉽게 드러낼 수 없었다.

"하지만 할 말은 있다는 거죠?"

"네."

"언젠가는 말해줘요."

아딜나는 평소와 다를 바 없이 웃음을 머금으며 말했다.

　　　　　*　　　　　　*　　　　　　*

　카를로스의 집무실로 달려간 그레인은 문을 열고 서둘러 안으로 들어갔다.

　기다란 탁자 중앙에 앉은 듀란은 심각한 표정으로 문서를 살펴보고 있었고, 다른 사람들은 일찌감치 도착해 그레인을 기다리고 있었다.

　"늦어서 죄송합니다."

　사과를 하며 주위를 둘러보던 그레인의 시선이 베스티나에 머물렀다.

　고개를 살짝 숙이며 옆으로 시선을 돌린 그녀의 얼굴은 살짝 상기되어 있었다.

　그레인은 빈자리에 앉으면서 다른 이들의 시선을 확인했다. 무거운 분위기 때문에 각자 앞만 바라보고 있었기에 그녀의 변화를 눈치챈 이들은 없어 보였다.

　"아닐세. 우리들도 막 여기에 모였으니. 그러면……."

　렌딜은 옆에 있는 듀란의 어깨를 살짝 두들겼다.

　"시작하세."

　"아, 모두 모였습니까?"

　뒤늦게 그레인이 도착한 걸 확인한 듀란은 읽던 문서를 가지런히 정리해 앞에 놨다.

　"예상보다 상황이 심각하게 변했습니다."

그의 말대로 듀란의 표정은 델타 섬을 떠날 때보다 훨씬 심각했다.

"설마 페트로에게 무슨 일이 생긴 건가?"

"그건 아니지만 며칠 전에 이스트라 님께서 은신처를 홀로 떠나셨습니다."

"이스트라 교관님이?"

"누군가가 보낸 편지를 받고 급히 떠나셨다고 들었습니다."

"설마……."

"우리가 받은 것과 달리 편지의 발신인은 적혀 있지 않았지만, 아무래도 쉐일이 보낸 게 맞겠지요."

이스트라는 그동안 터지지 않았던 불안 요소 중 하나였다.

사실 인질이나 다름없는 여동생을 억류하고 있으면서도, 쉐일이 여태까지 이스트라를 협박하지 않은 쪽이 이상했다.

"이렇게 된 이상, 서둘러 쉐일이 있는 곳으로 가야 합니다. 이스트라 님이 먼저 쉐일과 만나기 전에 말입니다."

듀란은 회의에 참석한 이들 한 명, 한 명에게 해야 할 일을 상세하게 지시했다.

특히 비공정의 수복과 개조에 걸리는 시간을 최대한 앞당겨 달라며 렌딜과 제스테일에게 신신당부했다.

전투원인 그레인과 크루겐에게는 특별한 지시를 내리지는 않았다.

대신 모두를 위해 희생할 각오 대신, 모두와 함께 반드시 살아남아야 한다는 말을 덧붙였다.

"마지막으로 드레이크, 비공정의 출항 준비가 끝나면 즉각 저에게 알려주시기 바랍니다."

"평소에 미리 준비해 뒀으니 개조가 끝나는 대로 출항할 수 있을 거야."

"알겠습니다. 그러면 모두 서둘러 주시길 바랍니다."

듀란이 회의가 끝났음을 알리자 참석한 이들이 하나둘씩 집무실 밖으로 나가기 시작했다.

다른 이들을 따라 나가려던 크루겐이 도중에 멈춰 서면서 그레인 쪽으로 몸을 돌렸다.

"그레인, 잠깐만."

"무슨 일인데?"

"아까 무슨 이야기했어?"

크루겐은 그레인에게 바짝 다가가더니 귓속말을 건넸다.

"무슨 이야기라니?"

"저 애하고."

크루겐은 막 밖으로 나가는 베스티나 쪽을 넌지시 가리켰다.

처음 그레인이 집무실 안으로 들어올 때를 제외하면 회의가 끝날 때까지 둘은 동시에 서로를 바라보진 않았다.

그러나 이전과 달라진, 둘 사이의 미묘한 분위기를 크루겐은 분명히 느꼈다.

"말하기 곤란한 내용이야?"

"……."

주저하며 대답하길 망설였다.

"그래, 그렇구나."

크루겐은 쓴웃음을 지으며 그레인의 어깨를 토닥거렸다.

회귀한 이후 가장 오랫동안 함께한 크루겐에게도 베스티나와의 일을 숨겨야 하는지, 그레인은 갈등했다. 말할지 말지를 망설이던 그레인의 입안에 하고 싶은 말이 계속해서 맴돌았다.

"크루겐, 사실은……."

그레인은 손을 뻗어 크루겐을 붙잡으려고 했지만, 그는 이미 자리를 떠난 후였다.

집무실에 남은 이는 그레인과 듀란, 단둘뿐이었다.

맥스가 세상을 떠난 이후 결사대를 이끌고 있는 듀란.

맥스의 코어와 함께 그의 의지를 대신 이어받은 그레인.

어깨를 짓누르는, 보이지 않는 책임감의 무게를 느껴야만 하는 두 남자 사이에 침묵이 감돌았다.

멍하니 서 있던 그레인은 도로 의자에 앉았다. 탁자를 사이에 두고 그의 맞은편에 앉아 있던 듀란은 깍지를 낀 양손을 이마에 가져갔다.

"우리 둘만 있는 건 참으로 오래간만이로군요."

듀란은 시선을 살짝 아래로 내린 채로 입을 열었다.

"저는… 우리를 따라와 준 이들 모두에게 고마움을 느끼고 있습니다."

듀란은 깍지를 풀지 않은 양손을 탁자에 내려놓았다.

"아시다시피 전생의 우리들은 이미 한 번의 실패를 겪었습니다. 그런 우리들을, 반드시 이긴다는 보장이 없음에도 따라와 준 이들은 소중할 수밖에 없지요."

"나도 마찬가지야."

"그리고 동시에 미안하기도 합니다. 우리들의 선택은 우리들뿐만 아니라 회귀하지 않은 이들의 운명까지 바꿨으니까요."

인간으로 남아야 했지만 하이브리드가 되어버린 에르닌.

딸을 하이브리드로 만든 교단에 복수하기 위해 이레귤러와 손을 잡은 렌딜.

왕이 될 전생의 운명에서 벗어나 암흑가의 지배자가 된 펠릭스.

이레귤러라는 걸 들켰기 때문에 교단과 맞설 것을 강요받은 것이나 마찬가지인 베스티나.

그레인이 기억하는 이들만 따져봐도 한두 명이 아니었다.

"그렇기에 우리들은 전생과 다르게 실패가 아닌 성공을 반드시 쟁취해야만 합니다. 그렇다고 그것에만 매달리고 다른 것들을 모두 포기하라는 의미는 아닙니다."

"포기라."

"지금 그레인, 당신이 베스티나 양의 감정을 쉽게 받아들이지 못하고 갈등하는 것처럼 말이죠."

그레인은 눈을 크게 뜨며 놀랐지만, 급히 감정을 추스르며 대답하지 않았다.

그러나 순간 멈칫하는 모습만으로도 듀란은 자신의 추측이 맞았음을 확인할 수 있었다.

"역시 그랬군요."

"어떻게 알았지?"

"당신에게 항상 머물던 그녀의 시선이 오늘만은 남달랐거든요. 그리고 이전부터 그런 낌새를 느꼈습니다. 하지만 다들 전생의 당신과 아딜나를 기억하고 있었기에 굳이 그걸 드러내지 않았을 뿐입니다. 아마 베스티나 양도 그래서 계속 감정을 숨겨왔겠죠."

"듀란, 나는……"

그레인은 입을 열었지만, 하던 말을 도중에 멈추고 말끝을 흐렸다.

분명히 하고픈 말이 있었지만, 무슨 말을 하려고 했는지 잊어버렸다.

듀란은 자신의 감정과 타인의 감정 사이에서 고민하는 그레인을 바라보며 희미하게 미소를 지었다.

"우리의 목적은 교단을 쓰러뜨리고, 언젠가는 다시 인간으로 돌아가는 것입니다. 그러나 단순히 인간이 되는 것에 멈추지 않고, 인간다운 삶도 누릴 수 있어야 하지 않을까요?"

교단이 힘의 대가로 부여한 노예라는 족쇄에서 벗어나기 위해 그들은 전생과 현생, 두 번에 걸친 삶 속에서 피로 점철된 길을 걸어왔다.

그만큼 마음속으로는 평화로운 삶을 갈망하고 있었다.

아니, 반드시 평화롭지 않더라도 하이브리드로서 누릴 수 없는 더 넓은 삶을.

"그런 면에서 리카르도는 우리들 중 가장 인간답게 살아가는 것 같아서 내심 기쁘더군요."

실제로 리카르도는 지난번 전투 때 얼굴에 중상을 입은 트리아나 곁에 머무르면서 대부분의 시간을 보냈다.

모두의 노력 덕분에 트리아나는 병상에서 일어날 수 있었지만, 얼굴 반을 뒤덮을 정도로 큰 흉터가 남는 것만은 피할 수 없었다.

다른 이들과 만나는 걸 극히 꺼리면서 홀로 방에 틀어박혀 있던 그녀였지만, 최근 에르닌에게 들은 이야기에 따르면 다행히도 조금씩 웃음을 찾고 있다고 했다.

바로 리카르도의 보살핌 덕분에.

"무슨 이야기인지 알겠어. 하지만 지금 급한 것은 쉐일과의 결전을 어떻게 대비하느냐야."

"역시 예상한 대답이로군요. 당신답긴 하지만……."

듀란은 화제를 애써 다른 쪽으로 돌리려는 그레인을 바라보며 씁쓸해했다.

그러나 충분히 이해할 수 있는 부분이기에 넘어갈 수 있었다.

그레인은 아달나의 희생 덕분에 회귀에 성공한 마지막 30인에 포함될 수 있었다.

회귀한 그와 달리 전생을 기억 못 하는 그녀를 앞에 두고서도 과거에 대해 입을 다물어야 하는 입장은 옆에서 보고 있는 것만으로도 애절하면서 서글펐다.

그렇기에 아달나에게 적극적으로 나서지 못하면서, 다른 이의 감정을 접하고 주저하는 모습을 이해할 수 있었다. 오히려 그의 마음이 쉽게 바뀐다면 그건 그것대로 실망스러울지도 모른다며 그레인의 결정을 납득했다.

"역시 쉐일을 쓰러뜨리는 수밖에 없겠지?"

"옛날처럼 돌아가는 건 절대로⋯ 아마도 불가능하겠지요."

일말의 가능성도 남기지 않는 수식어 뒤에 미미한 가능성이 내포된 단어를 덧붙인 듀란의 표정은 복잡했다.

"하지만 가능하다면, 그를 어떻게든 설득하고 싶습니다."

"그럴 방법이 있어?"

"이미 수를 쓰긴 했습니다만, 얼마나 통할지는 저도 잘 모르겠습니다. 어쩌면 설득하려는 의도와 별개로, 그를 흔드는 것에는 성공할 수 있을 겁니다."

듀란은 창문 밖으로 시선을 돌렸다.

쉐일이 알려준 장소로 보낸 편지가 제대로 도착했기를 바라면서.

*   *   *

카르디어스 신성력 1401년 12월 1일.

쉐일은 커튼을 친 어두컴컴한 방에 홀로 있었다.

유일하게 방 안을 밝히던 촛불 아래로 녹아내린 촛농이 촛대 아랫부분에 달라붙었다.

빛도, 소리도 존재하지 않는 그의 집무실과는 반대로 밖에는 많은 이들의 목소리가 서로 뒤섞여 시끌벅적한 분위기를 형성했다.

직속 부하들을 제외하고는 쉐일은 비밀 연구소에 그 누구도 들여보내지 않았지만, 지금은 수많은 병력들이 비밀 연구소를 둘러싸고 있었다.

현생에 새롭게 맞이한 기나긴 악연과 종지부를 찍기 위한 만반의 준비를 갖춘 쉐일은 이레귤러와 결사대, 혹은 이스트라가 오기를 기다렸다.

그러나 가장 먼저 도착한 것은 그 둘 중 하나가 아닌 한 통의 편지였다.

적들이 오기를 기다리면서 홀로 생각에 잠기는 시간이 많아진 쉐일이었지만, 하룻밤을 꼬박 세울 정도로 근심에 사로잡히기는 이번이 처음이었다.

"이런 내용일 줄은 예상 못 했는데."

그는 밤새도록 수십 번 넘게 읽은 편지를 한 손으로 들고 까닥거렸다.

쉐일이 이레귤러에 보낸 편지처럼, 그가 어젯밤에 받은 편지에는 발신인이 적혀 있지 않았다.

그러나 편지의 내용을 읽는 것만으로도 누가 보냈는지 알 수 있었다. 시간 회귀술이 보관되어 있던 유적에서 벌어졌던 일에 대해 상세하게 기록되어 있었기 때문이다.

물론 편지에는 그때 있었던 일만 적혀 있지 않았고, 편지로 인해 새롭게 알게 된 사실이 그를 고민에 빠뜨렸다.

"하이브리드라. 그것도 교황이……."

하이브리드를 향한 쉐일의 분노는 가라앉지 않았다.

대신 분노의 방향이 하나만이 아닌 다른 곳으로 갈라졌다. 바로 교황 아르디언을 향해.

"다시 읽어도 믿기지 않는군."

처음에는 얼토당토않은 이야기라며 무시하려고 했다.

그러나 그가 개인적으로 조사하던 것과 편지의 내용이 마치 톱니바퀴처럼 맞물리면서, 편지에 적혀 있는 이상의 내용을 추측할 수 있었기에 무시할 수만은 없었다.

쉐일은 편지를 책상 위에 내려놓으며 한숨을 길게 내쉬었다.

"하지만 내가 읽은 것들이나, 이 편지나 믿기 힘든 건 마찬가지 겠지."

쉐일은 의자에 앉은 채로 어두컴컴한 방을 쓱 둘러봤다.

벽에 설치된 책장 안을 가득 채우고도 자리가 모자라 바닥에 높게 쌓아 올린 책들이 어둠 속에 한 자리를 차지했다. 개중에는 금서로 지정되어 소지하는 것만으로도 종교재판에 회부될 수 있는 서적들도 다수 포함되어 있었다.

쉐일은 책상 서랍을 열어 안에서 새 초를 꺼내 촛대에 끼웠다.

화르르.

심지에 불을 붙이자, 촛불의 은은한 빛이 책상 위를 밝혔다.

편지지가 구깃구깃해질 정도로 반복해 읽은 편지 대신, 이전에 읽었던 책 중 하나를 집어 든 쉐일의 손은 미세하게 떨고 있었다.

낡은 책을 책상 가운데에 놓고 펼치자, 표지에 아직 남아 있던 먼지가 사방으로 흩어졌다.

페이지를 넘기면서 끄트머리를 접어놨던 부분을 찾은 쉐일이 해당 페이지의 내용을 손끝으로 그어가며 재차 확인했다.

"하필이면 그놈들이 알려준 정보가 이것하고 이어질 줄이야……"

쉐일은 전혀 알고 싶지 않았던 진실에 가까워지는 자신이 원망스럽기만 했다.

그가 진정으로 알고 싶었던 사실은 지금 읽고 있는 책의 문구도, 편지에 적힌 내용도 아니었다.

시간 회귀술이 적힌 석판이 산산조각 나는 모습을 눈앞에서 본 이후, 그는 고든을 되살릴 가능성에 대해 포기해야 한다고 마음먹었지만 쉽사리 미련을 떨쳐낼 수 없었다.

시간 회귀술이 존재한다면, 회귀가 단 한 차례만 이뤄졌을 리 만무하다.

그러므로 역사를 기록한 문서 어디에는 분명히 시간 회귀술을 다른 방식으로 찾을 수 있는 실마리가 존재할 거라 쉐일은 믿었다.

그는 수백 년… 아니, 수천 년 전의 역사까지 뒤져가며 희망을 끝을 놓지 않았다. 그러나 그의 의도와는 다르게 알기 원치 않았던 비밀에 대해 다가가게 되었다.

이레귤러도, 결사대도, 발견 못 했을 수도 있는.

"저… 식사 시간이 다 되었습니다만."

그의 부하인 이그나가 문을 열고 방 안으로 들어오자, 쉐일은 눈살을 찌푸리며 읽던 책을 덮었다.

"이그나, 노크도 없이 들어오지 말라고 전에 이야기했을 텐데?"

"노크를 계속했는데, 못 들으셨습니까? 그리고 문이 열려 있어서……."

"그랬나?"

쉐일은 방금 전까지 읽고 있던 책이 이그나의 시야에 들어오지 않도록 등 뒤에 숨겼다.

그사이 이그나는 커튼을 걷기 위해 창문 쪽으로 걸어갔다.

"커튼은 걷지 말고 놔둬라."

"네? 이미 해가 떴는데요?"

"놔두라고 했다!"

쉐일의 외침에 이그나는 움찔하며 뒤로 물러섰다.

"저, 저는 단지……."

요 근래 주변 사람들에게 민감한 반응을 보이긴 했지만, 부하들에게 단 한 번도 호통치지 않았던 쉐일.

그가 그답지 않게 역성을 내자 이그나는 잔뜩 굳은 얼굴로 식은땀을 흘렸다.

쉐일은 말없이 부들부들 떨고 있는 부하를 바라봤다.

이단 심문관이라는 직위를 내려준 이후, 쉐일 아래 들어간 하이브리드들은 진심으로 그를 따랐다.

이제까지 받았던 것의 몇 배나 되는 급료.

암암리에 존재했었지만, 쉐일의 지시 아래 사라진 하이브리드에 대한 차별.

이단 심문관이 되면서 얻게 된… 인간들만이 소유했던, 다른 이들을 처단할 수 있는 권리.

그들에게 있어서 쉐일은 진정으로 따를 수 있는 지도자로 비춰졌다.

그러나 쉐일의 눈에는 고든을 죽인 이들과 하나도 다를 바 없었다.

'회귀가 있었다는 걸 진작 알았다면, 그 어떤 하이브리드라도 부하로 들이지 않았을 텐데.'

차라리 고든까지 현생의 결사대로 합류했다면, 쉐일은 이렇게까지 하이브리드를 저주하진 않았을 것이다.

그러나 고든은 회귀로 인해 뒤틀린 운명 속에서 비극적인 최후를 맞이했다. 그것도 하이브리드인, 전생의 동료에 의해서.

게다가 증오의 대상이었던 맥스가 허망하게 죽은 지금, 맥스에게 쏟았던 쉐일의 분노는 하이브리드라는 존재 자체로 향할 수밖에 없었다.

그럼에도 지금 그는 하이브리드를 부하로 두고 있었다. 앞뒤가 맞지 않는 선택에 쉐일은 마음속으로 비웃었다. 다른 누군가가 아닌 스스로를 향해.

"저… 따로 시키실 일이 있습니까?"

"아니다. 나가봐라."

쉐일은 책상 쪽으로 몸을 돌리며 등을 보였고, 이그나는 고개를 갸웃거리며 방 밖으로 나갔다.

문이 닫히면서 방은 다시 어둠에 갇혔고, 쉐일은 방 안에서 유일하게 빛을 발하고 있는 촛불 위로 편지를 가져갔다.

화르르.

순식간에 타들어간 편지 아래로 재가 후두둑 떨어졌다.

―인간이냐 하이브리드냐를 떠나, 교황 아르디언은 절대 그냥 놔둘 수 없는 존재입니다. 만약, 저희들이 기억하던 예전의 관계로 되돌아갈 수 있다면……

"아니, 되돌릴 수 없어."

쉐일은 편지의 마지막 문구를 떠올리며 두 눈을 감았다.

현생의 그는 이레귤러와 결사대, 둘 모두와 절대 함께할 수 없을 정도로 멀어졌다.

교황과 관련된 진실에 대해 알게 되었다 하여도 달라진 것은 단 하나뿐이다.

교황을 포함한 하이브리드 모두에게 분노를 쏟아내야 한다는 점.

그러기 위해선 하루라도 속히 이레귤러와 결사대가 자신을 찾아오기를 바랐다.

가슴속에서 불타고 있는 증오가 사그라지기 전에.

제3장
서로 뒤돌아선 이들의 종착점

이레귤러와 결사대, 그리고 병사들을 실은 비공정이 델타 섬을 떠난 지도 일주일이 지났다.

그들의 목적지는 쉐일이 머무르고 있는 비밀 연구소.

쉐일 쪽에서는 자신의 거처를 직접 밝히고, 이레귤러와 결사대를 기다리고 있겠다며 자신만만하게 나왔다.

지난 전투에서 교황의 압도적인 힘 앞에 패배했던 그들은 쉐일과의 전투를 앞두고 또다시 패배를 겪지 않을까 하는 두려움에서 벗어나기 힘들었다. 그리고 그 전에 결사대는 이미 한 번의 패배를 경험했고, 두려움은 더 클 수밖에 없었다.

시간 회귀술이 기록된 석판을 회수하기 위해 부하들을 이끌고 갔던 듀란은 쉐일과 전혀 예상치 못한 타이밍에 만났었다.

쉐일이 발휘한 미지의 힘은 시련을 느끼지 못하는 듀란 일행을 궁지에 빠뜨렸다. 불행 중 다행으로 시간 회귀술이 쉐일의 손에 들어가는 것만은 막았지만, 소중한 동료들이 그의 손에 죽는 것을 막기에는 무리였다.

그 일이 있은 이후, 이레귤러와 결사대는 새로운 운명을 받아들여야만 했다. 회귀로 인해 뒤틀린 운명이 전생의 조력자를 그들의 앞을 가로막는 적 중 하나로 탈바꿈시켰음을.

결국 그들은 한번 뒤바뀐 운명을 되돌리기보다 받아들이기를 택했다. 비공정의 수리가 끝나자마자 그들은 서둘러 출발했지만, 아직 마치지 못한 연구가 쉐일의 비밀 연구소를 향해 이동하는 내내 진행되었다.

*　　　　*　　　　*

카르디어스 신성력 1401년 12월 10일.

비공정 안에 설치된 대련실에 많은 이들이 모였다.

웬만한 충격이나 마법에도 견딜 수 있도록 특수 처리된 암석으로 둘러싸인 대련장 중앙에는 그레인과 렌딜이 서 있었다.

그 둘을 제외한 다른 이들은 대련실 구석에 모여 있었고, 걱정스러워하는 시선으로 그레인을 멀리서 응시했다.

"자네, 괜찮나? 아까도 말했지만, 고통을 억지로 참으라는 이야기는 아닐세. 이 힘이 하이브리드에게 얼마나 영향을 끼치는지 정확히 판단하기 위해서 솔직하게 대답해 줘야 하네."

하이브리드가 아닌 인간인 렌딜은 우려 섞인 시선으로 그레인을 바라봤다.

"이 정도는 괜찮습니다."

"정말로?"

"네."

그레인은 망설임 없이 대답했지만, 그의 상태는 평소와는 확연히 달랐다. 빙룡의 어금니가 자리 잡고 있는 그의 왼쪽 팔에는 추위로 인해 소름이 잔뜩 돋아나 있었다.

반대로 화룡의 어금니가 이식된 오른쪽 팔에서 흘러내린 땀이 대련실 바닥에 뚝뚝 떨어졌다.

그를 평소답지 않게 만든 원인은 바로 눈앞에 있었다.

탁자 위에 놓인 투명한 유리 상자 안에는 엄지손톱만 한 크기의 검은색 물체들이 빛으로 연결되어 있었다.

하이브리드에게 시련을 안겨주기 위해 교단이 사용하던 황금색 팔찌. 그 안에 숨겨져 있던 검은색 물체는 하이브리드에게 시련을 주는 매개체였다.

"그러면 더 강하게 해보겠네."

렌딜은 유리 상자 위에 오른손을 가까이 가져갔다.

교단의 성직자들이 황금색 팔찌를 쓸 때처럼 유리 상자로부터 강렬한 빛이 뿜어져 나왔다. 렌딜의 마나가 유리 상자 안으로 흘러들어 가면서 가만히 놓여 있던 검은색 물체들이 조금씩 움직이기 시작했다.

순간 그레인은 숨을 멈추고 양손을 꽉 움켜쥐었다.

"지금도 괜찮나?"

"아직까지는… 견딜 만합니다."

엄청난 냉기가 왼팔의 살갗을 찢어발기면서 뼛속까지 파고드는 착각.

활활 타오르는 불기가 오른팔을 시커멓게 태우는 듯한 괴로움.

그레인은 전신에 퍼져 나가는 고통을 참아내며 아랫입술을 질끈 깨물었다.

'그레인……'

베스티나는 고통에 휩싸인 그레인의 뒷모습을 안타까운 눈빛으로 바라봤다.

혹시나 다른 이들에게 자신의 감정이 들킬까 봐 눈치를 보면서 주변을 살피기도 했다.

그러나 언제 그랬냐는 듯 다시 시선은 그레인에게 고정되었다. 쉐일을 상대하기 위해 반드시 필요한 과정이라고 하여도, 그레인을 볼 때마다 마치 자신이 고통스러운 것처럼 가슴이 아렸다.

"계속해도 되겠나?"

"부탁… 드립니다."

"위험하다고 판단되면 당장 멈추겠네."

렌딜은 안쓰러워하면서도 어쩔 수 없이 마나를 계속 흘려 넣었다.

그레인의 입에서 신음이 흘러나오기 직전까지.

"크윽!"

결국 고통을 이기지 못한 그레인이 비틀거리며 한쪽 무릎을 꿇었다.

"그만! 그만하십시오!"

듀란의 외침에 렌딜은 유리 상자의 표면을 덮고 있던 마나를 회수했다. 투명한 유리가 순식간에 시커멓게 변했고, 고통에서 해방된 그레인이 거칠게 숨을 몰아쉬었다.

"그레인!"

가장 먼저 앞으로 달려간 베스티나가 그레인을 부축해 일으켰다.

뒤따라가던 에르닌은 그레인을 바라보는 베스티나의 눈빛에서 무언가를 느끼고 제자리에 멈춰 섰다.

"다, 다친 곳은 없어?"

"…문제없습니다."

유리 상자 안의 검은색 물체들은 그레인에게 극심한 고통을 선사했지만, 말 그대로 고통만을 안겨줬을 뿐 화상이나 동상 자국은 남지 않았다. 그럼에도 베스티나는 혹시 있을지 모르는 상처나 부상을 우려해 그의 양팔을 꼼꼼히 살폈다.

그사이 듀란은 렌딜과 이야기를 주고받았다.

"그 부분은 자네의 예상보다는 덜하더군."

"그렇군요. 그렇다면 아까 마나의 강도를 높였을 경우에는……."

듀란은 렌딜로부터 확인한 내용을 토대로 미리 작성해 놓은 문서의 빈칸에 'O'과 'X'를 번갈아가며 표기했다.

원래대로라면 기입해야 할 항목 모두에 'X'를 기록하고 싶었지만, 'O'로 기록된 항목이 계속 늘어나기만 했다.

"듀란, 실험 결과는?"

그레인은 베스티나의 부축을 받고 일어섰다.

자원해서 실험의 대상이 된 이상, 그 누구보다 먼저 실험이 어떤 결과를 도출했는지 알고 싶어 했다.

"휴우……."

"생각보다 안 좋게 나왔어?"

"그건 아닙니다. 예상 범위 내의 결과이긴 합니다만, 가급적 예상과 맞지 않기를 바랐습니다."

듀란이 실험으로 밝히고자 했던 내용은, 시련에서 자유롭다고 여겼던 이레귤러가 어느 정도의 시련까지 버티어낼 수 있는지에 대해서였다.

"모두 아시다시피 이레귤러는 시련에 대한 강한 저항력을 지니고 있습니다. 이제까지 교단이 사용했던 황금색 팔찌의 영향에서 자유로울 정도로 말입니다. 그러나 이전 쉐일을 상대했을 때, 그는 저를 포함한 다른 이레귤러마저도 굴복시킬 정도의 시련을 저와 다른 동료들에게 안겨줬습니다."

듀란의 입술 한쪽 끝이 살짝 꿈틀거렸다.

절대 다시 경험하지 않을 거라 믿어 의심치 않았던 고통에 몸부림치던 모습이 생생한 기억으로 남아 있었다.

"저는 그때 쉐일이 들고 있던 정체불명의 물체와, 황금색 팔찌 안에 들어 있던 검은색 물체가 동일 물질이라 추측했습니다. 그것을 입증하기 위해선 검은색 물체들을 마나를 통해 서로 연결해 활성화시킬 경우 어느 정도의 고통을 안겨주는지 확인할 필요가 있었습니다."

"그래서 결과는?"

"…동일한 물질이라는 예상은 맞았지만, 쉐일이 안겨준 고통 쪽이 훨씬 더 강했다고 판단됩니다. 그 검은색 물체를 나누면 나눌수록 효율이 떨어진다고 사료됩니다."

"방금 전 겪었던 고통도 만만치 않았는데, 그 이상이라면……."

그레인은 머리를 설레설레 가로저었다. 어느 정도의 고통인지 상상조차 안 갔고, 상상하는 것 자체가 싫었다.

"잠깐! 그렇다면… 교단은 이 검은 걸 제대로 못 썼다는 이야기잖아? 이레귤러든 아니든 하이브리드라면 절대 거역할 수 없게 만들 수 있는 저것들을, 굳이 이런 식으로 잘게 쪼개서 쓰는 건 손해 아니야?"

그레인과 듀란 사이에 고개를 쑥 내민 헤르디온은 검게 변한 유리 상자를 가리키며 물었다.

"그건 검은색 물체 하나만 단독으로 사용하기보다 잘게 쪼개서 황금색 팔찌를 다수 만들어 쓰는 쪽이 훨씬 효율적이기 때문이겠죠. 하이브리드는 한두 명이 아니니까요."

"어, 그렇겠네."

교단 소속의 하이브리드는 일부를 제외하고는 한곳에 몰려 있지 않고 대륙 곳곳에 배치된 상태. 그들 모두를 시련으로 지배하기 위해서는, 상당한 수의 황금색 팔찌가 필요하게 마련이다.

"그리고 우리들 이전 세대의 하이브리드 중에서도 이레귤러는 있었을 겁니다. 그러나 하나로 뭉치지 못한 이레귤러 개개인을 처리하기엔 교단 입장에서 그리 어렵지 않았겠죠. 냉정히 따지면, 전생에 결사대가 결성된 것 자체가 기적에 가깝습니다."

결사대.

전생의 맥스가 품었던 집념이 만들어낸 기적.

그러나 그 기적을 만들어냈던 맥스는 다른 이들보다 먼저 떠나가는 운명을 피할 수 없었다.

"그리고 또 한 가지 사실을 확인했습니다."

듀란의 표정을 어둡게 만든 결정적인 이유.

그는 한숨을 길게 내쉬며 'X'가 아닌 'O'로 기록된 마지막 항목을 다시 한번 눈으로 확인했다.

"그레인, 두 가지 서로 다른 고통을 느꼈다고 했었죠."

"맞아."

"그 이야기는 코어를 많이 이식받을수록 더 극심한 고통을 느낀다는 겁니다."

"아……."

그레인의 입에서 탄식이 흘러나왔다.

그레인뿐만 아니라, 추가로 코어를 이식받은 이들 역시 마찬가지였다. 교황 아르디언의 힘 앞에 전멸당할 뻔했던 과거를 반복하지 않기 위해, 더 많은 힘을 얻기 위한 선택이 그 전에 치러야 할 쉐일과의 결전에서 독이 될 줄은 미처 예상하지 못했다.

"어, 그러면 나는… 아, 끔찍하겠는데? 으, 나는 이번 전투에 전혀 도움이 못 될지도 모르겠어."

헤르디온은 몸 여기저기에 이식된 코어들을 떠올리며 치를 떨
었다.

"이레귤러가 어떤 이유로 시련에 강한 저항력을 지니게 되었는
지 알 수 있다면, 대응책을 마련할 수 있겠지만……."

더 많은 시간을 더 필요로 했고, 쉐일의 도발은 그들에게 그런
여유를 주지 않았다.

"그렇다면 그 시련에서 어떻게든 벗어나도록 조치를 마련하는
게 우선이겠네. 병력을 적절히 나누어 배치하는 것도 중요하겠지
만, 쉐일이 구현할 시련의 범위가 어느 정도인지 파악하는 게 더
중요하겠네. 넌 그때 직접 겪었다고 했으니 대충은 알고 있겠지?"

"이 대련실을 넘지 않을 정도의 범위였습니다만."

"하지만 더 넓게 적용되도록 개량시켰을 가능성도 있잖아? 지
난번 내가 거금을 쏟아부어서 만든 마법진으로 비공정을 정지시
켰던 것처럼 말이야."

"네, 저도 그 부분을 고려해 대책을 강구 중입니다."

"어쩌면 쉐일 추기경은 이전에 상대했던 교황보다 더 벅찬 상대
일지도 모르겠어."

헤르디온은 어깨를 축 늘어뜨리며 눈을 감았다.

무거운 공기가 대련실에 감돌면서, 여기저기에서 한숨이 연이
어 흘러나왔다.

*   *   *

"헉, 헉……."

그레인은 거칠게 숨을 몰아쉬며 이마의 땀을 손등으로 훔쳤다. 실험이 끝난 뒤에도 대련실에 남은 그레인은 혼자만의 수련에 몰두했다.

시련을 견딜 수 있다는 장점이 쉐일을 상대로는 소용없을 가능성이 높아졌고, 코어의 추가 이식이 단점이 되어버린 지금, 그레인은 초조한 마음에서 벗어날 수 없었다. 그래서 그는 무언가 하나에 열중하면서 초조함을 떨쳐내려 노력했다.

"이런, 벌써 시간이 이렇게 되었나?"

그가 구현한 냉기와 열기가 구현되었다가 사라지기를 연이어 반복하는 가운데 시간은 점심을 지나 저녁 무렵이 되었다.

워낙 격렬하게 움직여서 그런지 팔과 다리, 어깨는 물론이고 관절 하나하나가 모두 쑤시는 기분이었다.

그러나 실험을 통해 겪은 고통에 비하면 아무것도 아니었다.

'아직도 고통의 여운이 남아 있는 것 같아.'

말로 듣는 것과 실제로 체험하는 것과의 간격은 예상보다 컸다.

다시는 겪지 않으리라 여겼던 고통이 전신을 휘감고 사라진 여파 역시 마찬가지였다.

왜 이레귤러가 아닌 하이브리드들이 교단을 거역하지 못했는지 다시금 깨닫게 되었다.

'아까 겪었던 고통도 겨우 버텨냈는데, 이것보다 더한 고통이

날 덮친다면……'

제대로 된 저항조차 못 하고 땅바닥에 쓰러진 채로, 쉐일의 해머가 자신의 머리를 짓누르는 상상이 그의 머릿속에 떠올랐다.

"아직도 훈련 중이야?"

휙.

등 뒤에서 누군가가 던진 것을 그레인은 왼손으로 낚아챘다.

"저녁 시간이 다 지나도록 안 오길래 와봤어. 우선 이걸로 배나 좀 채우라고."

크루겐이 던진 것은 빨갛게 잘 익은 사과였다.

"불안하지?"

그레인은 대답하지 않고 손에 쥔 사과를 바라볼 뿐이었다.

"하긴 나 같아도 가만히 있기엔 뭐해서 다른 놈들하고 대련 좀 하다 왔어."

"그럴 작정이었다면 나와 같이……."

"내가 말 걸었는데 듣지 못할 정도로 집중하고 있더라? 그래서 그냥 놔뒀어."

크루겐은 입을 크게 벌리더니 사과를 베어 물었다.

그걸 본 그레인은 뒤늦게 갈증을 느끼고 사과를 먹으려 했지만, 식욕이 없던 터라 계속 들고 있기만 했다.

"그레인, 그때 일 기억해?"

"그때?"

"현생에서 쉐일을 처음 만났을 때의 일 말이야."

"아, 그때……."

인간의 기억이란 원하는 때에 원하는 것만 골라서 떠올리기 힘들다.

회귀한 이들은 다시 만나야 하는 동료들에 대해 기억하는 걸 최우선으로 여겼다.

그랬기에 회귀 몇 년 후에 다시 만난 쉐일에 대해 그레인은 물론이고 크루겐마저도 망각하고 있었다.

"그때 진작 쉐일을 알아봤다면 이렇게까지 다른 길을 걸어가진 않았을 텐데……."

"……."

"하지만 이미 고든이 죽은 이후였으니, 알아봤어도 의미가 없긴 했겠어."

현생의 쉐일이 전생과 정반대의 길을 걸어가게 만들어 버렸던 계기.

고든의 죽음은 쉐일로 하여금 하이브리드를 저주할 수밖에 없도록 만들어 버렸다.

"그런데 말이야, 문득 이런 생각이 들어. 똑같이 친구를 잃었음에도 이스트라 교관님은 왜 쉐일과 다른 선택을 했는지가 궁금해."

두 남자 모두 친구였던 고든의 죽음을 시작으로 변화된 운명을 걸어갔다.

그러나 둘은 같은 길을 걸어가지 않았다.

쉐일은 복수에 모든 것을 바쳤고, 이스트라는 증오에 매몰되어 가는 친구의 모습을 보면서 다른 길을 택했다.

회귀 이후 그레인과 맥스가 서로 다른 길을 걸어간 것처럼.

'그렇다면 둘 중 한 명은 가던 길을 도중에 멈춰야만 하겠지.'

물과 기름처럼 서로 뒤섞일 수 없는 두 남자의 선택.

두 남자 중 그레인 쪽의 손을 들어준 이는 이스트라였다. 전생에는 쉐일이 그의 역할을 대신했고, 이스트라의 존재 자체를 결사대는 알지 못했다.

'예전에 알고 있던 쉐일은 더 이상 존재하지 않아.'

듀란은 쉐일의 마음을 어떻게든 되돌리기 위해 편지를 보냈지만, 그 후 듀란 쪽에서 그 건에 대해 말이 없는 이상 희망은 사라진 것이나 마찬가지다.

앞으로 그레인이 맞이할 결말은 두 가지 중 하나.

그를 쓰러뜨리거나, 그에 의해 이레귤러와 결사대가 굴복하거나.

현생에 쉐일을 처음 접했을 때 떠올리지 못했던 전생의 기억이 시간이 흐르면서 하나둘씩 떠올랐다. 인간이었음에도, 교단 소속의 성직자였음에도 친구인 고든을 위해 결사대를 도와줬던 조력자는 기억 속에만 존재하는 인간이 되어버렸다.

그레인은 맞은편에서 사과를 먹고 있는 크루겐을 바라봤다.

전생에는 그와 이야기를 나눠본 적이 손에 꼽힐 정도로 적었다. 그러나 현생의 크루겐은 그레인 입장에서 그 누구보다 믿을 수 있는 동료이자 친구로 변화했다.

"크루겐."

"왜?"

"절대 죽지 마라."

"갑자기 그런 말은 왜 해? 살아 있는 이상 언젠간 죽게 마련이 잖아? 하이브리드가 불멸의 힘을 지닌 것도 아니고 말이야."

크루겐은 다 먹어서 심지만 남은 사과를 옆으로 툭 내던졌다.

"교단을 쓰러뜨리기 전까지 절대 죽어서는 안 돼."

"아, 그런 의미로?"

그제야 그레인의 말을 이해한 크루겐이 씨익 웃으면서 뒤통수를 긁었다.

"물론이지. 전생은 물론 현생에서도 교단과 싸우느라 인생의 낙도 제대로 누리지 못했는데, 그 전에 죽어버리면 너무 억울하잖아?"

크루겐은 뒷짐을 지더니 무언가 깊은 생각에 빠진 표정으로 천천히 걸음을 옮겼다.

"자유의 몸이 되면 여행이라도 떠나볼까? 전생이나 지금이나 대륙 곳곳을 돌아다녀 봤지만, 전장으로만 누빈 게 대부분이었잖아. 마음 놓고 편하게 경치 구경했던 적도 없었던 것 같고."

"여행이라, 좋지."

"하는 김에 리카르도처럼 좋은 인연도 찾… 기엔 힘들 것 같으니 그건 당분간 유보하고."

크루겐은 투명한 칼날의 단검, 팬텀 대거를 꺼내 위로 휙 던졌다.

"그러면 죽지 않기 위해 실력을 더 다듬어보는 건 어때?"

크루겐이 오른손 검지와 중지만으로 팬텀 대거를 낚아채자, 그레인은 옅은 미소를 지으며 트윈 엣지를 검집에서 꺼냈다.

"우리, 참으로 오래간만에 겨뤄보는 거 아냐?"

"그렇군."

"그런데 넌 예전보다 훨씬 더 강해졌잖아. 이거, 대련의 의미가 있을까?"

"그건 붙어봐야 알지."

"억지로라도 추가 이식을 받을 걸 그랬나?"

"그건 아까 말했다시피 붙어봐야 알 수 있잖아."

카앙!

크루겐은 대화를 이어나가지 않고 선제공격을 했지만, 트윈 엣지와 팬텀 대거가 부딪히는 순간 화들짝 놀라면서 급히 물러섰다.

"앗, 뜨거! 이거 뭐야?"

순식간에 뜨겁게 달아오른 팬텀 대거를 계속 저글링하는 크루겐의 표정은 살짝 일그러져 있었다.

"차가워야 하는데 반대로… 아차, 그랬었지. 봐, 벌써부터 내가 불리하잖아?"

*　　　　　*　　　　　*

카르디어스 신성력 1401년 12월 15일.

싸늘한 바람이 건물 앞에 서 있는 병력 사이로 휘몰아쳤다.

하늘에서 펑펑 내리는 눈과 활활 타오르는 건물이 서로 대조를 이뤘다.

"휴우, 혹시 없을까 걱정했는데 우려로만 그쳐서 다행이야."

던컨은 왼손으로 이마의 땀을 닦아내며 안도의 한숨을 내쉬었다.

그의 옆에 선 이스트라는 양팔에 안아 올린 소녀의 얼굴을 내려다보고 있었다.

이스트라의 여동생 에스트는 기절한 상태로 눈을 감고 있었고, 그의 반대편에 선 페트로는 에스트의 상태를 조심스럽게 살폈다. 다친 곳은 없다는 페트로의 말에 이스트라는 뒤늦게 안도할 수 있었다.

"이걸로 우선 일 하나는 해결한 거겠지?"

"던컨, 도와줘서 고맙다."

"다른 사람도 아니고 네 여동생인데 반드시 구하고 가야지. 그런데 영 이해할 수 없어. 이 애를 무사히 구출해서 다행이긴 한데… 그녀석의 의도를 도대체 모르겠어."

던컨은 여송연을 입에 물고서 영 석연치 않다는 표정에서 벗어날 수 없었다.

그뿐만 아니라 다른 이들 역시 마찬가지 심정이었다.

"이스트라, 정말로 그녀석이 보낸 편지에 이 장소가 적혀 있던 게 맞지?"

변화한 쉐일이라면 이스트라의 여동생을 인질로 삼아 이스트라의 협조를 강제로 요구할지언정, 이런 식으로 구하라고 장소까지 알려줄 인물은 결코 아니었다.

그래서 편지의 발신인이 쉐일임을 암시하는 부분을 읽었을 때, 함께 있던 모두의 표정이 어두워졌었다.

분명히 이스트라를 협박하기 위한 편지라 여기며 편지의 나머지 부분을 읽었지만, 모두가 예상했던 내용은 적혀 있지 않았다.

대신 이스트라에게 선택지를 제시할 뿐이었다.

―여동생과 함께 도망쳐도 상관없다. 그렇지 않고 나를 만나러 와도 역시 상관없다.

"고든이 우리들 곁을 떠난 이후 그 녀석과는 서먹한 사이이긴 했지만, 왜 그렇게 변했는지는 이해가 갔어. 그러나 지금은 더욱 이해할 수 없게 되어버렸어."

"……."

이스트라는 아무 말 없이 에스트의 뺨에 묻은 그을음을 손끝으로 훑어낸 후, 그녀를 조심스럽게 땅바닥에 놓았다.

"던컨, 성자님과 여동생을 안전한 곳으로 피신시켜 줘."

"너는?"

"나는……."

이스트라는 건물이 있는 북쪽이 아닌, 서쪽으로 몸을 돌렸다.

"끝내야만 하는 일이 있어."

"쉐일하고?"

던컨의 물음에 이스트라는 대답 대신 허리에 차고 있던 두 자루의 단검을 어루만졌다.

"여동생을 데리고 위험한 곳에 갈 수는 없어. 그러니 내 대신……."

"그래서 우리들을 일부러 기다린 거야?"

듀란은 아무도 몰라야 할 은신처에 편지가 도착했다는 것 자체가 이미 교단에게 발각된 거나 마찬가지라며 지적하면서 급히 다른 곳으로 떠날 것을 권했다.

던컨은 페트로를 데리고 은신처를 떠남과 동시에 먼저 홀로 떠난 이스트라를 뒤쫓기로 결심했다.

그리고 며칠 후, 이스트라 쪽에서 던컨 일행을 찾아왔다.

쉐일이 제시한 선택지 두 개를 모두 택하기 위해서.

"나 혼자서 모든 걸 다 할 순 없으니까."

"그러면 먼저 새 은신처까지 같이 가자. 그렇게까지 서두를 필요까진 없잖아?"

"아니, 서둘러야 해. 이미 시간을 너무 지체했어."

"그래도 우선은 쉐일이 어떤 속셈으로 너를 부르는지 파악부터 한 뒤에… 어이!"

던컨은 이스트라를 제지하기 위해 손을 뻗었지만, 이스트라는 말 위에 올라탄 후였다.

"이스트라! 기다려! 기다리라고!"

이스트라를 붙잡기 위해 던컨은 허겁지겁 달려갔지만, 이스트라를 태운 말과의 거리는 더 벌어지기만 했다.

말이 지나간 자리에 먼지가 피어올랐고, 던컨과 같이 온 병사들은 지평선에 가까워지는 이스트라의 뒷모습을 멍하니 바라보기만 했다.

"선배님! 교단 소속의 성직자들은 더 없는 거 같습니다!"

건물 옆 수풀을 헤치고 나타난 발렌이 던컨에게 급히 다가갔다.

"선배님?"

발렌은 아무런 반응도 없는 던컨을 빤히 바라보다가 주변을 둘러봤다.

모두 넋을 잃고 한 방향만을 바라봤기에 그의 시선도 같은 방향으로 옮겨갔다.

"저 녀석, 결국 혼자서… 젠장!"

던컨은 두 눈을 질끈 감으며 이마에 손을 얹었다.

그러나 고민에 빠져 있을 수만은 없었다.

"성자님, 어떻게 하시겠습니까?"

던컨은 페트로 쪽으로 고개를 돌리며 그의 대답을 기다렸다.

이스트라의 여동생 못지않게 페트로 역시 지켜야 하기에 결정권은 던컨이 아닌 페트로에게 있었다.

"아무래도 날씨가 춥고 하니 우선 안전한 곳으로 가서……."

"아닙니다, 이스트라 님을 따라가겠습니다."

"괜찮겠습니까?"

던컨은 추위 속에서 험난한 길을 함께한 페트로를 우려해 재차 물어봤지만, 그의 결심은 변하지 않았다.

"저는 그분들이 왜 저를 구해줬는지 아직도 알지 못합니다."

성자라는 이유만으로 페트로를 도우려는 자들의 수는 결코 적지 않았다.

그러나 이레귤러의 멤버들은 다른 이들처럼 그를 경건히 바라보거나 신성시하지 않았다. 페트로 입장에서는 받아들이기 힘들었던, 슬픔이 담긴 그들의 눈빛을 결코 잊을 수 없었다.

"그 이유를 알기 위해서는 그분들이 위기에 처하는 걸 보고 있을 수만은 없습니다."

지난 교황과의 전투 때 이레귤러는 맥스의 희생으로 인해 가까스로 위기에서 벗어났다고 듀란을 통해 들었다.

이레귤러처럼 직접적이지 않지만, 결사대 역시 페트로를 교단의 마수에서 구하는 데 도움을 준 이들이었다.

그러나 결사대는 물론이고 이레귤러 측은 페트로에게 아무것도 요구하지 않았고, 성자의 힘을 자신들을 위해 써주기를 바라지도 않았다. 대신 페트로를 은신처에 머무르게 하면서 교단과의 전쟁에 절대 내세우지 않았다.

"저는 그분들께 받은 은혜에 보답해야 합니다."

세상의 눈을 피해 숨어 지내는 게 그들이 의도한 바일지라도, 지금은 그 의도에서 벗어나야 할 때라고 페트로는 확신했다.

*　　　　　*　　　　　*

카르디어스 신성력 1401년 12월 23일.

하얗게 변한 하늘 아래로 펄펄 내린 눈이 지면 위에 수북하게 쌓였다.

왼쪽에서 오른쪽으로, 바람에 실려 대각선 아래 방향으로 내리는 눈을 올려다보던 크루겐은 시선을 정면으로 향했다.

"결국 여기까지 왔네."

평원 한가운데에 홀로 자리 잡은 쉐일의 비밀 연구소.

그 비밀 연구소 주변을 수많은 교단의 병력이 둘러싸고 있었다.

"……."

그레인은 등에 맨 트윈 엣지의 검자루를 쥐었다가 풀기를 반복했다.

"크루겐, 오늘이 며칠이지?"

"12월 23일."

"벌써 그렇게 되었군."

"나도 그래. 유달리 이번은 시간이 빨리 지나간 기분이야."

쉐일의 비밀 연구소를 향해 출발한 지 거의 한 달에 가까운 시간이 흘러갔지만, 비공정의 탑승자들에게는 훨씬 짧게 느껴졌다.

반대로 비밀 연구소를 발견한 이후 흘러간 시간은 실제보다 훨씬 길게만 느껴졌다.

교단의 병력과 먼 거리를 유지한 채로 비공정은 비밀 연구소를 중심으로 시계 방향으로 이동 중이었다. 비공정이 지나가면서 남긴 자국이 평원 위에 거대한 원을 그렸다.

쉐일이 발휘했던 '시련'이 광범위하게 전개될 것을 예상한 비공정의 마법사들 전원이 갑판 위로 나와 비공정이 지나간 자리를 조사 중이었다.

그러나 1시간 넘게 진행된 조사에도 불구하고 당연히 있을 거라 예상했던 '검은색 물체'들은 그들의 마법에 감지되지 않았다.

"흐음, 예상과 다른데? 그 정체불명의 검은색 물체를 이 일대에 분산시켜 설치했을 거라 생각했는데… 그렇지 않았다면 어떻게 싸울 작정인 거지?"

헤르디온은 오른손으로 턱을 어루만지며 생각에 잠겼다.

"그렇다고 이렇게 멀리 떨어져서 멀뚱멀뚱 저놈들을 보고만 있을 수도 없는 노릇이고."

계속 망설이던 헤르디온은 어쩔 수 없다는 듯 고개를 끄덕였다.

"안 되겠어. 우선 병력부터 내려야겠어."

"알겠습니다."

옆에 있던 드레이크 역시 따라 고개를 끄덕이며 선원과 병사들에게 지시를 내렸다.

*   *   *

비공정에서 내린 병력이 조금씩 앞으로 전진하며 교단의 병력과의 거리를 좁혔다.

'시련'은 하이브리드에만 발휘될 뿐, 인간들에게는 영향이 없기에 전투를 목전에 둔 병사들의 두려움은 평소와 다를 바 없었다.

대신 전력의 대부분을 차지하는 이레귤러들은 하이브리드가 된 이후 겪은 적이 없었던 '시련'이 닥칠지 모른다는 두려움에 조심스러웠다.

비공정이 끌고 온 병력의 선두에 선 그레인은 초조함을 참아내며 천천히 걸음을 옮겼다.

그레인과 몇 명의 이레귤러만이 비공정에서 내렸고 훨씬 많은 이레귤러들이 비공정에 대기 중인 상황이었다. 만약의 경우가 발생할 경우, 그레인 일행을 구조하기 위한 인원이었다.

'그레인 오빠, 무사해야 해.'

비공정에 남게 된 에르닌은 갑판 가장자리에 서서 비밀 연구소를 향해 마력총을 겨누고 있었다. 가능하면 비밀 연구소로부터 비공정을 더 멀리 떨어뜨리고 싶었지만, 마력총과 마력포의 사정거리를 감안해 너무 멀리 물러설 수는 없었다.

"더 이상 다가가면 위험합니다."

이미 쉐일의 '시련'을 겪은 적이 있는 듀란이 그레인의 손을 붙들었다.

"벌써 그 거리 안에 들어온 거야?"

"그건 아닙니다만… 지난 실험에 의하면 여기까지 시련의 범위를 확장시킬 수 있었습니다."

"예전에 말했던 범위에 비하면 훨씬 넓지 않던가?"

"그때는 좁은 유적 안이었다는 걸 감안해야 합니다."

"알았어."

그레인은 듀란의 충고를 받아들이며 멈춰 섰다.

"왔군."

쉐일은 손바닥을 보이면서 교단 병사들에게 움직이지 말 것을 지시했다.

교단의 병력은 진형을 유지한 채로 제자리를 고수했고, 쉐일만이 그레인 일행을 향해 다가왔다.

누군가의 뒷덜미를 붙들고서.

"오래간만이로군."

마나로 증폭된 쉐일의 말이 멀리 떨어진 그레인의 귀에 들렸다.

"너희들을 위한 선물이 여기 있다."

쉐일은 끌고 온 사내를 강하게 앞으로 잡아끌었다.

"으… 으으……."

차디찬 눈 위에 떨어진 사내의 입에서 신음이 흘러나왔다.

"누군지 모르겠다는 표정이로군."

"……"

"57호라고 말하면 알겠나?"

순간 그레인은 눈을 크게 떴지만, 숫자에 부합하는 얼굴과 이름을 떠올리지 못했다.

반면 듀란과 크루겐은 누구인지 즉각 떠올리며 인상을 찌푸렸다.

"듀란, 네가 말했던 그 녀석 맞지?"

"네, 유일하게 교단 소속의 성직자로 남아 있었던… 그자가 맞을 겁니다."

듀란의 설명을 들은 그레인의 뇌리에 서서히 전생의 기억이 되살아나기 시작했다.

등에 화살이 무수히 박혔음에도 마지막까지 살아남았던 동료의 얼굴이 쉐일 앞에 쓰러진 청년의 얼굴과 겹쳐졌다.

"바릭투스?"

그레인은 결사대의 57번째 대원, 바릭투스를 믿을 수 없다는 눈으로 응시했다.

"어? 그레인, 너도 기억해?"

"그때 죽을 거라 생각했는데 살아남아서. 너도 그랬잖아?"

"난 다른 식으로 저 녀석을 기억하고 있지만… 하긴, 마지막으로 봤을 때의 모습이 그러했다면 인상 깊게 남았겠네."

아달나가 허무하게 죽음을 맞이한 것과 대조적으로, 당시의 바릭투스는 당장 죽어도 이상하지 않을 정도의 극심한 부상을 버텨내면서 회귀에 성공한 이들 중 한 명이었다.

그러나 회귀 직전 강렬한 인상을 남겼던 것과 달리, 회귀 후에는 옛 동료들의 관심에서 멀어졌다.

30명의 회귀자들 모두의 행방이 거의 밝혀질 때까지 바릭투스만은 이레귤러와 결사대에게 단 한 번도 모습을 드러내지 않았고, 시간이 흘러가면서 그에 대한 기억은 희미해졌다.

그레인은 시간 회귀술이 완성되기 직전의 기억을 뇌리에 떠올렸다.

피가 철철 흘러내리는 가슴을 움켜쥐고 거친 숨을 몰아쉬었던 12호, 크루겐.

그는 회귀 이후 누구보다 든든한 동료로서 그레인의 옆에 서 있었다.

두 다리가 절단되어 죽음에 임박했던 24호, 콜런.

그는 교단에 다시 맞서는 걸 두려워하면서 예전의 이름을 버리고 인간으로서의 삶을 선택했다. 물론 그 후 간접적으로 그레인을 도와주긴 했지만.

등에 무수한 화살이 박힌 채로 제단 위에 쓰러져 있었던 57호, 바릭투스.

그는 동료로 결사대에 합류하지 않았고, 그렇다고 교단 측에 붙어 배신자로 나서는 모습을 보여주지도 않았다. 교단이라는 두터운 울타리 안에 자신을 숨기고 있을 뿐이었다.

회귀를 앞두고 생사의 갈림길에 섰던 세 명은 각자 다른 운명을 걸어갔다.

그리고 바릭투스는 그들 중에서도 전혀 예상치 못한 방식으로 옛 동료들 앞에 모습을 드러냈다.

"믿기 힘들군. 정말로 네가… 57호?"

땅바닥을 기면서 그레인을 향해 다가가는 바릭투스.

그런 그를 차가운 눈으로 바라보기만 하는 쉐일.

둘 사이에 어떤 일이 있었는지 그레인 입장에서 자세히 알 수는 없었다. 그러나 누가 가해자고 어느 쪽이 피해자인지는 여기저기 찢긴 옷 사이로 드러난 흉측한 흉터만으로도 쉽게 파악되었다.

"보기 흉한가?"

쉐일은 미소를 지으며 바릭투스와의 거리를 좁혔다.

"코어를 이식시켰다가 제거하기를 반복한 결과다."

"반복?"

"살아 있는 이레귤러를 구하기는 워낙 어려운 일이라… 하지만 얼마나 괴로웠는지에 대해 저놈 스스로 너희들에게 설명할 수 없겠지. 저런 몰골이 되어버렸으니까."

"으… 어……."

바릭투스는 제대로 된 말을 하지 못하고 신음만을 반복했다.

크게 벌린 입 안쪽에는 당연히 있어야 할 혀가 보이지 않았다.

"그리고 우리들의 말을 들을 수도 없을 거고."

바릭투스의 귓바퀴는 양쪽 모두 잘려 나갔고, 귓구멍이 있어야 하는 자리는 상처가 엉겨 붙으면서 남긴 흉터로 막혀 있었다.

그럼에도 두 눈은 아무런 상처 하나 없이 온전했다.

"물론 눈은 멀지 않았지만, 보이지 않는 것보다 훨씬 고통스러울 거다. 일이 어떻게 돌아가는지 두 눈으로 볼 수 있음에도, 하고 싶은 말을 하지 못하고 듣고 싶은 걸 듣지 못하는 쪽이 더 큰 절망을 안겨줄 테니까."

쉐일은 하이브리드를 향한 분노가 담긴 시선으로 그레인 일행을 둘러봤다.

그레인과 함께 온 크루겐, 펠릭스, 그리고 베스티나와 듀란은 긴장한 표정으로 그의 시선을 맞받아쳤다.

그리고 쉐일의 분노가 만들어낸 바릭투스의 몰골을 조용히 내려다봤다.

"그를 동정 어린 시선으로 보지 마라. 너희들에겐 배신자이니."

"배신자?"

"그건 저놈이……."

쉐일은 뒤를 돌아보더니 교단의 병사들과 자신과의 거리를 눈으로 가늠했다.

"일찌감치 회귀했음에도, 교단과 너희들 사이에서의 저울질을 계속했기 때문이다. 교단 속에 조용히 숨어 지내면서 미래를 자신의 손으로 바꿀 수 있다는 착각에 빠져 있었다. 마지막에는 어떻게든 살아남기 위해 너희들만의 비밀을 나에게 알려주기까지 했으니, 배신자의 자격은 충분하지 않은가?"

스스럼없이 회귀라는 단어를 툭 내뱉은 쉐일은 말을 멈추고 그레인 일행의 반응을 기다렸다.

"듀란, 정말로 바릭투스가 배신을……."

"하지 않았을 쪽보다, 했을 쪽의 가능성이 높습니다."

듀란은 그레인의 말을 도중에 끊으며 쉐일의 주장에 손을 들어줬다.

회귀한 이들 중, 탁월한 기억력을 기반으로 전생에 대해 가장 많은 것을 기억하고 있던 이는 바로 듀란이었다.

그는 회귀한 이후, 회귀한 30명의 행방에 대해 하나하나 조사했다. 그리고 옛 동료 중 존재할지도 모르는 배신자가 있다면 여전히 교단에 속해 있는 둘 중 한 명이라고 판단했다.

그 둘 중 한 명인 65번째 대원, 데인은 아직도 회귀하지 못했을 가능성 때문에 제외되었다.

그렇다면 남은 자는 30명의 회귀자들 중 그 누구도 만나본 적이 없었던 바릭투스뿐이었다.

"자, 배신자에게는 그에 걸맞은 결말을 선사해야겠지? 여기까지 온 너희들을 위한 작은 보상이라 생각하고 맘대로 처리해라."

회귀에 대해 알게 되고, 하이브리드에 대한 온갖 실험을 마친 쉐일에게 바릭투스는 조금의 가치도 남아 있지 않았다.

쉐일은 해머 베놈을 쥔 오른손을 등 뒤로 감췄다.

그는 바릭투스가 그레인 일행에게 난도질당하는 장면을 기대하면서 얼굴에서 웃음을 지우지 않았다.

그러나 그의 기대와 달리 그레인 일행은 주저할 뿐이었다.

그레인은 바릭투스에게 쉐일의 말이 정말인지 물어보고 싶었다. 아니, 지금 바닥에 기어 천천히 걸어오고 있는 남자가 진짜 바릭투스인지 아닌지부터 확인하고 싶었다.

그러나 혀가 잘리고 귀가 막힌 그를 상대로 알아낼 수 있는 건 아무것도 없었다.

"내 말을 믿지 못하겠다는 표정들이로군."

"……."

"그렇다면 내가 마무리 짓겠다."

그레인 일행을 향해 땅바닥을 기어 힘겹게 다가가던 바릭투스 위에 쉐일의 그림자가 드리워졌다.

화들짝 놀란 바릭투스가 몸을 돌리더니 주저앉은 채로 뒷걸음 쳤지만, 쉐일은 위로 들어 올린 베놈을 강하게 아래로 내려찍었다.

쿵!

"으… 어……."

해머 베놈으로 가슴이 짓뭉개진 바릭투스의 입에서 피가 뿜어져 나왔다.

박살 난 가슴에서 흘러나온 피가 대지를 적셨고, 바릭투스는 비명조차 지르지 못하고 그 자리에서 즉사했다.

갑자기 일어난 일이라 그레인 일행은 쉐일을 막지 못하고 가만히 서 있기만 했다.

"쉐일, 당신은 정말로 전생에 대해 알게 된 것입니까?"

그레인을 제치고 가장 앞서서 나온 듀란은 쉐일을 바라보며 물었다.

"처음에는 반신반의했지만, 네가 그 석판을 부서뜨린 덕분에 믿고 받아들일 수 있게 되었다."

"어느 정도까지 알고 있습니까?"

"내가 너희들의 조력자였다는 것 정도까지는."

조력자라는 말을 꺼내는 순간, 쉐일이 얼굴에 머금고 있던 미소가 비웃음으로 바뀌었다.

"그렇다면 지금이라도……."

"지금이라도? 무엇을?"

웃음기가 완전히 사라진 쉐일의 얼굴이 분노로 일그러졌다.

"회귀는……."

쉐일은 뒤를 돌아보며 말을 중단했다.

그는 조금씩 앞으로 좁혀오던 아군 병사들에게 손짓으로 다시 물러나게 했다.

"회귀는 오직 너희… 하이브리드만의 미래를 바꾸기 위해서 이 뤄졌다. 내 말이 틀린가? 부정해 봐라."

쉐일이 교단의 병사들과 멀리 떨어져서 이야기를 한 이유는 회 귀라는 사실 자체를 숨기기 위해서가 아니었다.

그는 회귀가 있었다는 걸 받아들이기 위해 오랜 시간 검토에 검토를 거듭했다. 그런 과정을 거치지 않은 다른 이들이 지금 쉐 일의 말을 듣는다면 그를 한갓 미치광이로 취급할 것이 분명했 다.

자신이 복수에 미쳤다는 것은 부정하지 않고 순순히 받아들 인 그였지만, 분노와 증오의 근원 자체를 부정당하고 싶은 마음 은 추호도 없었다.

"너희들이 회귀를 택한 탓에, 뒤틀린 시간 속에서 내 친구는 죽었다. 그것도 전생의 동료였던, 현생의 제자에게."

맥스는 생존한 회귀자들에게 있어서 모두를 위한 희생자로 남 았지만, 쉐일에게는 여전히 증오의 대상에 불과했다.

"그것만으로도 내가 너희들을 증오해야 할 이유는 충분하지 않나?"

쉐일은 해머 베놈을 쥔 오른손을 앞으로 내밀었다.

베놈에서 흘러나온 녹색의 독이 지면에 떨어지더니 부글부글 끓어오르기 시작했다.

더 이상 말이 통하지 않을 거라 확신한 듀란은 그레인과 나머 지 동료들에게 쉐일과의 거리를 벌릴 것을 지시했다.

그러나 당연히 거리를 좁히기 위해 다가올 거라 여겼던 쉐일은 제자리를 고수했다.

"너희들과의 기나긴 악연은 여기까지다."

지면 아래로 스며든 녹색의 독이 사방으로 빠르게 퍼져 나가더니, 커다란 원을 그리며 다시 지상 위로 솟아올랐다.

잠시 후, 독이 만들어낸 울타리가 그레인 일행과 비공정 측 병력을 완전히 분리시켜 버렸다.

"다가오지 마십시오!"

듀란은 자신들을 구하러 접근하려던 아군 병사들에게 다가오지 말라고 소리쳤다.

"쉐일 추기경은 우리에게 맡기십시오! 여러분들은 교단의 병사들을 상대해 주십시오!"

지시를 마친 듀란은 검집에서 검을 뽑아 들었고, 그레인과 다른 일행들 역시 각자 무기를 손에 쥐고 쉐일 쪽을 바라봤다.

"이 정도 거리라면, 시련에서 벗어나기에 충분한 거리입니다. 모두 준비되셨습니까?"

"충분?"

쉐일은 가소롭다는 표정을 지으며 품에서 무언가를 꺼냈다.

"이걸 보고도 충분하다는 말을 할 수 있을까?"

위이잉.

이전과 달리 검은색의 '무언가'를 중심으로 검은 기운이 흘러나오기 시작했다. 빠른 속도로 퍼져 나가기 시작한 검은 기운은 어느새 듀란이 예상한 범위를 넘어서더니 독의 울타리를 통과해 멀리 뻗어나갔다.

"죄의 대가를 받을 시간이다."

쉐일은 검은색의 '무언가'를 든 왼손에 힘을 주었다.

그 순간 그레인이 양손에 쥐고 있던 트윈 엣지가 바닥으로 툭 떨어졌고, 그레인을 포함한 세 명의 비명이 울려 퍼졌다.

* * *

"으아악!"

뜨거움과 차가움이 만들어내는 서로 다른 고통이 차례대로 그레인을 엄습했다.

예전 실험에서 느꼈던 고통에 비하면 비교조차 불가능할 정도로 강렬한 통증이었기에 두 발로 서 있기조차 불가능했다.

한쪽 무릎을 꿇고서 앞으로 쓰러지는 것만은 막았지만, 쉐일이 구현한 시련은 그레인에게 반격의 기회조차 주지 않았다.

"언제까지 버틸 수 있을지 흥미진진하군."

쉐일은 시련이 가져다준 고통 속에서 몸부림치는 세 명의 이레귤러를 바라보며 미소를 지었다.

그나마 다섯 명 중 두 명이 시련에서 벗어난 건 그레인 입장에서 불행 중 다행이었다.

크루겐은 시련이 구현되기 직전 어둠 속으로 녹아들어 자취를 감췄고, 베스티나는 급히 위로 날아오르며 시련으로부터 탈출했다.

"저놈은 단 1초도 버티지 못하고 모든 걸 토해냈지만."

쉐일은 바릭투스의 시체 위로 해머 베놈을 가져갔다.

치이익.

베놈에서 뚝뚝 떨어진 독에 바릭투스의 몸이 녹아내리며 연기가 마구 피어올랐다.

"하지만 결국 너희들은 시련을 이겨낼 수 없다."

쉐일은 그들에게 바릭투스처럼 일격에 죽는 자비를 베풀 생각은 처음부터 없었다.

코어를 이식받은 이후 겪지 않았던 시련 속에서 이레귤러들이 서서히 죽어가는 모습을 보고 싶었다.

"으윽… 으……."

아랫입술을 강하게 깨물며 비명을 간신히 참아내던 그레인의 시야에 환상이 떠올랐다.

반으로 나뉜 시야의 오른쪽에는 불길이 활활 타오르는, 왼쪽에는 매서운 냉기가 휘몰아치는 환상에 의식마저 점점 희미해져 갔다.

누군가의 도움이 절실한 때였지만, 듀란과 펠릭스 역시 마찬가지로 고통 속에서 몸을 가누지 못했기에 어찌할 방도가 없었다.

"물론 너희들만 고통받는 것은 아니다."

쉐일은 베놈을 들고서 비공정이 있는 방향을 가리켰다.

검은색의 무언가에서 흘러나온 어둠의 기운은 어느새 멀리 떨어져 있는 비공정마저 덮칠 정도로 뻗어나갔다.

"저쪽 상황도 여기와 다르지 않을 거다."

"크윽……."

그레인은 비공정이 있는 쪽으로 힘겹게 고개를 돌렸다.

녹색의 반투명한 벽 너머로 어둠의 기운에 휩싸인 비공정을 바라보던 그레인은 눈을 질끈 감았다.

듀란이 예상했던 범위를 훨씬 넘어서는 시련은 하이브리드 입장에선 피할 수 없는 재앙이나 마찬가지였다.

"받아들여라. 너희들을 구해줄 자는 그 누구도 없다. 하이브리드든, 인간이든."

검은 기운과 함께 퍼져 나간 시련은 하이브리드가 아닌 인간들에게 아무런 영향을 끼치지 못했다.

그러나 비공정에서 내려 대기 중이던 인간 병력은 그레인 일행을 구할 엄두조차 내지 못했다.

쉐일은 시련을 구현하는 즉시 대기 중이던 교단의 병사들에게 공격을 명했고, 독의 울타리 밖에서는 비공정의 병력과 교단 측 병력간의 치열한 공방전이 진행 중이었기 때문이다.

전력의 상당 부분을 하이브리드에 의존하던 이레귤러와 결사대의 연합 병력은 고전을 면치 못했고, 전황은 서서히 쉐일의 병력 쪽으로 기울어지기 시작했다.

"그나저나 크루겐, 계속 숨어 있을 작정인가?"

쉐일은 분명히 도망치지 않고 근처에 있을 거라 생각한 크루겐을 향해 말했다.

"네 동료들이 저렇게 시련 아래 몸부림치고 있는데도?"

그의 도발에 그레인의 그림자가 살짝 꿈틀거렸다.

"설마 네 동료들이 다 죽을 때까지 꽁무니를 감출 생각은 아니겠지?"

카앙!

쉐일의 목을 노리고 날아간 팬텀 대거가 해머 베놈에 튕겨 높아 솟아올랐다.

"역시 거기에 있었나?"

"젠장!"

기습에 실패한 크루겐은 인상을 찌푸리며 머플러 끝을 위로 잡아당겼다.

'다시 기회를 노려야겠… 어?'

시련이 자신을 덮치기 전에 다시 어둠 속으로 숨어들려던 크루겐이 순간 멈칫하며 주위를 둘러봤다.

그레인과 듀란, 펠릭스는 여전히 고통 속에서 몸부림치고 있고, 당연히 바뀐 건 아무것도 없어야 했다.

"이게 어찌 된 일이지?"

다른 하이브리드들과 달리 크루겐은 멀쩡히 서 있었다.

처음에는 어둠 속에 숨어들어서 시련을 피했다고 여겼지만, 어둠 속에서 빠져나온 지금도 시련은커녕 그 어떤 고통도 느껴지지 않았다.

"크루겐, 역시 너는… 그랬군. 그것과 관련된 코어는 이것 하나만이 아니었다는 이야기로군."

시련을 구현한 이후 줄곧 제자리를 고수하던 쉐일이 크루겐을 향해 걸음을 옮겼다.

"병사들이여!"

쉐일의 외침에 독의 울타리 바깥쪽에 서 있던 교단 병사들의 시선이 그에게 쏠렸다.

"이 안에 갇힌 놈들의 처단은 나의 몫이다! 끼어드는 자는 누구든지 처단할 것이니 절대 날 방해하지 마라!"

심상치 않은 분위기를 감지하고 다가가려던 교단의 병사들은 더 이상 다가가지 못하고 독의 울타리로부터 급히 물러섰다.

"자, 우리를 방해할 놈들은 이제 없다."

검은색의 연기 형태로 주변에 퍼져 나간 시련의 기운이 지면 위에 차오르기 시작하더니 어느새 쉐일의 머리 위를 넘어섰다.

크루겐은 오른손에 쥔 팬텀 대거를 저글링하며 오른쪽으로 천천히 이동했다. 머플러로 가려진 부위는 긴장감 때문에 어느새 땀으로 흠뻑 젖어 있었다.

"하아앗!"

쿵!

크루겐이 있던 자리를 노리며 쉐일이 해머를 위에서 아래로 크게 내려찍었다.

그러나 크루겐은 이미 어둠 속에 모습을 감춘 후였다.

쉐일은 급히 해머를 들어 올리며 좌우로 크게 휘둘렀지만, 크루겐은 일찌감치 그와 거리를 벌렸기에 아무런 타격도 입히지 못했다.

"네가 어둠 속에서 나오지 않는다면……."

쉐일의 얼굴은 정면을 향하고 있었지만, 눈동자는 쉴 새 없이 위아래와 좌우로 움직였다.

쿵!

쉐일이 해머 베놈으로 지면을 내려찍자, 충격파가 지면을 타고 멀리 퍼져 나갔다.

"내가 나오게 만들어주지!"

쿵! 쿵!

연이어 굉음이 들리면서 지면이 흔들렸다.

카앙!

크루겐이 던진 팬텀 대거가 방패에 막혀 위로 튕겨 올랐다.

쉐일이 왼팔에 긴 방패는 왼손에 쥐고 있는 검은색의 무언가를 철저하게 보호하고 있었다.

"으윽……"

크루겐이 시간을 벌어주는 동안, 그레인과 펠릭스는 듀란을 붙들고 힘겹게 걸음을 옮겼다.

간신히 독의 벽 가장자리까지 피신할 수 있었지만, 밖으로 나가는 건 불가능했다.

"미안하다… 크루겐."

쉐일을 상대하는 데 아무런 도움조차 주지 못하고 되레 짐이 되어버린 지금, 그들은 크루겐이 홀로 고전하는 모습을 멀리서 바라볼 수밖에 없었다.

대신 정신을 잃지 않으려고 안간힘을 썼다. 시련이 안겨주는 고통 속에서 제정신을 유지하는 것 자체가 기적에 가까웠지만, 그 기적을 계속 이어가야 했다.

쉐일에게 인질로 잡혀 크루겐마저 위험에 빠뜨릴 수는 없었기에.

한편, 하늘로 날아올라 시련에서 벗어나는 데 성공한 베스티나는 지상을 내려다보고 있었다.

독의 울타리 안쪽 상공에 머무르고 있는 그녀는 쉐일을 일격에 쓰러뜨릴 기회를 엿보는 중이었지만, 그녀가 원하는 상황은 좀처럼 오지 않았다.

크루겐과 쉐일의 거리가 벌어져야 공격할 수 있지만, 크루겐은 지상에 있는 다른 일행들에게 쉐일이 다가가지 못하도록 접근전을 펼쳤다. 그리고 위급할 때는 어둠 속에 몸을 숨겼기에 위치를 파악하기 힘들었다.

초조함 속에서 베스티나의 시선은 오직 쉐일만을 내려다보고 있었다. 당장에라도 그레인과 다른 일행들을 구해주고 싶었지만, 무작정 다가갔다간 자신도 시련에 휩쓸리는 상황만은 피해야 했다.

'지금이야!'

휘이잉.

대각선 아래 방향으로 날아간 바람의 스피어 프로셀피나가 회전하면서 강렬한 바람을 일으켰다.

프로셀피나의 목표는 쉐일.

크루겐은 하늘 위에서 불어오는 바람을 감지하는 순간, 그녀의 의도대로 쉐일로부터 멀리 후퇴했다.

휘이잉.

"크윽……."

방패를 위로 들어 올리며 프로셀피나를 막아낸 쉐일의 입에서 신음이 흘러나왔다.

방패에 밀려나지 않고 여전히 공중에 떠 있는 상태의 프로셀피나가 제자리에서 끊임없이 회전하며 만들어낸 돌풍이 검은색의 기운을 멀리 밀어냈다.

그와 동시에 프로셀피나로부터 흘러나온 냉기가 쉐일을 휘감았다.

쉐일의 발끝에 돋아난 서릿발이 천천히 퍼져 나가며 발목 위를 지나, 허벅지까지 올라갔다.

뼛속까지 파고드는 차가움 속에서 쉐일의 얼굴이 일그러졌지만, 검은색의 무언가를 쥔 왼손의 힘은 더욱 강해졌다.

"이 정도 힘으로는… 나를 이길 순 없다."

어둠의 기운이 쉐일의 전신을 휘감자, 냉기가 밀려 나가면서 그를 뒤덮었던 얼음이 산산조각 나 사방으로 흩어졌다.

그와 동시에 품고 있던 마나를 모두 소모한 프로셀피나가 바닥에 툭 떨어졌다.

"그리고 받은 만큼 돌려주겠다."

쉐일이 방패를 쥔 왼손을 머리 위로 들어 올리자, 검은색 기운이 그를 중심으로 소용돌이치면서 위로 뻗어갔다.

"젠장!"

어둠의 소용돌이를 중지시키려고 쉐일에게 급히 달려가던 크루겐이 두 발을 땅에 디딘 채로 뒤로 죽 밀려나 버렸다.

"베… 베스티나! 도망치십시오!"

그레인이 고개를 위로 들어 올리며 소리쳤지만, 솟아오를 때보다 훨씬 더 빠르게 사방으로 뻗어나간 어둠의 소용돌이에서 베스티나는 완전히 벗어나지 못했다.

베스티나의 발끝에 닿은 검은색 기운이 순식간에 그녀의 몸을 타고 휘감아 버렸다.

"아악!"

외마디 비명과 함께 베스티나가 빛이 사라진 천사의 날개와 함께 추락하기 시작했다.

"베스티나!"

그녀의 비명을 들은 그레인은 무엇을 택해야 할지 갈등했다.

고통을 참아내며 쉐일을 공격해 어둠의 소용돌이를 중단시킬 것인지.

아니면 베스티나를 구하기 위해 반대 방향으로 달려갈 것인지.

그러나 머리로 판단하기 이전에 그레인의 몸은 이미 선택을 내린 후였다. 그는 이를 악물고서 베스티나가 떨어지는 방향을 향해 달려 나갔다.

"으윽!"

간신히 그녀를 두 팔로 안은 그레인이 땅바닥에 나뒹굴었다.

"으… 으윽."

어둠의 기운 속에 피어오른 먼지로 뿌옇게 뒤덮인 시야 속에서 그레인은 고개를 옆으로 돌렸다.

다행히도 독의 울타리에 닿기 직전에 베스티나를 받아낼 수 있었다.

하지만 그것만으로는 부족했다. 그레인은 오른팔로 감싼 그녀의 얼굴을 들어 올리더니 찬찬히 살펴봤다.

흘러나온 피가 푸른색의 머리카락에 뒤엉켰지만, 그레인을 바라보고 있는 베스티나의 눈동자는 흔들리고 있었다. 오른손을 굽혀 목에 가져가니, 맥박이 선명하게 느껴졌다.

그녀가 죽지 않고 살아 있다는 증거였다.

"으윽… 으아악!"

그러나 검은색의 기운이 안겨준 시련에 두 팔이 박살 나는 고통이 더해지면서, 그레인은 비명을 더 이상 참지 못했다.

엎친 데 덮친 격으로 두 팔뿐만 아니라 가슴에도 격렬한 통증을 느낀 그레인은 쓰러진 몸을 일으키기엔 무리였다.

"그레인! 으윽……."

어둠의 기운이 전신에 파고들면서 베스티나 역시 시련에서 벗어나기 못했지만, 그레인의 필사적인 구조 덕분에 심각한 부상을 입지 않았다.

"그… 그레인… 왜……."

베스티나는 고통마저 잊고서 그레인을 내려다봤다.

양팔이 부러지면서까지 자신을 왜 구했는지 물어보려고 했다.

"나를……."

"말하지… 않았습니까?"

힘겹게 숨을 내쉬는 그레인은 베스티나를 올려다보며 눈썹 사이를 찌푸렸다.

"마지막까지 살아남아야 한다고! 크윽……"

"그레인……"

베스티나의 머리에서 떨어진 핏방울이 그레인의 뺨 위로 뚝뚝 떨어졌다.

"조, 조금만 기다려! 내가… 크윽!"

베스티나는 추락하는 와중에 꺾여 버린 천사의 날개를 펼치기 위해 안간힘을 썼다.

그러나 빛을 잃어버린 천사의 날개로 그레인의 부상을 치유하기엔 무리였다.

"미안해… 나… 아무것도 하지 못해서."

"아닙… 니다. 그리고… 아직 희망은 남아 있는 것… 같습니다."

독의 울타리 너머의 상황을 보던 그레인은 부들거리는 오른팔을 천천히 들어 올렸다.

독의 울타리를 둘러싸고 있던 교단의 병력이 조금씩 뒤로 물러서기 시작했다.

반면, 비공정에서 달려오는 이들은 함성을 지르면서 전진 중이었다.

*　　　　*　　　　*

비공정 안의 하이브리드들 전원이 그레인 일행처럼 격렬한 고통에 몸부림쳤다.

비명과 신음이 마구 울려 퍼지면서 비공정은 순식간에 공포에 휩싸였다.

그러나 시련에 영향받지 않은 인간들마저 두려움에 휩싸인 건 아니었다. 항상 하이브리드들에게 많은 것을 빚지던 그들은 이번에야말로 일어설 때라고 결심하며 무기를 뽑아 들었다.

"비켜! 죽고 싶지 않으면 비키라고!"

리카르도는 대검을 마구 휘두르면서 앞으로 달려 나갔다.

쉐일이 구현한 어둠의 기운을 헤치면서 공격하는 그가 지나갈 때마다 교단 병사들의 피가 허공에 솟구쳤다.

화르륵!

트리아나가 구현한 화염이 왼쪽에서 리카르도를 공격하려던 병사들을 휘감았다.

살이 타들어가는 고약한 냄새가 사방에 진동했지만 트리아나는 아랑곳하지 않고 계속 마법을 시전했다. 에르닌이 직접 만들어준 가면으로 얼굴 한쪽을 가린 그녀는 시련 속에서 괴로워하는 에르닌을 뒤로하고 공격을 택했다.

"물러서라!"

플로이드가 휘두른 검에서 뻗어나간 오러가 리카르도의 오른쪽으로 몰려들던 교단 병사들을 한꺼번에 베어냈다.

독의 울타리를 향해 달려가는 이들 중 선두에 선 자들은 리카르도와 트리아나, 그리고 플로이드.

예전에는 카르디어스 교단의 성직자였던 아르구테스와 자이투르스, 그리고 그 둘과 함께 비공정에 합류한 사제들이 세 명을 뒤

따라갔다.

콰아앙!

지면을 뒤흔드는 폭발음과 함께 비공정에 다가갔던 교단의 병력이 화염에 휩싸였다.

비공정을 지키기 위해 남은 렌딜의 마법이 적들을 물리치는 걸 본 그들은 다시 정면을 바라보며 발걸음을 서둘렀다.

물론 그들이 처음부터 용기를 내고 교단의 병력을 향해 돌진한 건 아니었다.

갑자기 나타난, 예상 밖의 인물 때문이었다.

홀로 나타난 그는 혼란에 빠진 비공정에 급히 올라가 어떻게 행동해야 하는지 재빠르게 지시했고, 또 다른 지원 병력이 올 거라는 사실을 알리면서 인간들의 사기를 북돋았다.

"그레인! 크루겐! 듀란! 베스티나! 조금만 기다려! 우리들이 간다고!"

리카르도는 목청껏 소리를 지르며 검을 휘둘렀다.

"대공 전하! 저희들이 가고 있으니 제발 버텨주십시오!"

플로이드 역시 지지 않으려는 듯 함성을 지르며 앞을 가로막는 교단의 병력을 베어 넘겼다.

그들의 목소리는 전장에서 울려 퍼진 다른 소리들과 뒤섞여 그레인의 귀에 들리진 않았다.

그러나 점점 후퇴하는 교단의 병력을 보는 것만으로도 절망에 빠졌던 그레인은 희망의 끈을 놓지 않을 수 있었다.

'만약 전생 때처럼……'

하이브리드만으로 구성되었던 결사대였다면 절대 기대할 수 없는 원군이었다.

예전 생과는 다른 선택이 만들어낸, 또 하나의 기적이었다.

＊　　　　　＊　　　　　＊

비공정의 멤버들 중, 하이브리드가 아닌 인간들이 만들어준 활로를 통해 전력으로 달려가는 사제복 차림의 사내.

그는 리카르도 일행을 뒤쫓아 갔다. 비공정과 독의 울타리를 잇는 활로가 완성되긴 했지만, 더 이상 전진할 수 없는 그들의 앞으로 나서더니 허리에 찬 한 쌍의 단검을 뽑아 들었다.

"뒤로 물러서십시오."

검자루를 강하게 움켜쥔 그는 독의 울타리를 향해 오른손에 쥔 단검을 수평으로 그었다. 그리고 왼손의 단검으로 위에서 아래로 이어지는 직선을 그었다.

두 개의 직선이 서로 교차하며 만들어진 십자가가 점점 커지면서 독의 울타리를 옆으로 밀어냈다.

그는 거리낌 없이 독의 울타리 안으로 들어갔고, 다른 이들이 따라 들어가기 전에 그가 만들어낸 입구는 사라져 버렸다.

치이익.

독의 울타리를 베어냈던 단검의 검날이 부식되어 순식간에 녹아내렸다.

그는 미련 없이 검자루만 남은 한 쌍의 단검을 옆으로 던지고서 그레인을 향해 걸어갔다.

"너는……"

독의 울타리 안으로 들어온 사내를 본 쉐일이 해머 베놈을 쥔 오른손을 아래로 내렸다.

쉐일을 막기 위해 필사적으로 저항하던 크루겐은 어둠 속에 모습을 감추더니 사내 앞에 불쑥 나타났다.

"어, 어떻게 여기까지 오신 거죠?"

"크루겐, 미안하다."

사내는 크루겐의 어깨를 가볍게 두들기더니 그레인 앞에 한쪽 무릎을 꿇으며 자세를 낮췄다.

"그리고 그레인… 너에게도 미안하다."

"이스트라… 교관님?"

"나와 친구의 그릇된 선택으로 인해 고통받게 만들어서."

이스트라는 참회하는 죄인처럼 고개를 푹 숙였다.

"내가 저지른 죄의 대가를 치를 기회를 주길 바란다. 그걸 위해서는… 이걸 잠시 빌려줄 수 있겠나?"

이스트라는 그레인 옆에 떨어져 있는 한 쌍의 단검, 트윈 엣지를 가리키며 부탁했다.

"정말 괜찮으시겠… 으윽!"

"이건 나의 몫이다."

"…알겠습니다."

그레인은 크루겐의 부축을 받으며 힘겹게 몸을 일으켰고, 이스트라는 원래 자신의 것이었던 무기를 양손에 하나씩 쥐었다.

"조금만 참아라. 너희들을 시련에서 해방시켜 줄 그분이 오고 계시니까."

말을 마친 이스트라는 고개를 돌려 쉐일 쪽을 바라봤다.

그리고 약속이라도 한 듯, 이스트라와 쉐일은 마주 보며, 서로를 향해 다가가기 시작했다.

한때 친구였지만, 서로 다른 선택을 하면서 등을 돌리게 된 두 남자.

둘 사이의 거리가 가까워지자 독의 울타리 안에 있던 그레인은 둘에게서 시선을 뗄 수 없었다. 시련이 안겨주는 극심한 고통이 여전히 그들을 괴롭혔지만, 회귀한 자신이 만들어낸 변화가 저 둘을 저런 운명으로 이끌었기 때문이었다.

전생과는 다르게.

"이스트라!"

"쉐일……."

분노로 가득 찬 눈으로 이스트라를 노려보고 있는 쉐일.

슬픈 눈으로 쉐일을 바라보고 있는 이스트라.

두 남자가 걸어간 길의 간격만큼이나 서로에게 품고 있는 감정은 너무나 달랐다.

"고든이 누구에게 죽었는지 잊어버린 거냐!"

"알고 있다."

"그렇다면 네가 쥔 트윈 엣지는 내가 아닌 저놈들을 향해야 해!"

쉐일의 처절한 외침에 이스트라는 천천히 고개를 숙였다.

"내가 아는 이들 중, 고든만큼 하이브리드를 위해 많은 걸 바친 이는 없었어!"

"그래, 그랬었지."

"그렇기에 우리들 중, 고든만큼은 절대 하이브리드에게 죽어서는 안 되었고!"

"알고 있다."

"계속 알고 있다고 대답하면서… 이스트라, 너는 왜 나와 같은 길을 걸어가려고 하지 않았지?"

쉐일의 질책에 이스트라는 천천히 고개를 들었다.

"고든이 교관으로 벤트 섬에 머물렀던 당시, 그는 항상 죄책감에 시달리고 있었다."

자신의 손으로 키워낸 제자들을 시련 속에서 고통받는지 아닌지 확인하는 과정을 거칠 때마다, 고든은 여송연 연기로 가득 찬 방에서 홀로 고뇌했다.

고든은 지속적으로 교단 상층부에 건의를 했고, 저주의 잔이 제대로 통하는지 확인하는 절차는 육성한 장소가 아닌 파견된 이후에 실시하는 것으로 바뀌었다.

그러나 근본적인 대책은 아니었다. 애초에 교단이 하이브리드를 만들어내는 행위 자체가 하이브리드를 고통에 빠뜨린다고 여긴 고든은 그 이후에도 고뇌에서 벗어날 수 없었다.

"우리들은 그를 도와주지 못했다."

짧은 회상을 마친 이스트라는 쉐일의 시선을 피하지 않고 맞받아쳤다.

그뿐만 아니라 쉐일 역시 고든의 그런 모습을 봐왔기에 구체적인 설명은 필요하지 않았다.

"분명히 고든은 하이브리드인 맥스의 손에 죽었지. 그렇다고 그가 죽기 직전까지 걸어가던 길을 외면할 수 없었다."

"그래서?"

"넌 복수를 택했고, 난 다른 길을 택했다. 다시는 똑같이 비극이 벌어지지 않기 위한 길을."

이스트라의 눈에는 더 이상 망설임이 보이지 않았다.

처음에는 고든을 죽인 맥스에 대한, 더 나아가 하이브리드에 대한 용서라고 여겼다.

그러나 시간이 흘러가면서, 정말로 죄를 짓고 있는 이들은 교단과 그 교단에 속한 자신이라는 것을 깨달았다. 그리고 모든 것을 해결하는 유일한 방법은 하이브리드를 인간으로 되돌리기 위한 연구라는 결론에 도달했다.

하지만 이스트라 개인의 힘과 역량으로는 한계에 부딪힐 수밖에 없었다.

그러던 그가 본격적으로 연구에 몰입할 수 있게 된 계기는 역설적이게도 쉐일에게 체포된 이후, 그의 연구에 반강제적으로 협조할 수밖에 없는 상황에 처하면서 부터였다.

더 이상 가치가 없다고 연구소로 끌려온 하이브리드에게 실험을 반복하고, 그 과정 속에서 죽어간 하이브리드의 시체를 해부하는 일은 그에게 씻지 못할 죄책감을 안겼다.

목적을 위해서 죄를 지어야 하는 현실 속에서 좌절하기도 했지만, 이스트라는 자신이 추구하던 길을 끝까지 버리지 않았다.

"나는 너의 선택을… 어쩌면 네가 아닌 내가 택했을지도 모르는 길이라고 여기며 인정했었다. 하지만 이렇게 될 줄 알았다면 처음부터 널 막았을 거다."

이스트라는 고개를 올려 하늘을 바라봤다.

전투가 시작되면서 멈췄던 눈이 조금씩 다시 내리기 시작했다.

"숨겨진 진실에 대해 알게 된 이후에도 그렇게 말할 수 있을까?"

쉐일은 시선을 그레인 일행 쪽으로 옮기면서 쓴웃음을 지었다.

"이스트라, 잘 들어라. 저놈들은……."

순간 그레인은 고통마저 잊고서 쉐일을 바라보며 마른침을 꿀꺽 삼켰다.

이스트라에게는 차마 밝히지 못했던, 많은 이들에게 감춰야만 했던 진실.

그러나 지금 그에게 쉐일을 제지할 힘은 남아 있지 않았다. 다시 그를 괴롭히기 시작한 시련 속에서 표정을 일그러뜨릴 뿐이었다.

"하이브리드들은……."

그러나 그레인의 예상과는 달리, 쉐일은 말끝을 흐리더니 입을 굳게 다물었다.

망설임을 벗어던지지 못한 표정은 그레인 일행을 향해 회귀에 대해 거리낌 없이 말하던 모습과는 정반대였다.

"이스트라."

쉐일은 손잡이 부분이 위로 향하도록 해머 베놈을 땅바닥에 내려놓았다.

그리고 방금 전까지 해머 베놈을 쥐고 있던 오른손을 이스트라를 향해 내밀었다.

"마지막으로 권하겠다. 지금이라도 늦지 않았으니 내가 있는 곳으로 와라."

이스트라는 두 눈을 감고 생각에 잠기더니, 고개를 가로저었다.

"내 양손은 수많은 하이브리드의 피로 물들었다. 이제 와서 다른 길을 택할 수는 없어."

"그러면 우리는 영원히 평행선을 달릴 수밖에 없는 운명이로군. 그것도 서로 반대 방향으로만 뻗어가는."

쉐일은 해머 베놈을 강하게 움켜쥐었다.

이스트라를 향해 천천히 다가가는 그의 두 눈은 분노로 불타오르고 있었다.

반면 이스트라는 침착함을 유지한 채로 크루겐 쪽을 바라봤다.

"크루겐, 너는 비밀 연구소에 잠입해서 시련을 증폭시키는 장치를 파괴해라."

"네? 하지만 교관님을 혼자 놔두고 저만 갈 수는 없……."

"지금은 그것만이 최선의 방법이다. 그리고 너만이 할 수 있다."

이스트라는 양손에 트윈 엣지를 쥐고서 쉐일 쪽으로 천천히 다가갔다.

크루겐은 점점 사이를 좁혀가는 두 남자를 번갈아가며 바라보며 망설이고 있었다.

"서둘러라! 어서!"

"네, 넵!"

크루겐은 허겁지겁 머플러를 코 위로 잡아 올리더니 어둠 속으로 모습을 감췄다.

독의 울타리를 통과한 크루겐은 병사들의 그림자를 통해 빠르게 이동하면서 비밀 연구소로 향했다.

독의 울타리 밖에서는 교단의 병력과 인간들로만 구성된 비공정의 병력간의 치열한 공방전이 전개 중이었다.

그러나 독의 울타리 안에서는 고요함만이 감돌았다. 서로를 향해 다가가는 두 남자를 그레인 일행은 조용히 바라보기만 했다.

정적이 감도는 사이, 독의 울타리가 만들어낸 거대한 원의 중심에 멈춰선 두 남자의 사이는 서로의 무기가 충분히 닿을 정도로 좁혀졌다.

카앙!

이스트라는 쉐일이 위에서 아래로 크게 휘두른 베놈을 서로 교차시킨 트윈 엣지로 막아냈다.

"우리들은!"

이스트라의 머리를 향해 베놈을 휘둘렀던 쉐일의 오른팔이 부

서로 뒤돌아선 이들의 종착점 149

들부들 떨고 있었다.

"고든이 죽었을 때의 우리들은!"

베놈을 트윈 엣지로 막아내던 이스트라의 양쪽 무릎이 힘에 밀려 천천히 굽혀지기 시작했다.

치이익.

베놈의 끝부분에서 녹색의 독이 뚝뚝 떨어졌고, 이스트라의 법의 위로 연기가 피어올랐다.

"아무것도 하지 못하고, 그저 우리들의 무력함만을 탓했어!"

"…그랬지."

당시 일개 사제였던 그들은 고든의 죽음에 슬퍼하는 일 외에는 아무것도 할 수 없었다.

"하지만 지금은 달라! 그 어떤 하이브리드라도 제압하고, 쓰러뜨릴 수 있는 힘을 손에 넣었다고! 상대가 교황이라고 해도!"

순간 이스트라는 눈을 크게 뜨며 쉐일을 바라봤다.

쉐일은 입술 왼쪽 끝을 살짝 올리며 웃음을 머금었지만, 이스트라는 그의 미소에 응하지 않고 양손에 쥔 트윈 엣지에 마나를 불어넣었다.

파아앗.

두 남자 사이에서 빛이 찬란하게 퍼져 나갔다.

"크윽!"

시야가 하얗게 뒤덮인 쉐일은 눈을 질끈 감으며 베놈을 좌우로 크게 휘둘렀다.

이스트라는 반격할 수 있음에도 뒤로 급히 물러서면서 쉐일과의 거리를 벌렸다.

"교황 아르디언을 쓰러뜨릴… 생각인가?"

아르디언의 타도는 이레귤러와 결사대를 비롯해 이스트라의 목표이기도 하다.

같은 목적을 지닌 이상, 같은 편으로 설득하지 못하더라도 더 이상의 무모한 피를 친구끼리 흘릴 필요가 없다는 희망을 엿봤다.

그러나 쉐일은 이스트라의 기대에 부응할 생각은 조금도 없었다.

"이곳에 온 하이브리드를 모두 죽이고, 하이브리드인 교황 역시 마찬가지로 죽일 거다."

쉐일은 다시 움켜쥔 해머 베놈을 이스트라를 향해 가리키며 말했다.

"난 단 한 명의 하이브리드도 필요하지 않다. 나는 하이브리드의 도움을 받으면서, 하이브리드를 죽일 생각은 추호도 없다!"

"네가 수하로 들인 하이브리드들은?"

"이미 다른 곳으로 떠나보냈다."

실제로 이스트라가 거느리는 교단의 병력 중 하이브리드는 단한 명도 존재하지 않았다.

"이스트라, 명심해라. 제안은 내가 먼저 했고 그걸 너는 거부했다. 내 말이 틀리나?"

"……"

마지막 목표만은 같았지만, 절대로 공유할 수 없는 조건이 전제되었기에 이스트라는 기대를 버릴 수밖에 없었다.

"자, 와라. 이렇게 이야기를 하면 할수록 불리해지는 건 너다. 시련 속에서 하이브리드들이 계속 버틸 거라는 기대는 하지 마라."

이스트라는 뒤를 돌아 그레인 일행의 상태를 살펴봤다.

멀리 있어서 잘 보이지는 않았지만, 두 발로 서 있는 자들은 여전히 없었기에 우려를 금치 못했다.

위이잉.

이스트라가 양손에 쥔 트윈 엣지에 마나가 주입되자, 검신에 새겨진 문자가 빛을 발했다.

캉! 카앙!

이스트라의 트윈 엣지와 쉐일의 베놈이 서로 격돌하면서 다시 전투가 시작되었다.

이스트라는 쉐일의 공격을 아슬아슬하게 피하면서 반격 일변도로 나왔다. 쉐일이 사용 중인 해머 베놈의 위력을 감안한다면, 단 한 번의 공격만으로도 쓰러질 수 있었기에 신중하게 대처했다.

쉐일이 베놈으로 공격할 때마다 땅이 푹 파였고 지면 위로 균열이 마구 퍼져 나갔다. 절대 살려두지 않겠다는 분노가 가득 담긴 일격이었다.

그러면서도 방패로 이스트라의 공격을 대부분 막아냈고, 왼손에 쥔 검은색의 무언가에 마나를 불어넣는 걸 잊지 않았다.

캉! 카앙!

두 남자의 전투가 지속되는 가운데, 먼저 피로 물들기 시작한 건 쉐일의 법의였다.

빠르면서도 정확한 이스트라의 공격을 쉐일은 모두 막아내지 못했다. 이스트라는 와이어를 이용해 트윈 엣지를 투척하고 회수하면서 거리를 벌린 상태에서도 반격을 시도했다.

그러나 이스트라 역시 서서히 죽음을 향해 다가가는 건 마찬가지였다.

직접 타격을 받지는 않았지만, 쉐일이 베놈을 휘두를 때마다 사방에 흩날리는 독을 완전히 피하기엔 무리였다.

이스트라의 법의는 조금씩 스며들기 시작한 독으로 인해 녹색으로 물들었고, 법의 안쪽의 피부 역시 같은 색으로 변하기 시작했다.

파아앗!

그 둘로부터 멀리 떨어진 비공정에서 강렬한 빛이 나왔다.

"저 빛은……?"

순간 쉐일은 공격을 멈추고 멍하니 비공정 쪽을 바라봤다.

빛을 등지고 있던 이스트라는 거칠게 숨을 몰아쉬면서 고개를 뒤로 돌렸다.

"드디어 그분이… 도착하셨군."

*　　　　　*　　　　　*

비공정을 휘감았던 어둠의 기운이 사라지면서 모습을 드러낸 빛의 기둥.

찬란한 빛에 눈을 뜨지 못하던 하이브리드들은 빛에 익숙해질 때까지 눈을 깜박거렸다.

시련으로 고통받았던 그들은 빛의 중심에 선 한 남자를 멍하니 바라보다가 뒤늦게 무언가를 깨달았다.

"어? 몸이……."

"아프지 않아… 어찌 된 일이지?"

그들은 일어서지도 못할 정도로 자신들을 괴롭히던 고통이 사라졌음을 알아채고 천천히 몸을 일으켰다.

갑판 정중앙에 선 한 명의 남자, 페트로는 두 눈을 감은 채로 한쪽 무릎을 꿇고 있었다.

양손을 붙잡고 기도를 하고 있는 그는 성자로서 발휘할 수 있는 힘을 최대한으로 이끌어내고 있었다.

그가 만들어낸 빛의 기둥을 중심으로, 찬란한 빛이 사방으로 퍼져 나가며 거대한 반구를 이뤘다.

시련을 일으키는 어둠의 기운이 뒤로 밀려나기 시작했고, 전투 중이던 이들은 자신도 모르게 동작을 멈추고 비공정 쪽으로 시선을 돌렸다.

하이브리드들을 시련에서 해방시킨 빛은 혈전을 벌이던 인간들의 고통까지도 일순간에 사라지게 만들었다.

아군과 적의 구별 없이.

"페트로가……."

"우리들을… 구해줬어."

"또다시……."

그를 기억하는 회귀자들은 감격에 젖어 눈물을 글썽거렸다.

그러나 그들은 급히 눈물을 닦아내고선 페트로의 주위로 모여들었다.

두 번이나 자신들을 구해준 은인을 절대 위험에 빠지게 만들수는 없었다.

지금이야말로 전생에 지키지 못했던 페트로를 지켜야 할 때라고 결심하며 그를 둘러싼 호위망을 구축했다.

그 누구의 지시도 없었음에도.

*　　　　*　　　　*

페트로가 구현한 거대한 빛은 끝을 모르고 계속 뻗어나갔다.

전투가 중단된 가운데, 거대한 원 모양으로 형성된 독의 울타리 오른쪽이 빛을 이기지 못하고 허물어 내리기 시작했다.

"지금이야! 모두 빛 안으로 들어가라!"

이스트라의 외침에 그레인 일행은 빛을 향해 천천히 움직이기 시작했다.

멍하니 빛을 바라보던 리카르도와 다른 인간들은 허겁지겁 그레인 일행을 부축해 빛 안으로 이끌었다.

"어… 이것은……."

그레인이 앞으로 내민 오른손이 빛에 손이 닿는 순간, 그는 두 눈을 의심하지 않을 수 없었다.

더 이상 시련이 느껴지지 않는 것을 넘어서서, 부상을 입었던 양팔이 원래대로 되돌아갔기 때문이다.

"리카르도, 이게 어찌 된 일이지?"

"페트로가 왔어! 우리를 구하기 위해 왔다고!"

"페트로가?"

"그래! 성자님이 오셨다고, 성자님이!"

순간 그들에게 달려들려던 교단의 성당기사들과 병사들은 일제히 동작을 멈췄다.

절대 무시할 수 없는 단어인, '성자'라는 말을 들었기 때문이다.

"저 빛을 성자님이?"

"정말로 성자님이 오셨다고?"

"그래서 우리들의 상처까지도……."

성자가 왔음을 알게 된 교단 측 병력은 그레인 일행으로부터 거리를 벌리면서 싸우길 주저했다.

"성자?"

교단의 병사들과 성직자들마저도 경외를 표한 페르토의 힘에 쉐일은 가소롭다는 비웃음을 터뜨렸다.

"죽은 자를 살리지도 못하는 자가… 무슨 성자인가! 그리고 그 자만이 성자의 자격을 갖춘 것도 아닌데……."

쉐일의 시선이 그레인을 비롯한 이레귤러들의 얼굴을 훑고 지나갔다.

쿠웅!

쉐일이 해머 베놈을 아래로 힘차게 내려찍었다.

지면을 타고 녹색의 독이 사방으로 퍼져 나갔고, 독의 울타리가 작아지기 시작하더니 원래의 반 정도 되는 지름으로 축소되었다.

그러나 독의 울타리를 형성하는 독의 벽은 더욱 두터워지면서 견고해졌다. 페트로가 만들어낸 빛마저도 독의 울타리를 소멸시키지 못하고 주위를 둘러쌀 뿐이었다.

"이 벽은 절대 무너지지 않을 거다."

다시 해머를 집어든 쉐일은 이스트라를 노려봤다.

"너와 나, 둘 중 어느 한쪽이 죽기 전까지!"

쉐일의 처절한 외침과 동시에 두 남자는 다시 무기를 움켜쥐었다.

카앙! 캉!

트윈 엣지와 베놈의 서로 부딪히는 소리가 주위의 고요함을 깨뜨렸다.

성자의 등장으로 독의 울타리 밖에서의 전투는 중단되었다. 차마 성자를 향해 무기를 내밀 수 없었던 교단 측 병력은 전의를 상실했고, 진형을 유지한 채로 독의 울타리 안을 응시할 뿐이었다.

그들의 반대편에 선 그레인 일행은 착잡한 시선으로 두 남자의 대결을 바라보고 있었다.

똑같이 교단의 법의를 걸친, 한때 친구였던 두 남자가 맞설 수밖에 없는 운명으로 이끈 이들이 바로 자신들이었기 때문이다.

치이익.

쉐일의 상처 위로 솟아오른 핏방울과 베놈에서 뿜어져 나온 녹색의 독이 서로 뒤엉키면서 둘 사이에 떨어졌다.

어둠의 기운이 마구 뒤엉키며 소용돌이치고 있는 중심에 선 이스트라와 쉐일은 한시도 멈추지 않았고, 격렬한 공방전을 이어 나갔다.

둘 다 상대에게 치명상을 입히진 못했지만, 둘 다 서서히 죽음을 향해 다가가고 있음은 명확했다.

"모두 비키세요!"

급히 비공정에 들렀다 온 베스티나가 독의 울타리 앞에 서더니 양팔을 펼치며 물러나라고 외쳤다.

비공정의 병력이 서둘러 좌우로 비켜섰고, 덩달아 교단의 병력들까지도 움직이기 시작했다.

양측의 병력이 물러서면서 비공정과 독의 울타리를 잇는 커다란 직선이 형성되었고, 모두 대피한 걸 확인한 베스티나가 날개를 펄럭이며 하늘을 향해 솟아올랐다.

바로 그때, 멀리 있던 비공정에서 빛이 반짝거렸다.

콰아앙!

폭발음과 함께 강렬한 불길이 독의 울타리를 휘감았다.

그레인은 페트로의 빛 안쪽에 서서 하늘로 피어오르는 연기를 올려다봤다. 에르닌의 마력총이 독의 울타리를 무너뜨리기를 바라면서.

그러나 그의 기대와 달리 불길은 빠르게 사라졌고, 독의 울타리에는 흠집 하나 생기지 않았다.

콰앙!

다시 비공정에서 빛이 뿜어져 나오더니, 독의 울타리에 화염이 솟아오르고 가라앉기를 반복했다.

연기가 사방으로 마구 피어올랐고, 지면이 심하게 흔들리면서 서 있지 못하고 주저앉는 병사들이 속출했다.

그러나 결과는 마찬가지였다. 쉐일의 집념이 만들어낸 독의 울타리를 에르닌의 마력총으로 뚫기엔 무리였다.

그렇다고 마력포로 공격하기엔 난감했다. 마력총과 달리 위력을 조종하기 힘든 마력포의 특성상, 독의 울타리를 소멸시키는 것을 넘어서서 이스트라까지 휘말릴 가능성이 높았기 때문이다.

'이대로 보고만 있을 수 없어.'

페트로가 만들어낸 빛 안에 선 그레인은 독의 울타리를 무너뜨리기 위해 불과 냉기의 힘을 연거푸 구현했다.

다른 이들도 힘을 보탰지만, 독의 울타리가 얼마나 견고한지를 확인하는 것에 불과했다.

모두를 지키기 위한 신념으로 맥스가 구현했던 불의 벽.

쉐일의 집념이 만들어낸, 성자의 힘마저 밀쳐낼 정도로 굳건하게 형성된 독의 울타리.

그레인은 이전에 있었던 전투에서 느껴야만 했던 무력함에 다시 휩싸이며 두 남자의 사투가 끝나기만을 기다리는 수밖에 없었다.

카앙!

"쉐일……."

베놈을 트윈 엣지로 막아낸 이스트라의 두 팔이 부들부들 떨고 있었다.

"왜 여동생을 그냥 보내줬지?"

이스트라는 고든의 죽음이 쉐일을 되돌아갈 수 없는 길로 이끌었음을 잘 알고 있었다.

그러나 쉐일에게 품은 의문 모두가 풀린 것은 아니었다.

"나는 네가… 여동생을 인질 삼아 날 협박할 거라 여겼는데……."

카앙!

"처음에는 분명히 그럴 의도였다."

쉐일은 지면과 수평이 되도록 베놈을 내리며 이스트라의 공격을 막아냈다.

"하지만 그 정도로 너의 신념을 바꾸기엔 무리라고 여겼으니까."

상대방의 무기를 밀쳐내기 위해 두 남자는 힘겨루기를 계속 이어나갔다.

"그래서 나는 너에게 선택권을 줬다. 아군이냐, 적이냐를 떠난 제3의 선택을."

"쉐일……."

"나는 네가 여동생과 함께 도망치는 쪽을 택하길 바랐지만, 예상은 지금처럼 내 앞을 가로막는 쪽이었고……."

카앙!

"서로 같은 길을 걸어갈 수 없다는 걸 확인했으니, 이제 결판을 지을 때다."

쉐일은 해머 베놈을 든 오른손에 힘을 주었다.

"바로 여기서!"

쉐일의 마나가 베놈에 흘러들어 가자, 베놈을 뒤덮었던 독이 날카로운 가시로 변해 촘촘히 솟아올랐다.

그와 동시에 이스트라는 빛에 휘감긴 두 자루의 단검, 트윈 엣지를 쉐일의 가슴을 향해 찔러 넣었다.

*　　　　*　　　　*

바짝 붙어서 상대를 향해 공격한 두 남자는 시간이 정지된 것처럼 움직이지 않았다.

"……."

"……."

베놈에서 솟아오른 독의 가시가 이스트라의 왼쪽 어깨를 꿰뚫었다.

독이 스며든 이스트라의 팔 위로 연기가 마구 피어오르며 피부가 녹색으로 변하기 시작했다.

그러나 먼저 무기를 떨어뜨린 쪽은 이스트라가 아닌 쉐일 쪽이었다.

"내가… 졌군."

쉐일은 쓴웃음을 지으며 시선을 아래로 내렸다.

이스트라가 쥔 한 쌍의 단검, 트윈 엣지가 쉐일의 옆구리와 가습을 깊숙이 파고들었다. 상처에서 흘러나온 피가 법의를 적시면서 땅바닥까지 이어졌다.

이스트라에서 떨어진 쉐일은 비틀거리더니 한쪽 무릎을 꿇었다.

"하지만 너의 승리는… 아니야."

"으윽……."

전신에 퍼져 나가는 독을 이기지 못한 이스트라 역시 비틀거리더니 뒤로 쓰러졌다.

"결국 우리 둘 중, 승리를 얻은 자는 없는 셈이로군… 쿨럭!"

쉐일은 피를 토하면서 옆으로 풀썩 쓰러졌다.

그와 동시에 독의 울타리가 안개가 걷히는 것처럼 서서히 사라지기 시작했다. 그러나 양측 병사들 중 쓰러진 두 남자에게 접근하는 이는 아무도 없었다.

그레인 역시 마찬가지로 이스트라에게 다가갈 수 없었다. 쉐일이 구현한 어둠의 기운은 아직도 사라지지 않고 두 남자를 휘감고 있었기 때문이다.

"이스트라! 쉐일!"

누군가가 두 남자의 이름을 외치면서 병사들을 헤치고 달려왔다.

페트로와 함께 비공정에 있던 던컨이었다.

"아아……."

던컨은 결국 극단적인 선택을 한 두 친구를 내려다보며 망연자실했다.

비공정의 멤버들은 그마저 위험에 처할 수 있다며 던컨이 비공정을 떠나는 걸 만류했었다.

그러나 친구끼리 무기를 겨누는 걸 보고만 있을 수 없었던 던컨은 뒤늦게 독의 울타리를 향해 달리기 시작했다.

다행히 그가 도착했을 때에는 독의 울타리는 사라졌지만, 죽음을 향해 다가가는 두 친구의 모습을 보고 절망에 빠져버리고 말았다.

"이렇게 되지 않기만을 바랐는데……."

던컨은 두 친구 사이에 두 무릎을 꿇고 흐느끼기 시작했다.

치명상을 입은 쉐일.

전신에 독이 퍼져 서서히 죽어가고 있는 이스트라.

그 둘을 향해 크루겐이 그림자를 타고 교단 측 병사들 사이를 재빠르게 이동했다.

"이스트라 교관님! 말씀하신 대로 장치를 파괴했습니… 다… 만……."

이스트라를 본 크루겐은 더 이상 말을 잇지 못하면서 손에 쥐고 있던 팬텀 대거를 떨어뜨렸다.

"교관님!"

"아직… 오면 안 돼……."

이스트라는 부들부들 떠는 팔을 들어 올리며 다가오려는 그레인을 만류했다.

이레귤러마저도 시련에 빠뜨리는 어둠의 기운이 아직도 두 남자 주위에 맴돌고 있었기 때문이다.

"파괴했다라… 그렇다면 이 힘도 이제… 끝이로군."

쉐일은 무언가를 쥐고 있던 왼손을 천천히 펼쳤다.

계속 움켜쥐고 있던 검은색의 무언가가 녹아내리면서 사라졌고, 그가 구현했던 어둠의 기운이 지면 아래로 스며들면서 사라졌다.

"이스트라 교관님!"

그레인은 다급히 이스트라 쪽으로 달려갔다. 다른 일행들과 아군 병사들이 그를 따라 이스트라 주위에 몰려들었다.

공중에 떠서 둘의 대결을 지켜보던 베스티나가 급히 내려오더니 이스트라의 상태를 살폈다.

파아앗.

천사의 날개에서 뿜어져 나온 빛이 이스트라를 감쌌다.

그러나 이스트라의 몸을 침식한 독은 그녀가 시전한 치유에도 아랑곳하지 않고 그의 생명을 계속 갉아먹었다.

"나는… 이미 늦었어. 성자님의 힘으로도… 무리일 거다."

이스트라는 계속 움켜쥐고 있던 트윈 엣지를 그레인을 향해 내밀었다.

"그레인, 이걸… 받도록."

그레인은 양손에 하나씩 트윈 엣지를 건네받고서 고개를 떨궜다.

벤트 섬에서 처음 트윈 엣지를 건네받을 당시에는 느끼지 못했던 책임감이 그의 어깨를 짓눌렀다.

그사이 치유를 시전하던 베스티나는 고개를 가로저으며 포기했다.

"이제 내 삶은… 여기까지다. 내가 저지른 죄에 비하면 너무 오래 산… 셈이지. 그러니 날 그런 눈으로 보지 말게나……."

제자였던 그레인과 크루겐.

친구 중 한 명이었던 던컨.

교단으로부터 자유를 얻기 위해 험난한 길을 걷고 있는 하이브리드들.

이스트라는 자신을 내려다보고 있는 이들을 한 명씩 찬찬히 올려다봤다.

"나는… 죄의 대가를 받아야 하니까……."

힘겹게 숨을 들이켜던 이스트라의 두 눈이 천천히 감기기 시작했다.

"이스트라 교관님!"

"이스트라! 안 돼! 죽어서는 안 된다고!"

"죽음만이… 거짓으로만 가득 찼던 내 삶의……."

그는 죽음으로 자신이 저지른 모든 죄를 갚을 수는 없다고 여겼다.

그렇기에 하이브리드를 어떻게 해서든 인간으로 되돌릴 수 있는 방법을 찾아 연구에 연구를 몰두했다.

그 누구의 희생도 없이 그 방법을 끝내 찾지 못한 것에 아쉬움을 떨쳐내지 못했지만, 운명은 그에게 많은 시간을 주지 않았다.

그렇다면 그가 할 수 있는 단 하나.

그릇된 길을 택한 친구를 막아서는 것뿐이었다.

"속죄… 이니까……."

"이스트라 교관님!"

"이스트라! 너… 정말로?"

"고든… 너무 오래… 기다렸지? 이제야 너를 만나러 간다……."

트윈 엣지를 건네주기 위해 들어 올렸던 그의 두 팔이 힘을 잃고 땅 위에 툭 떨어졌다.

"이스트라! 너… 눈을 떠! 뜨라고!"

던컨은 이스트라를 붙들고 앞뒤로 마구 흔들었다.

그러나 영혼이 떠난 그의 몸은 아무런 저항도 하지 않았고, 감겨진 두 눈은 다시 떠지지 않았다.

"크흑……."

던컨은 이스트라를 품에 안고 눈물을 터뜨렸다.

그레인은 여전히 고개를 들지 못했고, 크루겐은 머플러를 잡아당기며 눈가에 고인 눈물을 닦아냈다. 이스트라를 알고 있는 이들 모두가 모여들어 그의 죽음을 슬퍼했다.

반면 교단 측 병력은 쉐일에게 다가오지 못하고 멀찌감치 떨어져 있었다.

쉐일이 보여줬던 복수심은 같은 편에게도 두려움을 안겨줄 정도였기 때문이다.

"이제 나도… 크윽, 너를 따라가겠군."

가슴과 허리에서 흘러나온 피가 땅바닥에 쓰러진 쉐일의 주위를 홍건하게 적셨다.

"이스트라……."

쉐일은 천천히 고개를 들어 올리더니 힘겹게 오른쪽으로 돌렸다.

같은 곳에 있으면서도 서로 다른 방향을 바라봤던 친구의 마지막 모습이 그의 시야에 들어왔다.

"결국 우리들은……"

희미해지는 시야 한가운데에 떠오른 기억의 잔상.

네 명의 청년들이 한데 어울려 웃고 떠드는 모습에 쉐일의 입가에 옅은 미소가 자리 잡았다.

그러나 청년들의 잔상이 하나씩 사라지자, 미소는 어느새 사라져 버렸다.

"고든, 미안해. 우리들은 다른 길을 걸어가야만… 했었어."

ㅡ우리 모두, 같은 곳을 향하여.

트윈 엣지에 신성 문자로 새겨져 있던 문구를 떠올리면서 쉐일은 천천히 눈을 감았다.

서서히 다가오는 죽음을 거부하지 않고서.

"이런 결말은… 원치 않았어. 어떻게 해서든 너희 모두를 설득했어야 했는데, 내 탓이야……"

던컨은 흐느끼면서 이스트라와 쉐일을 오른손과 왼손으로 얼싸안았다.

죽음을 맞이한 두 남자의 얼굴은 하늘을 향하고 있었다.

*　　　　*　　　　*

　적지 않은 희생을 각오하고 임했던 쉐일과의 결전.

　비공정 측은 예상을 훨씬 넘어선 쉐일의 시련 속에서 고통받으며 큰 위기를 맞이했었다.

　그러나 이스트라와 쉐일의 죽음을 기점으로 전투는 중단되었다.

　지휘관을 잃어버린 교단의 병력은 성자가 합류한 이레귤러를 상대로 차마 검을 들이밀 수 없었다. 교단의 병력 대다수가 포로가 되었고, 비공정 측은 쉐일의 비밀 연구소를 수색했다.

　그들은 슬픔에 젖어 있기보다, 이스트라의 죽음을 가슴에 품은 채로 행동하는 쪽을 택했다.

　교단의 멸망을 하루라도 더 앞당기기 위해서.

*　　　　*　　　　*

　지하 연구실 중 한 곳에 들어간 크루겐은 착잡한 표정으로 문서를 넘겼다.

　"보통의 코어는 아닐 거라고 예상은 했지만……."

　크루겐은 길게 한숨을 내쉬더니 고개를 절레절레 저었다.

　다른 연구실과 마찬가지로 크루겐이 들어간 방 역시 무수한 연구 자료가 보관되어 있었다.

　그러나 이곳은 다른 곳과 특별히 차별화된 내용들로 가득 차

있었다. 하이브리드를 만들기 위한 이식에 사용되는 코어들의 종류, 특성, 잠재 기술 등의 다양한 내용이 서술되어 있었다.

어둠 속에서 촛불 하나만을 켜놓고 문서를 훑어보던 크루겐은 다시 처음부터 읽기 시작했다.

바로 자신에게 이식된 '스펙터의 코어'에 대해서.

"암룡(暗龍)의 영혼을 기반으로 형성된 스펙터였다니."

크루겐은 녹색의 독이 담긴 시험관을 왼손에 쥐고 가볍게 흔들었지만, 마음은 결코 가볍지 못했다.

다시 문서를 읽어도 적힌 내용은 바뀌지 않았다.

아니, 바뀌기를 바랐지만 변하는 건 아무것도 없었다.

"그리고 수명의 전환이라……."

크루겐은 오른손을 들어 올리더니 손가락 네 개를 펼쳤다.

하나, 그리고 둘.

그는 검지와 중지를 접고서 뒤를 돌아봤다. 문이 닫힌 걸 확인한 크루겐은 방금 전 읽던 문서를 한 장 집어 들었다.

화르르.

촛불에 닿은 종이가 불길에 휩싸였다.

"이제 겨우 20대인데, 인생의 반을 벌써 살아버린 셈이네. 하하……."

허탈함이 담긴 웃음소리가 촛불을 둘러싼 어둠 속에 퍼져 나갔다.

*　　　　*　　　　*

해가 저물고 하늘이 어두워지자 비밀 연구소 근처에 떠 있는 비공정에 고요함이 감돌았다.

특히 비공정 안에 있는 렌딜의 집무실 안 분위기는 무겁기 그지없었다.

결사대에서 하이브리드에 대해 홀로 연구를 계속했던 듀란.

듀란보다 이전부터 하이브리드에 관한 연구에 몰두했던 델리아.

오랜 시간 동안 터득한 방대한 지식과 마법으로 모두에게 도움을 주던 렌딜.

그리고 그들의 보고를 듣고 있는 그레인.

원탁을 사이에 두고 앉은 네 남녀의 표정은 심각했다.

"믿기 힘들군."

그레인은 듀란이 작성한 보고서를 원탁에 내려놓으며 한숨을 내쉬었다.

"듀란, 교황 아르디언이 광룡의 심장을 이식받는 게 사실이야?"

"네, 거의 확실할 겁니다. 원래는 그럴 가능성이 있다는 정도로 여겼지만, 쉐일이 남긴 자료를 보고 나니 확신으로 굳어졌습니다."

듀란은 의자에 앉은 채로 뒤를 돌아봤다.

렌딜의 집무실 안에는 비밀 연구소에서 입수한 문서와 자료들이 가득 쌓여 있었다.

그레인을 제외한 세 명은 문서와 자료들을 사흘 동안 밤새우며 읽고 검토했다. 쉐일 개인이 모았다고 여기기에는 너무나 방대한 양이었고, 쉐일의 집념이 하이브리드에 대한 복수 하나만에 머무르지 않았다는 걸 알 수 있었다.

"역설적이게도, 그가 모으고 정리한 자료들 덕분에 우리들은 오랫동안 감춰져 왔던 진실에 다가갈 수 있게 되었습니다. 교황 아르디언이 전생에 결사대를 압도할 수 있었던 힘의 근원을 알게 되었으니까요."

교단의 추기경이었기에, 일개 사제라면 절대 접근조차 불가능했던 교단 내 기록을 쉐일은 훑어볼 수 있었다. 그리고 금서로 지정된 서적마저 교황의 눈을 피해 빼돌릴 수 있었다.

그렇게 쉐일이 힘겹게 입수한 서적 중 한 권이 이레귤러와 결사대는 알지 못했던 진실을 알려주었다.

제목은 물론이고 목차도 없는 한 권의 낡은 책.

그 책에는 오랜 시간 동안 교단이 극비리에 진행했던 코어의 이식 절차가 기록되어 있었다.

듀란이 주목한 부분은 딱 한 번 성공했다고 기록된, 광룡의 심장을 코어로 이식받은 하이브리드의 사례였다.

누가 이식을 받았는지, 이식이 시행된 구체적인 년도는 해석이 불가능한 암호로 기록되어 있어서 파악이 불가능했다.

하지만 용의 심장을 이식하는 것이 가능하다는 사례가 존재한다는 것만으로도 교황의 엄청난 힘을 설명하기에 충분했다.

"현재의 교황은 압도적인 힘을 소유하고 있습니다. 그러나 회귀 이전에도 마찬가지로 강했습니다. 그때에는 교황이 성자에 버금가는 힘을 소유했다고 생각했지만, 실제 우리들이 만난 성자 페트로가 발휘한 힘과는 여러모로 달랐습니다."

"어느 쪽이 강하고 약하고를 떠나 페트로의 힘은 모두를 구원하는 쪽이지."

"그렇다면 교황이 발휘한 힘의 근원은 광룡의 심장일 가능성이 높습니다. 전생의 교황은 아마 광룡의 심장 하나만을 이식받았을 테고… 현생의 교황은 거기에 덧붙여 다수의 코어를 더 이식받아서 더욱 강해졌다고 생각할 수밖에 없습니다."

전생에는 하나가 아닌 그 이상의 코어를 이식받은 경우는 회귀자들의 기억 속에는 없었다.

그러나 회귀로 인해 변한 역사 속에서 두 개의 코어를 이식받고도 살아남은 펠릭스의 사례가 존재한다.

그 후 2개의 코어를 이식한 하이브리드가 다수 출현했고, 베스티나 덕분에 교황의 몸에 다수의 빛의 코어가 이식되어 있음을 확인했다.

그걸 증명하기 위해 헤르디온은 다수의 코어를 이식받기를 자원했고, 이식 후 살아남으로써 베스티나의 주장이 사실임을 입증했다.

"하지만 쉐일은 알기 원하지 않았던 사실이었습니다."

듀란은 문서를 옮기던 도중 우연히 발견한, 쉐일의 일기장에 적힌 문구를 떠올리며 두 눈을 감았다.

—…내가 알고자 했던 것은 먼 곳으로 일찍 가버린 친구를 다시 되

살리는 방법이었다. 그러나 시간 회귀술에 대해 파고들면 파고들수록, 알기를 원치 않았던 내용만을 발견할 뿐이었다.

"우리들이 발견했어야 하는 진실을 알아내면서, 그는 고뇌에 빠졌을 겁니다."

ー…나는 내가 알아낸 진실들을 포함해 회귀에 대해서 교단에게 알릴 생각은 눈곱만큼도 없다. 허튼소리로 치부당하거나, 어떻게 그런 사실을 알고 있었냐고 추궁당하거나, 이레귤러의 끄나풀로 몰리는 것 따위 두렵지 않다. 널리 알려진다 하여도 과거로 돌아갈 수 없고, 이미 곁을 떠난 친구가 다시 돌아올 일은 없기 때문이다. 나의 소망을 이뤄주지 못하는, 도움 하나 되지 못하는 진실 따위 알고 싶지 않았다.

그러나 일기장에 토로한 감정과는 정반대로, 그가 알아낸 진실은 수없는 검토와 확인을 거치면서 작성된 문서에 고스란히 남아 있었다.

그레인 일행과의 결전에서 승리를 확신했기에 굳이 없애지 않았다는 해석으로 이어질 수도 있었다. 하지만 멀리 떨어진 곳에 아무도 모르게 숨기는 선택지도 있었기에 쉐일의 행보를 이해하기 힘들었다.

"어쩌면 그는 분노와 반대로 자신이 밝혀진 진실이 알려지길 바랐을지도 모르겠습니다. 다른 분들은 어떻게 생각할지 몰라도,

저는 그렇게 생각합니다. 특히, 이레귤러에 대한 또 하나의 진실
에 대해서는 더욱더……"

교황 아르디언의 정체에 이어 쉐일이 밝혀낸 또 하나의 진실.

집무실 안에 있는 이들은 물론이고, 비공정 내 그 누구도 예상
하지 못했던 내용.

"……"

그레인 역시 믿기 힘든 건 마찬가지였지만, 페트로가 나타났을
때 쉐일의 반응을 감안하면 허튼소리로 무시하고 넘어갈 수 없
었다.

특히, 쉐일의 일기장에 마지막으로 적혀 있는 문장을 감안한다
면 더더욱.

─…하필이면 내가 증오해야 하는 그들에게 왜 성자의 자격이 주어
진 것인지, 나는 이해할 수 없다. 아니, 이해하기 싫다.

*   *   *

타닥타닥.

넓은 평원에 설치된 수십 여개의 십자가들이 불길에 휩싸였다.

비명을 지를 겨를도 없이 빛에 불탄 이들의 시체를 교황 아르
디언이 표정의 변화 없이 둘러봤다.

배교자로 체포된 이들의 화형식은 교단이 창설된 이후 무수히
있어왔지만, 이단 심문관이 아닌 교황이 직접 집행하는 경우는

유례가 없었다.

평소의 수십 배가 되는 신도들이 교황을 직접 두 눈으로 보기 위해 몰려들었고, 화형식이 치러질 평원은 수많은 신도들과 교황을 보호하기 위한 병사들로 가득 찼다.

아르디언은 화형식을 준비하던 사제들에게 장작과 장작 위에 뿌릴 기름을 모두 거두라고 지시했다. 신이 내려준 빛의 힘으로 배교자들을 손수 응징하겠다고 그가 말하자, 여기저기서 감탄사가 터져 나왔다.

두 손을 모아 기도문을 읊는 이들이 있는가 하면, 감격의 눈물을 흘리며 교황을 찬양하는 이들이 속출했다.

그러나 아르디언이 빛의 힘을 뿜어내 십자가에 매달린 이들을 불태우는 순간, 신도들이 보여줬던 각양각색의 반응이 순식간에 사라지면서 정적만이 감돌았다.

'그러고 보니 교황이 된 이후, 신도들 앞에서 힘을 구현한 건 처음이로군.'

자신의 몸에 이식된 코어가 제대로 작동하는 걸 확인한 아르디언의 입가에 미소가 자리 잡았다.

뒷짐을 지고서 배교자의 시체를 응시하던 아르디언이 뒤를 돌아봤다.

교황에 대한 경외를 담아 두 손을 모아 기도하던 신도들은 전원 무릎을 꿇고서 두 손을 땅바닥에 대고 있었다. 그와 눈이 마주치는 것조차 두려워하며 고개를 숙인 신도들은 자비가 담긴 말만으로는 얻어낼 수 없는, 두려움에 기반한 믿음과 복종을 보여줬다.

"신의 자비를 저버린 이들의 최후를 모두 봤는가?"

아르디언의 잔잔한 목소리에 가까이에 있던 신도들이 시선을 아래로 내린 채로 고개를 연신 끄덕거렸다. 그의 목소리를 듣지 못한 이들도 앞에 있는 이들을 따라 머리에 흙이 묻는 것도 아랑곳하지 않고 고개를 마구 끄덕였다.

"두려워하지 말라. 교단을 따르고, 교리를 지키고, 신을 믿는 자들에게는 오직 자비만이 내려질 것이다."

아르디언은 두려워하지 말라는 말과 달리 벌벌 떨고 있는 신도들에게 미소를 보여줬지만, 고개를 드는 이들은 아무도 없었다. 교단의 병사들마저 아르디언에게 압도되어 무릎을 꿇었고, 오직 그를 경호하는 이들만이 옆에 서 있을 뿐이었다.

"그러나 저들처럼 신을 부정하고 교단을 거역하는 이들에게 자비란 없다. 그러한 이들에게는 신의 이름 아래 처절한 응징만이 있을 것이다."

지난 전투에서 이레귤러와 결사대의 연합 세력을 홀로 패퇴시킨 아르디언은 기존까지 유지하던 방침을 변경했다.

이전까지는 힘을 감췄지만, 더 이상 그럴 필요가 없다고 느꼈기 때문이다.

자비가 아닌 두려움으로 타인을 지배하고픈 욕망에 사로잡힌 아르디언은 교단을 따르는 이들에게 미소와 자비를 선사하기보다, 자신을 거역한 이들에게 힘을 과시하는 쪽을 택하기로 결심했다.

대륙을 돌아다니며 '신의 힘'을 인간들에게 보여주기로 한 첫걸음이 바로 오늘이었고, 첫날임에도 신도들이 보여주는 반응은 그를 흡족하게 만들었다.

'그래, 이제부터 시작이야. 신에게 선택받는 내가 어떤 존재인지 모두에게 알리는……'

아르디언은 두 눈을 지그시 감더니, 그동안 흘러갔던 시간들을 천천히 회상했다.

카르디어스 교단은 신으로부터 빛의 힘을 받은 성자들을 내세우면서 교세를 넓혀 나갔다.

그러나 어느 순간부터 성자의 수는 차츰 줄어들었고, 교단을 대하는 인간들의 태도는 예전 같지 않았다.

교단은 고심 끝에 성자를 그저 기다리지 않고, 직접 만들기로 결정했다.

교단은 성자를 단순히 신의 사도로 이해하려 하지 않고, 빛의 힘을 받아들일 수 있는 육체의 소유자라 판단했다

또한 신으로부터 힘을 물려받았다는 이야기는, 인간이되 인간을 넘어서는 존재가 될 수 있다고 해석했고 인간의 육체이되 인간 외의 것도 받아들 수 있다는 결론으로도 이어졌다.

아쉽게도 당시의 교단은 빛의 힘을 받아들일 수 있는 육체를 구별할 방법을 찾지 못했다. 대신 과거의 흘러간 시간 속에서 빛의 힘을 구현했던, 인간 외의 존재에 대해 탐구했다.

그 결과, 빛의 힘을 구현할 수 있는 광룡에 대해 발견했다. 고대에 존재했다는 광룡은 이미 죽었지만 육체만은 남아 있었고,

그걸 인간에 육체에 이식하는 발상으로 성자를 구현하겠다는 발상으로 이어졌다.

교단은 성자가 될 자들을 성직자들 사이에서 모집했고, 수많은 이들이 코어의 이식에 참여했다.

코어의 이식은 비밀리에 진행되었고, 어두컴컴한 실험실 안에서 이식에 실패한 성직자들이 무수히 죽어나갔다.

'나는… 성공했지.'

반복되는 실패 속에, 기적과도 같이 광룡의 심장을 이식받고도 살아남은 자가 등장했다.

그가 바로 수백 년 전의, 20대의 청년이었던 '아르디언'이자 최초의 하이브리드였다.

동시에 최초의 이레귤러였지만, 그때는 그 사실을 알지 못했다.

'그때의 내 이름은… 기억나지 않는군.'

아르디언의 회상 속에 옛 이름은 떠오르지 않았다.

아니, 굳이 기억할 필요도 없었다. 과거에 존재했던 그는 교단의 역사 속에서 잊힌 존재였고, 이는 아르디언 본인이 의도한 바이기도 했다.

'그 이후로 참으로 오랜 시간이 흘러갔었지.'

교단은 아르디언을 성자로 내세웠고, 그는 교단에 지시에 따라 빛의 힘으로 많은 이들을 구원했다.

그러나 그는 단순히 성자로서의 삶만을 추구하지 않았다.

그는 자신이 만들어진 성자라는 걸 열등감으로 여겼고, 진짜 성자가 나타날 때마다 자신이 언제 버림받을지 모른다는 두려움에 떨어야 했다.

그렇게 고심하면서 수십 년의 세월을 성자로 보내던 아르디언은 새로운 사실을 깨달았다.

20대일 때와 40대일 때의 그의 외모는 변함이 없었다. 외모뿐만이 아니라 육체 역시 하이브리드가 되던 때와 변함없었다.

광룡의 심장은 그에게 빛의 힘만을 선사하지 않고, 영원한 젊음도 함께 줬다는 사실을 아르디언은 뒤늦게 깨달았다.

그러나 늙어 죽지 않는다는 것일 뿐, 불사는 아니었기에 언제 어디서 죽을지 모른다는 두려움에서 벗어날 수 없었다. 거기에 그를 계속 성자로 이용하려는 교단의 의도는 교단 자체에 대한 환멸로 이어졌다.

그렇게 시간이 흐르던 와중에, 더 이상 교단에 얽매이지 않겠다고 결심한 날.

아르디언은 처음으로 손에 검을 움켜쥐었다.

'그때 처음으로 내 손이 피로 물들었었지.'

아르디언은 경호라는 명목 아래 자신을 감시하던 이들을 살해하고, 자취를 감췄다.

그리고 성자의 맥이 끊길 때마다 다시 등장했다. 매번 다른 얼굴로, 다른 인간으로 대중 앞에 나타났다. 하이브리드라는 사실을 숨긴 채로.

그렇게 수백 년이 넘는 시간 동안 성자로 나타나 사라지기를 반복하던 아르디언은 아무도 눈치채지 못하게 교단의 역사와 세력 판도를 조작하기 시작했다.

유일한 성공 사례였던 자신의 원래 이름이 언급된 문서들을 발견하는 족족 불사르면서 옛 이름이 잊히기를 기다렸다.

하이브리드에 관한 연구가 진척될 때마다, 불필요한 부분에 해당하는 것을 다시 어둠 속으로 묻어버렸다. 때로는 용의 심장의 이식 시도 자체를 막기도 했다.

오랜 시간 동안 살아오면서, 가장 강한 하이브리드는 용의 심장을 이식받는 자라는 걸 깨달았고, 자신보다 더 강한 하이브리드가 등장하는 걸 사전에 막겠다는 의도 때문이었다.

단 하나, 자신을 제외한 하이브리드를 제어하고 굴복시킬 수 있는 방법에 대해서만은 손대지 않았다.

또한 자신을 제외한, 진짜 성자들이 출현할 때마다 기회를 노려 암살을 시도했다. 진짜 신의 선택을 받아 등장한 성자들이 실종되거나 자취를 감췄고, 그럴 때마다 그는 성자로서의 역할에 충실히 임했다.

그러던 그는 40년 전부터 더 이상 성자로 나서지 않고, 교단의 성직자로서로 살아가기 시작했다.

스스로 목숨을 끊지 않는 이상 영원히 20대의 젊은 모습으로 살아갈 수 있었지만, 그는 일부러 늙어가는 길을 택하면서 차근차근 높은 곳으로 올라갔고 결국에는 교황의 자리까지 올라서게 되었다.

그렇게 흘러간 시간 속에서 그가 깨달은 진리가 있었다.

'신성함보다 더 위대한 가치를 알게 되었지.'

신성함은 믿음에 기반한 가치.

그러나 그 어떤 신성함이라도 신을 믿지 않는 자들에겐 아무런 의미가 없다.

'그것은 공포였어.'

하지만 공포는 인간의 본능에 비롯되는 감정.

강한 자는 두려움으로 많은 이들을 굴복시킬 수 있다.

그러기 위해선 그 누구보다 강한 힘을 얻어야 했고, 힘을 완성하기 위한 기반을 오랜 시간 동안 닦았다.

아르디언은 자신을 더욱 강하게 만들기 위해 빛의 힘을 갈고닦는 한편, 자신보다 더 강한 하이브리드가 나타나는 걸 막기 위한 방법을 찾아 나섰다.

'그걸 위해서 참으로 오랜 시간을 흘려보내야 했었지.'

첫 번째 하이브리드의 탄생 후 한 세대가 지나자, 교단은 그동안 쌓은 경험을 바탕으로 하이브리드를 본격적으로 '생산'하기 시작했다.

그러한 과정 속에서 교단은 성자를 인위적으로 만들겠다는 본래의 목적을 포기했다. 성자에 버금가거나 그 이상의 힘을 발휘하는 코어는 광룡의 심장 말고는 거의 없었기 때문이다. 대신 하이브리드에게 이식할 코어를 빛과 관련된 것으로 제한하지 않고, 다양한 종류의 코어를 채택하기 시작했다.

그럼에도 빛과 정반대의 이미지인 탓에 지원자들이 이식받기를 꺼리던 코어가 있었다.

바로 암룡의 코어.

'성자라는 위치를 그때처럼 잘 써먹은 적은 그 전에도, 후에도

없었지.'

성자로서 활약할 때의 아르디언은 암룡의 코어를 '정화'하겠다는 이유로 발견되는 족족 압수했다.

그리고 '성자가 아닌 때'에는 암룡의 코어를 분석하고 연구했고, 오랜 노력 끝에 아르디언은 저주의 잔과 황금색 팔찌를 개발했다.

그러나 그걸 개발이 끝나는 즉시 공개하지 않았다. 두 가지 비법이 필요로 하는 시대가 오기까지 그는 기다렸다.

'교단이 그런 비법을 필요로 하는 때는, 내 예상보다 빨리 왔지.'

하이브리드의 수가 점차 늘어나자, 교단은 하이브리드를 통제할 방법을 찾기 위해 고심했다.

인간보다 강한 힘을 지니게 된 하이브리드들 중 일부는 교단의 지침을 거역하거나, 탈주하기도 했다.

자신들이 만들어낸 존재로 인해 위기를 느낀 교단에게 저주의 잔과 황금색 팔찌는 하이브리드를 교단의 노예로 종속시키기에 충분한 수단이었다.

황금색 팔찌는 하이브리드로 하여금 코어를 이식받을 당시의 고통을 되살려 굴복시키도록 만들었다.

저주의 잔은 암룡의 코어가 가져다주는 '시련'에 대한 저항력을 떨어뜨렸다.

그 두 가지 방법을 이용해 교단은 하이브리드를 '공포'라는 이름의 수단으로 지배할 수 있게 되었다.

정작 아르디언은 자신이 개발한 두 가지 방법을 직접 선보이지 않고, 하이브리드에 대해 연구 중이던 사제에게 실마리를 주는 식으로 접근했다.

결국 공식적으로 두 가지 방법의 개발자는 아르디언이 아닌 다른 이가 되었다.

'그 사제의 이름은… 역시 기억나지 않는군.'

저주의 잔과 황금색 팔찌로 하이브리드를 종속시키는 것이 과연 올바른 길인지 고뇌하던 사제의 얼굴이 아르디언의 뇌리를 스치고 지나갔다.

기나긴 삶을 살아오면서 많은 이름들을 잊었던 아르디언에게 그 사제 역시 사라진 이름 중 하나에 불과했다.

'하지만 참으로 유용한 인간이었어. 내가 예측 못 했던 사실까지 밝혀냈었으니까.'

저주의 잔에는, 두 방법의 진정한 개발자였던 아르디언 본인마저 몰랐던 또 하나의 이점이 있었다.

그것은 다름 아닌, 아르디언처럼 빛의 코어를 이식받을 수 있는 자격을 지닌 자들을 구별할 수 있다는 점이었다.

어둠의 힘은 빛의 힘에 상쇄되게 마련.

빛의 코어에 최적화된 육체를 소유한 자들은 태생적으로 어둠의 힘에 대한 강한 저항력을 지녔다. 그들은 저주의 잔을 마시고도 시련에 굴복하지 않았다.

그와 동시에 빛의 코어를 이식받지 않고도 신의 선택을 받아 성자가 될 수도 있는 자격을 지닌 이들이기도 했다.

아르디언처럼 인위적으로 만들어진 성자가 아니라, 진정한 이름의 성자로서.

'그렇지만 알려져서는 안 되는 내용이었지.'

아르디언은 자신이 아닌 다른 성자들이 나타날 때마다 그러했던 것처럼, 새로운 사실을 밝혀낸 사제를 죽였고 그가 알아낸 사실을 자신만의 것으로 만들었다.

그 후, 교단은 시련을 거부한 하이브리드들에게 특별한 이름을 붙였다.

이레귤러.

당연히 교단은 이레귤러들을 발견하는 족족 처형하거나 죽을 때까지 실험체로 썼다.

교단은 자신도 모르는 사이 그들이 그토록 원하던, 성자의 자질을 지닌 자들을 자신들의 손으로 없애고 있었다.

그리고 시간이 흘러, 성자의 맥이 완전히 끊기게 되자 아르디언은 교황이 되었다.

그럼에도 아르디언은 서두르지 않았다. 상황을 더 지켜보며 한 세대가 지난 후에나 본격적으로 인간들을 지배할 속셈이었다.

그러나 결사대라는 집단이 형성되자, 아르디언은 더 이상 인내하기를 그만두고 자신 혼자만이 강해지는 길을 택했다. 자신의 육체에 빛과 관련된 코어를 다수 이식하면서 빛의 힘을 수백 년 동안 단련했던 예전보다 훨씬 더 강해졌다.

'이걸로는 부족해. 내가 얼마나 강한지를 많은 이들에게 보여 줘야 해.'

아르디언은 가까이 있는 십자가에 다가가더니, 빛의 힘으로 불타 버린 시체에 손을 가져갔다.

여전히 신도들과 병사들은 그를 두려워하며 고개를 들지 못했지만, 아르디언이 진정으로 원하는 공포에 도달하기엔 무리였다.

너무나 오랜 세월 동안 힘을 감추며 참아온 시간이 길어서였을까. 많은 이들 앞에서 힘을 과시하고픈, 그리고 그 힘을 보여줌으로써 하이브리드는 물론 인간들마저도 공포로 지배하고픈 그의 욕망은 계속 커져만 갔다.

"데인, 무슨 일인가?"

자리를 비웠던 경호원 데인이 아르디언에게 급히 달려왔다.

"예하, 그것이……."

아르디언은 데인과 귓속말을 주고받더니 눈을 크게 떴다.

"정말인가?"

"네, 그렇습니다."

"이런… 젊은 인재가 벌써 신의 곁으로 가다니, 안타까울 따름이로다."

쉐일의 죽음을 보고받은 아르디언은 성호를 그으며 두 눈을 감았다.

그러나 엄숙한 표정과 달리 마음속으로는 미소를 지었다.

'내가 직접 손을 쓸 필요가 사라졌군.'

쉐일은 교단의 충실한 수하였지만 이성보다는 감정에 의지해 움직이는 경향이 강했기에 제어하기 힘든 경향이 없지 않았다.

특히 하이브리드에 대한 증오는 타의 추종을 불허할 정도였고,

그에 기반한 행동은 아르디언의 예측을 벗어나곤 했다.

하지만 반대로 증오에 기반한 그의 집념은 '저주의 잔'을 뛰어넘는 '성수'의 개발로 이어지기도 했기에 그냥 놔두는 쪽을 택했다.

물론 쉐일의 행동이 아르디언에게 계속 이득이 되는 선에서 멈출 때에 한해서였다.

만약에라도 쉐일이 교단의 적으로 돌아서게 된다면, 그가 이룬 것만큼 교단은 물론이고 교황인 아르디언 본인에게도 타격이 올 것이었기에, 자신에게 적절하게 이득을 준 수준에서 사라져야 하는 존재였다.

그리고 지금이야말로 그 적절한 순간이었다.

'이제 나보다 더 강해질 수 있는 하이브리드는 존재하지 않아.'

아르디언은 오른손을 오른쪽 눈 위에, 그리고 왼쪽 눈에 가져갔다. 그리고 왼손을 매만지며 오른손을 위로 올렸다. 폭이 긴 법의의 소매로 가려진 팔꿈치를 매만지던 아르디언은 고개를 왼쪽과 오른쪽으로 번갈아가며 돌렸다.

마법으로 다른 이들의 눈에 띄지 않게 감춰진, 코어가 이식된 부위를 한 번씩 살펴보던 아르디언이 마지막으로 오른손을 가슴 위로 가져갔다.

광룡의 심장이 이식된 부위 바로 위로.

"으윽……."

데인은 순간 양손으로 머리를 움켜쥐며 인상을 찌푸렸다.

"무슨 일인가?"

"그게… 갑자기 머리가… 으윽!"

한쪽 무릎을 꿇으며 몸을 수그린 데인을 아르디언이 내려다봤고, 그런 그를 향해 고개를 든 데인은 눈을 크게 떴다.

'저 표정은……'

빛에 불탄 시체들이 매달려 있는 십자가 사이에 선 아르디언의 모습이 예전 크루겐이 보여줬던 악몽 중 한 장면과 겹쳤다.

적으로 나타난 교황 아르디언 앞에 많은 하이브리드들이 절망하며 쓰러진 환상이 현실에 덧씌워지자 시야 전체가 붉게 물들어 갔다.

악몽을 통해 봤던 환상과 현실은 완벽하게 일치하지 않았다. 교황의 경호원인 데인 자신이 교황과 적으로 맞서고 있다는 것 자체가 가장 큰 차이점이었다.

그러나 유독 교황의 표정만은 일치했다.

"데인, 정 힘들다면 쉬는 게 어떠한가?"

"…이제는 괜찮습니다."

환상이 사라지면서 그를 괴롭혔던 두통 역시 가라앉았다.

하지만 마음은 예전 같지 않았다. 아르디언을 보는 것만으로도 알 수 없는 두려움에 몰려오면서 양손이 부들부들 떨기 시작했다.

'그 크루겐이라는 이레귤러가 보여준 환상은 정말로 환상이었을까?'

데인은 양손을 등 뒤로 감추면서 아르디언의 뒷모습을 바라봤다.

어느 쪽이 환상인지 진실인지, 그로선 판단할 방법이 없었다.

*   *   *

카르디어스 신성력 1401년 12월 31일.

"뭐야, 나만 부른 거야?"

"네."

어두컴컴한 듀란의 집무실로 들어간 크루겐은 주위를 둘러보며 다른 이들이 없음을 확인했다. 대신 촛불이 놓인 책상 위로 수북이 쌓여 있는 문서들을 보며 혀를 내둘렀다.

"비밀 연구소에서 찾아낸 문서들이지? 그런데 지난번에 다 조사한 거 아니었어?"

"혹시 모르고 지나친 부분이 있나 해서 반복해 확인 중입니다."

"그리고 뒤늦게 발견한 게 있어서 날 부른 거고?"

"맞습니다."

듀란은 책상 아래 서랍에서 무언가를 꺼내 촛불 옆에 놓았다.

"이것 때문입니다."

"웅? 그건… 내가 찾아낸 거잖아. 안에 뭐가 들어 있는지 벌써 확인한 거야?"

이스트라와 쉐일과의 결전 중, 비밀 연구소에 잠입한 크루겐이 장치를 부수던 와중에 눈에 띄어서 입수한 작은 상자였다.

"상자를 열기에는 너무 위험하지만, 대신 안을 볼 수는 있습니다."

듀란은 마른침을 삼키더니 조심스럽게 오른손을 상자에 올렸다가 뗐다. 그러자 뿌연 연기가 가득 들어찬 것처럼 불투명했던 상자가 투명해지면서 촛불의 빛이 상자 안을 밝혔다.

"쉐일이 쓰던 코어, 암룡의 심장 중 유일하게 남은 부위입니다."

상자 안에 있는 물체는 손바닥 안에 들어갈 만한 크기의 검은색 원뿔이었다.

"암룡의… 심장."

크루겐은 입을 다물고서 검은색 원뿔이 있는 상자에 손을 갖다 댔다.

"역시 당신에게는 아무런 영향이 없군요."

"그래? 다른 사람들은 안 그랬어?"

"쉐일이 구현했던 시련에 휩싸인 것처럼 쓰러져야 정상입니다. 이레귤러라 하여도."

"……"

크루겐은 다시 입을 다물면서 침묵을 지켰다.

지난번 자신 혼자서 보고 불태웠던 문서의 내용이 떠올랐지만, 고개를 저으면서 뇌리에서 떨쳐냈다.

"쉐일은 이것에 암룡의 쐐기라는 이름을 붙였습니다."

"잘은 모르겠는데, 이거 그냥 놔둬도 괜찮은 물건 같진 않은데?"

"상자 안쪽과 표면에 마나의 장벽이 겹겹으로 둘러싸인 상태라, 상자를 직접 만지지 않는 이상 문제없습니다."

"잉? 너는 아까 아무렇지 않게 손을 댔잖아?"

듀란은 대답 대신 오른손을 들어 올리더니 크루겐이 잘 볼 수 있도록 촛불 옆에 내밀었다.

장갑을 낀 그의 손을 마나의 장벽이 겹겹이 둘러싸고 있었다.

"이 정도로 보호하지 않으면 살짝 갖다 대는 것조차 불가능합니다. 게다가 이렇게 마나의 장벽으로 손을 보호해도 직접 안에 있는 암룡의 쐐기를 집지 못합니다."

듀란은 책상 왼쪽 구석에 놔뒀던 문서를 집어 들더니 크루겐이 읽을 수 있도록 건넸다.

"그는 우리들을 쓰러뜨린 뒤, 정말로 아르디언을 죽일 작정이었던 것 같습니다."

문서에는 암룡의 쐐기가 어떤 작용을 하는지 상세히 적혀 있었다.

쉐일은 암룡의 심장을 입수해서 그것을 토대로 이레귤러도 굴복시킬 수 있는 시련을 구현하는 데 성공했다.

그러나 유일하게 용의 심장을, 그것도 광룡의 심장을 이식받은 아르디언을 상대로는 제대로 통하지 않을 거라고 예측했다.

"암룡의 심장으로 만든 이 쐐기를 광룡의 심장에 찔러 넣는다면, 아무리 아르디언이라 하여도 시련에서 벗어날 수 없을 겁니다."

"이런 것까지 만들 정도였다면… 이기적인 생각으로 들릴지 몰라도, 우선 교황을 쓰러뜨린 뒤에 우리들과 결판을 냈으면 훨씬 더 좋게 일이 흘러갔을지도 몰랐겠네."

"저도 안타깝게 생각합니다."

쉐일을 증오에 휩싸이게 만든 맥스가 죽었기에, 그의 분노는 한 명이 아닌 하이브리드 전체로 향했다.

그런 쉐일 입장에서 마지막 목표는 같다 하여도, 하이브리드와 손을 잡는다는 타협은 결코 선택할 수 없는 길이었다.

"그런데 이걸 어떻게 쓰려고? 나 말고 다른 하이브리드들은 이걸 지니고 있는 것만으로도 고꾸라지는 거 아냐? 그렇다고 보통의 인간이 아르디언과 맞서 싸우기에는 역량이 달릴 테고, 혹시……"

"암룡의 힘이 주는 시련 속에서도 자유롭게 움직일 수 있는 크루겐, 당신에게 이걸 맡기겠습니다."

"나에게 이식된 스펙터의 코어가, 사실은 암룡의 영혼으로 형성된 거라서?"

"네……. 너무 큰 부담을 줘서 미안할 따름입니다."

지난 쉐일과의 결전 속에서 듀란은 크루겐에게 이식된 코어의 진짜 정체를 알 수 있었다. 구체적으로 더 알고 싶었지만, 쉐일이 남긴 문서에는 크루겐에 대해 적혀 있지 않았다.

"그런데 진짜 나에 대해서는 아무것도 안 적혀 있었어? 내가 찾은 문서에는 있을 줄 알았는데."

"네, 계속 찾아봤지만 당신에 대해서만은 기록이 없었습니다."

"거참… 거기에는 분명히 있을 거라고 생각했는데. 어쩔 수 없지."

크루겐은 뒤통수를 긁으며 아쉬워하는 척했다.

"알았어. 나에게 맡겨둬. 그리고 이왕 주기로 했으면 걱정은 그만해. 난 목숨 하나는 엄청 질긴 놈이라고. 두 번이나 죽음을 극복한 몸이라니깐? 그러니 날 믿어."

크루겐은 오른손으로 가슴을 두들기며 자신만만하게 말했다.

"왜 그런 표정을……."

"잉? 표정이? 왜?"

듀란은 크루겐의 얼굴에 눈을 뗄 수 없었다.

평상시에는 항상 능글맞게 이야기하면서 웃음을 잃지 않던 크루겐이 짓기에는 너무나 슬픈 표정이었기 때문이다.

"…아차."

크루겐은 목 언저리로 내려온 머플러를 코 위로 급하게 잡아 올렸다.

"아무것도 아니야."

항상 머플러로 얼굴의 반을 가리고 있던 크루겐.

언제부터인가 머플러에 가려진 그의 얼굴은 감정을 고스란히 드러내고 있었다.

"신경 쓸 필요 없어. 정말로, 아무것도 아니니까……."

제4장
감정의 마무리

카르디어스 신성력 1402년 3월 10일.

휘이잉.

차가운 바람이 먼지를 일으키며 평원을 지나갔다.

이른 아침의 봄 날씨는 완전히 겨울에서 벗어나지 못했기에 평원에 서 있는 자들은 옷깃을 여몄다.

쌀쌀한 날씨에도 태연히 서 있는 이는 두 명.

"다시 추워졌군요."

"그러게."

"오래 기다리면 다들 난감해질 것 같습니다. 춥지 않습니… 라고 물어보는 건 어리석은 질문이로군요."

그레인은 왼팔의 소매를 걷어올렸다.

피부에 소름은 하나도 돋지 않았고, 대신 다른 이들의 입에서 뿜어져 나오는 입김을 보며 추위를 실감했다.

그레인과 베스티나는 나란히 서서 동쪽 지평선을 응시했다. 둘을 비롯한 이레귤러와 결사대의 멤버들은 대륙 각지에서 그들을 도와주겠다며 모인 자들을 기다리는 중이었다.

그레인은 아래로 내린 양손의 오른손 엄지부터 하나씩 접기 시작했다. 양손가락을 모두 접어 '10'까지 센 그레인은 지난 한 해를 돌이켜 봤다.

베세스 왕국을 향한 진군으로 시작되었던 작년은 맥스와 이스트라의 죽음으로 끝을 맺었다. 베릴란트 왕국에 버금가는 든든한 지원 세력을 등에 업긴 했지만, 슬픔을 연거푸 두 번이나 겪어야 했던 험난한 한 해였다.

그리고 새로운 한 해를 맞이하면서 그레인은 22살이 되었고, 새롭게 시작된 삶은 어느덧 10년을 넘어섰다.

절망 속에서 희망을 품고서 회귀한 직후의 나이가 12살.

하이브리드를 생산하기 위해 교단이 찾아오기까지 고아원에 머무른 시간이 2년.

빙룡의 비늘을 이식받고, 예전 생과 다른 힘의 하이브리드가 되어 벤트 섬에서 보낸 시간 역시 2년.

그 후 여러 교구를 돌아다니면서 교단의 하이브리드로 활동하다가 결사대에 다시 가입한 이후 4년에 가까운 시간을 보냈다.

결사대를 탈퇴하고 이레귤러로서, 그리고 다시 결사대와 손을 잡게 되기까지 흘러간 시간이 2년.

회귀 이후 살아온 시간은 10년으로, 회귀하기 전에 보낸 시간보다 짧았지만 훨씬 더 많은 이들과 인연을 맺고 다양한 조력자들의 힘을 얻을 수 있었다.

"그레인, 저기를 봐!"

"보입니다."

지평선 부근에서 여러 무리로 나뉘어서 오는 병력을 바라보던 그레인은 눈을 지그시 감았다.

교황 아르디언이 '정화'라는 이름으로 대륙을 돌아다니며 공포를 퍼뜨린 지 어느덧 석 달이 넘어갔다. 교단은 이제까지 내세웠던 자비로움이라는 모토를 버리고, 빛의 힘을 앞세워서 배교자들과 교단에 맞서는 이들에게 응징을 선사했다.

중립을 고수하던 국가들이 하나둘씩 카르디어스 교단과 손을 잡았고, 교황 아르디언의 위세가 하늘을 찔렀다.

그러나 두려움을 접한 인간들 모두가 굴복만을 택하지는 않았다.

다시 눈을 뜬 그레인의 시야를 하나로 뭉쳐서 다가오고 있는 병력이 가득 메웠다. 그들 중 선두에서 오고 있는 이들의 얼굴은 결코 낯설지 않았다.

"멜린다 교관님⋯⋯."

회귀 전에는 적이었지만, 운명의 뒤틀림으로 인해 스승과 제자의 관계로 다시 시작한 멜린다와의 인연은 같은 목적을 가지게 될 정도로 변화했다.

그리고 그녀 옆에 걸어오는 전생의 배신자였던, 18번째 결사대원 나이트로는 멜린다의 변화한 운명을 따라 가장 열성적인 조력자 중 한 명이 되었다.

그 둘뿐만이 아니라, 벤트 섬에서 함께했던 이들이 멜린다와 나란히 걸어오고 있었다. 그레인이 그들의 얼굴을 한 명씩 살펴보던 중, 그와 눈이 마주친 여성이 그레인을 향해 뛰어왔다.

"그레인!"

"체이니?"

벤트 섬의 수련생 동기였지만, 교단의 실험체로 전락했었던 체이니.

그녀는 이스트라가 개발한 비약 덕분에 인간으로 되돌아갔기에 교황과의 결전에 참여하지 않을 거라 예상했었다.

"오래간만이야."

체이니는 옅게 미소 지으며 그레인을 올려다봤다.

그레인과 동갑인 그녀는 소녀티를 완전히 벗고 20대의 여성이 되었다.

"나는 네가 오지 않을 줄 알았어."

"인간이라서?"

체이니는 평생 고마워해야 할 대상이 가버린 하늘로 시선을 돌렸다.

"나는 이스트라 교관님 덕분에 새 삶을 찾았어. 그 전에 네가 날 구해줬고. 나는 은혜를 갚아야 해. 예전처럼 불의 힘을 쓸 수는 없지만……."

체이니는 예전에 자신이 쓰던 힘과 같은 종류의 코어인, 화룡의 어금니를 이식받은 그레인의 오른팔을 내려다봤다.

"추가 이식을 받은 거지?"

"맞아."

"힘들었겠어."

안쓰러운 표정으로 그레인을 바라보던 체이니는 그의 옆에 서 있는 베스티나로 시선을 옮겼다.

"베스티나, 변했구나."

"내가?"

"벤트 섬에 있을 때엔 아무런 감정도 없는 것처럼 보였거든. 예전 연구소에서 만났을 때엔 어렴풋이 느꼈지만, 지금은 확실히 느껴져."

"그래?"

"혼자 변하지는 않은 것 같지만……"

체이니는 두 남녀의 얼굴을 번갈아가며 쳐다보더니 미소를 머금은 채 뒤로 물러섰다.

그레인을 향해 다가오는 또 다른 이에게 자리를 비켜주기 위해서였다.

"던컨 교관님!"

"그동안 별일 없었지?"

"네. 장례식은 잘 마쳤습니까?"

"우선은 교단의 눈에 띄지 않는 곳에 묘를 마련했지만, 이번 일을 마친 후에 이장할 생각이다. 아, 그쪽은……"

던컨은 안면이 있는 멜린다에게 고개를 살짝 끄덕이며 인사를 했다.

그가 멜린다와 이야기를 하는 사이 로이와 조르쉬, 그리고 발렌을 그레인이 맞이했다. 화기애애하게 이야기를 나눌 분위기는 아니었기에 간단히 안부를 묻는 선에 그쳤다.

"그래, 이제 계획대로 성지로 진격하는 일만 남은 거지?"

멜린다와 이야기를 마친 던컨이 입에 여송연을 물었다.

"정말 함께하실 작정이십니까?"

"이스트라가 마저 해결하지 못한 부분은 살아남은 내 몫이니까."

"하지만 던컨 교관님마저… 만약의 불상사라도 생긴다면……."

회귀라는 진실을 밝히지 못한 채, 이스트라를 보낸 것이 마음에 걸린 그레인은 마찬가지로 진실에 대해 알지 못하는 던컨마저 결전에 휘말리는 걸 원치 않았다.

"그런 표정 짓지 마라. 그 일은 그 녀석들이 택한 운명이야. 너희들과 함께하겠다는 선택 역시 내가 스스로 결정한 거고."

던컨은 여송연에 불을 붙이려다가 멈췄다.

"아, 참. 오다가 이 녀석들을 만나서 함께 왔다. 얼굴을 잊진 않았겠지?"

그는 주먹 쥔 오른손의 엄지로 어깨 너머를 가리켰다.

"너희들은……."

벤트 섬을 떠난 이후 처음 발령지였던 유적지에서 함께 지냈던 세 명의 동료.

카일라, 딘, 크리스찬.

다음 발령지로 각자 흩어지면서 헤어지게 된 그들과 그레인은 쉬르 성의 대성당에서 다시 만났다.

그레인은 그들을 구해주었고, 숨어 지낼 수 있는 은신처로 가도록 인도해 줬다.

더 이상 두려움 속에 살지 않아도 되도록.

"그레인."

까무잡잡한 피부의 여성, 카일라는 양손을 내밀어 그레인의 오른손을 살며시 움켜쥐었다.

"늦었지만 정말 고맙다는 말을 하고 싶었어. 그때는 워낙 경황이 없어서 고맙다는 말을 했는지 안 했는지 기억조차 안 나서……."

"그건 당연히 해야 하는 일이었어. 그런데 너희들도 참가하려고 온 거야?"

"받은 만큼, 조금이라도 힘을 보태고 싶어서 왔어. 딘과 크리스찬과 같은 생각이야."

카일라가 뒤로 돌아보며 동의를 구하자 두 남자는 몇 걸음 떨어진 위치에서 고개를 끄덕거렸다.

그녀와 달리 딘과 크리스찬은 그레인에게 섣불리 다가갈 수 없었다. 많은 이들의 이목이 집중된 그레인이 둘에게는 너무나 큰 존재로 비춰졌기 때문이다.

"그런데 크루겐은? 함께 있는 게 아니었어? 다른 곳에라도 갔어?"

"아, 그건 아니야. 몸이 안 좋다고 비공정 안에서 쉬고 있을 거야."

"그랬구나. 나중에 따로 만나서 고맙다고 말해야겠네. 그러면 바쁜 것 같으니……."

카일라는 그레인 옆에 있는 베스티나에게 고맙다고 말한 뒤 자리를 떴다.

그 이후로도 많은 이들이 그레인에게 다가와 이야기를 나누었다.

드레이크와 결사대로 돌아가는 도중에 구한 하이브리드들도 힘을 보태기 위해 왔고, 고르다와 케리나 부부가 고용했던 용병단의 단장 페르딕과도 오랜만에 만나 포옹을 나누었다.

회귀 이전이 아닌, 이후에 새롭게 이어진 인연들이 그레인을 도우기 위해 모였다.

물론 모두 모인 것은 아니었다. 원래 오늘 도착하기로 예정되었던 베릴란트 왕국의 병력은 성지로 가는 도중 합류하겠다는 스코트의 통보를 전령이 전달했다.

그 외 그레인이나 이레귤러와 직접 연관이 없음에도 힘이 되기 위해 온 이들도 있었다.

결사대와의 전투 중 포로로 잡히거나, 그들 중 일부 풀려난 뒤 숨어 지내던 하이브리드들의 참가가 바로 그 예였다.

맥스는 교단과의 투쟁을 이어나가면서 교단의 하이브리드들과의 수많은 전투를 겪었고, 적지 않은 수의 하이브리드들이 결사대에 맞서다가 전사했다.

그러나 일단 포로로 잡은 하이브리드들은 감금했을 뿐, 실험에 쓰거나 고문하지 않았다.

그들은 맥스의 죽음 이후 무언가 깨달았는지 힘이 되겠다고 자원했다.

그렇게 많은 이들이 비공정 주위에 집결한 가운데, 차가운 공기는 어느덧 따뜻한 봄날의 기온으로 돌아갔다.

$$*\qquad*\qquad*$$

듀란은 각지에 모인 조력자 무리의 대표들을 비공정 내 자신의 집무실로 초대했다.

앞으로 그들이 치러야 할 전투는 교단과의 기나긴 투쟁의 종지부를 찍을 수 있는 기회였기에 재회의 기쁨에 마냥 젖어 있을 수만은 없었다.

듀란은 조력자 무리의 병력 규모와 추가로 참가한 하이브리드의 명단을 확인하며 지시를 내렸다.

진중한 분위기에서 진행된 회의는 해가 저물고 달이 높이 떠오를 무렵에야 끝났다.

"그러면 교황령 브렌할트로 출발할 날짜는 사흘… 아니, 일주일 뒤로 결정하겠습니다."

듀란의 통보에 참석한 이들은 동시에 고개를 끄덕이며 동의했다.

"그러면 회의를 마치겠습니다. 추가 변동 사항이 발생할 경우,

제가 직접 통보하겠습니다. 여러분들 모두, 기나긴 시간 동안 고생하셨습니다."

듀란이 회의의 종료를 알리자 참석자들이 일제히 자리에서 일어났다.

모두 나간 걸 확인한 듀란은 기다란 탁자 위에 펼쳐놨던 문서들을 정리하기 시작했다. 한 장씩 문서를 모으던 듀란은 탁자 건너편에서 자신처럼 문서를 모으는 누군가를 발견하고 고개를 들어 올렸다.

"자, 여기."

그레인은 손에 든 서류 뭉치를 듀란에게 건넸다.

"그런데 일주일이면 좀 길지 않아?"

"일주일? 아, 그거 말입니까?"

그레인이 한 말의 의미를 파악한 듀란이 문서들을 양손으로 쥐고 탁자에 툭툭 두들겼다.

"멀리서 오신 분들을 감안해 쉴 시간은 반드시 필요했습니다. 물론 저도 처음에는 사흘 정도면 충분하지 않나 생각했지만 어쩌면 마지막이 될지도 모르니, 모두에게 마음을 정리할 시간을 넉넉히 줘야 한다고 판단했습니다."

"확실히… 그때처럼 다시 살아남는다는 보장은 할 수 없는 전투일 테니."

교황과의 지난 전투에서 패배해 물러난 이후, 듀란은 전생 때처럼 역사의 흐름이 흘러갈까 우려했었다.

다행히 쉐일 추기경과의 결전은 이레귤러와 결사대 측의 승리로 끝났고, 이것을 계기 삼아 듀란은 소위 성지라 불리는 교황령 브렌할트로의 총공격을 택하기로 마음먹었다.

"저희들은 전생과 달리 많은 조력자를 얻었습니다. 그것은 그레인, 당신의 행보 덕분이죠. 반면, 교단 측은 교황이 단독으로 움직이면서 공포로 대륙을 지배하는 중입니다. 시간이 지나면 지날수록, 유리해지는 쪽은 교단입니다. 절대적인 힘 앞에서 느낄 수밖에 없는 공포는… 시간이 흐를수록 더욱 커지게 마련이니까요."

듀란은 회귀 후 교황이 보여준 빛의 힘을 아직도 잊을 수 없었다.

맥스와 다른 이들의 희생으로 많은 이들을 살릴 수 있었지만, 결국 누군가가 희생해야 한다는 운명을 극복할 수는 없었다.

"교단과의 투쟁이 길어지면 길어질수록, 누군가가 희생해야 하는 운명이 반복될 것입니다."

"그래서 성지를 직접 공격하는 쪽을 택한 거고?"

"그런 이유도 있지만, 현재 교단 내의 힘의 균형이 유독 교황한 명에게 기울어진 상태입니다. 그렇다면 교황 하나만 쓰러뜨리는 것만으로도 교단은 급속도로 무너질 가능성이 높기 때문입니다."

"그렇지."

"하지만 교단이 왜 그런 상황에 치달았는지 이해하기 어렵습니다. 만약 제가 교황의 입장이었다면 광룡의 코어를 단 한 명에게 집중해 이식시키기보다는, 다수의 하이브리드를 양산하는 쪽을 택했을 겁니다. 그쪽이 교단이라는 집단 자체를 더욱 강하게 만들 수 있으니까요."

"……."

듀란의 설명을 들은 그레인은 말없이 동의했다.

"쉐일이 남겼던 고문서들과 금서들의 내용을 종합해 본다면, 아무래도……."

문에서 들린 노크 소리에 듀란은 하던 말을 멈췄다.

"누구십니까?"

"나야."

"크루겐? 몸은 괜찮습니까?"

문을 열고 들어온 크루겐은 평상시처럼 머플러로 얼굴을 가리고 있었다.

"저 녀석하고 할 말이 있는데, 자리를 비켜달라고… 하기엔 여긴 네 방이지. 그레인, 잠깐 괜찮겠어?"

그레인은 듀란 쪽을 쳐다봤고, 듀란은 알았다며 고개를 끄덕거렸다.

먼저 그레인이 밖으로 나갔고, 크루겐이 뒤따라 밖으로 나가면서 문의 손잡이를 붙잡았다.

"크루겐."

"잉? 왜?"

문을 닫으려던 크루겐은 등 뒤에서 들린 듀란의 목소리에 멈춰 섰다.

"괜찮습니까?"

"괜찮다니, 뭐가?"

"그게 말입니다······."

듀란은 암룡의 쐐기를 맡겼을 때 크루겐이 보여줬던 표정이 내내 마음에 걸렸다.

그러나 구체적으로 무엇 때문에 그런 표정을 지었는지 몰랐기에 어떤 식으로 물어봐야 할지 난감했다.

"혹시 저에게 뭔가 숨기고 있는 건 없습니까?"

"무슨 소리야? 내가 숨길 게 뭐가 있다고 그래?"

크루겐은 듀란 쪽으로 몸을 돌리면서 어깨를 으쓱거렸다.

그러면서도 표정을 들키지 않기 위해 코 아래를 가린 머플러가 흘러내리지 않도록 오른손으로 붙잡고 있었다.

*　　　　　*　　　　　*

집무실을 나온 그레인과 크루겐은 입을 다문 채로 비공정의 갑판 위로 올라갔다.

가는 도중 마주친 경비병들의 표정에는 평소와 달리 긴장한 기색이 역력했다. 다음에 있을 전투의 무게감은 일개 병사들에게도 견디기 힘든 압박감으로 다가왔기 때문이다.

"으으, 밤이 되니 다시 쌀쌀해졌네."

비공정의 선수 부근에 선 크루겐은 머플러를 단단히 두르며 몸을 움츠렸다.

"그러고 보니 아까 듀란하고 무슨 이야기 중이었어?"

"별다른 건 아니었어."

어차피 듀란과 나눈 말은 대부분 추측에 그쳤기에 결말을 확실히 단정 짓기에는 여러모로 부족했다.

"교황 아르디언의 행보를 이해할 수 없어서?"

"맞아."

크루겐은 둘이 나눈 이야기를 어림짐작했고, 정확히 맞아떨어졌다.

"나도 그렇게 느끼긴 했어. 지난 전투에서 봤던 아르디언은 전생과는 확실히 다른 면모를 보여줬으니까."

현생에서는 최초로 겪은 패배였지만 절대 잊어서는 안 되었다.

망각하지 않고, 그때 느꼈던 공포를 떠올리며 방심의 여지를 완전히 없애야 한다.

그렇게 다짐하는 크루겐의 손바닥은 순식간에 땀으로 흥건해졌다.

"아마도 지금의 교황이 회귀 전과 확실히 다른 점은, 자신감의 표출이 아닐까 생각돼."

예전 생의 교황과 가장 큰 차이점.

회귀 전 결사대의 병력이 성지로 돌격했을 때에도 지난 전투처럼 패배를 경험해야 했다.

그러나 당시의 아르디언은 힘을 과시한다는 이미지와는 거리가 멀었고, 어쩔 수 없어서 쓴다는 느낌을 주었다.

지금처럼 대륙 각지를 돌아다니며 빛의 힘을 뽐내며 인간들의 공포를 즐기는 타입은 결코 아니었다.

"우리들은 회귀 덕분에 예전보다 강해졌지. 하지만 교황이 그렇게 강해지도록 변화의 계기를 마련한 것 역시 회귀로 인한 거라면, 우리들의 손으로 종지부를 찍는 게 맞겠네. 아, 그런데 이런 이야기를 하려고 한 게 아니라……."

크루겐은 뒤통수를 긁으면서 머릿속에서 말을 골랐다.

"그레인, 교황과 결판을 내기 전에 해야 할 일이 있다고 생각 안 해?"

"할 일?"

"스스로의 감정에 충실해지는 거 말이야. 너, 계속 아딜나를 그냥 지켜보기만 할 작정이야?"

크루겐은 원래 말하려고 했던 주제를 꺼냈다.

그레인은 대답하지 않고 하늘을 향해 고개를 들었다.

베릴란트 왕국을 구하기 위해 가던 도중, 아딜나와 이야기를 나누며 봤던 달은 여전히 그대로였다.

'벌써 2년 전의 일이 되어버렸군.'

"아무튼 어떻게 할 거야?"

"회귀에 대해 말하라는 의미야?"

"그게 아니라는 건 너도 잘 알고 있잖아. 아딜나에게 품고 있는 감정 자체를 표현하지 않고 그냥 넘어가지 말라는 뜻이라고. 듀란 말대로 이번 결전이 진짜로 마지막이 될지도 모르니까."

"하지만 나는……."

"알아, 너의 감정이 어느 쪽으로 기울었는지 이미 알고 있다고. 그래도 네가 어떤 눈으로 그녀를 바라봤고, 지켜왔다는 걸 알리지 않는다면, 네가 품었던 감정은 영원히 풀리지 않는 응어리로 남을지도 몰라. 그리고……."

크루겐은 주위를 둘러보더니 누군가를 발견하고 움찔했다.

그와 시선이 마주친 상대는 다가오지 않고 제자리에 서 있다가 마법으로 모습을 감췄다.

"누가 있나?"

"아, 착각한 것 같아. 아무튼 교황을 쓰러뜨린 이후에는 그녀와 같이 다닐 이유도 사라지고, 현생에서 힘겹게 생겨난 접점이 사라질 거야. 어쩌면 다시 못 만날지도 몰라. 아딜나를 소중히 여기는 거야 잘 알고 있지만, 계속 소중히 여기느라 진짜 중요한 걸 잊지 말았으면 해."

그레인은 고개를 숙이며 갑판을 내려다봤다.

실제로 회귀 직전, 아딜나는 그레인과 마지막까지 함께하지 못하고 먼저 세상을 떠났다.

그 결과 둘이 함께 지냈던 전생의 시간은 그레인만의 일방적인 추억이 되어버렸다.

"오지랖이라고 여겨도 상관없어. 하지만 더 이상 미뤄서는 안 된다고 나는 생각해."

"…알았어."

"정 부담되면 내가 아딜나를 불러올까?"

"아니, 직접 하겠어."

그레인은 고개를 가로젓더니 갑판 아래로 통하는 계단을 타고 내려갔다.

크루겐은 그레인이 시야에서 완전히 사라진 걸 확인한 후, 이야기 도중 눈이 마주친 상대가 있었던 자리로 걸어갔다.

"꼬마 아가씨는 그냥 아무 말도 안 하고 넘어갈 거야?"

"나, 보여?"

"그야 어둠 속에 몸을 숨기는 건 내 특기잖아. 다른 사람들 눈은 속여도 난 못 속인다고."

어둠 속에서 모습을 드러낸 에르닌이 눈을 깜박이며 크루겐을 올려다봤다.

"너도 하고 싶은 말이 있겠지?"

크루겐은 갑판 아래로 통하는 입구 쪽을 바라보며 넌지시 물었다.

"괜찮아."

"정말로?"

"그레인 오빠는… 이전에 은인이니까."

에르닌이 도중에 말을 흐리면서 생략한 단어.

에르닌은 그것을 끝내 말하지 않고 가슴속에 묻어두기로 결심했다. 그레인의 눈에 자신이 어떻게 비춰지는지 잘 알고 있었기에.

차라리 그를 은인으로 만나지 않았다면 솔직하게 감정을 드러내지 않았을까 하는 아쉬움은 남았지만, 너무 많은 것을 바라지 않았다.

만약 그때 그레인이 말리지 않았다면, 교단에 의해 하이브리드가 됨과 동시에 이레귤러라는 사실을 발각당했을 것이다.

어쩌면 실험체로 죽었을지도 모르는 운명.

그것을 막아주고, 그 후 또 한 번 자신을 구해준 이는 바로 그레인.

그레인은 그녀에게 은인이었기에, 그에게 너무 많은 것을 바랄수 없었다.

＊　　　＊　　　＊

아딜나의 방을 직접 찾아간 그레인은 그녀와 함께 다시 갑판위로 올라갔다.

이번에는 선수가 아닌 선미 쪽으로 걸어간 그레인은 한동안 입을 다물며 침묵을 지켰다.

"……."

크루겐의 말에 따라 아딜나를 따로 부르긴 했지만, 여전히 입을 열기가 망설여졌다.

그가 망설이는 사이, 갑판 위를 훑고 지나간 바람에 아딜나가 몸을 살짝 움츠렸다.

"아, 이런……."

자신과 달리 밤바람에 추위를 느끼는 아딜나를 보고 그레인은 미안해하는 표정을 지었다.

"괜찮아요. 그것보단 절 부른 이유는… 혹시 예전부터 하려던 이야기 때문이 아닌가요?"

"네, 그렇습니다."

그레인은 고개를 살짝 옆으로 돌리며 한숨을 내쉬었다.

"진작 했어야 하는 이야기였는데… 당신에게 무언가를 강요할 수도 있는 이야기여서 계속 망설였습니다."

감정을 토로하지 않고 계속 가슴속에 묻어두면 집착 혹은 뒤틀린 감정으로 변할 수도 있다.

그레인은 그녀의 대한 감정이 원치 않은 방식으로 왜곡되기 전에 말하기를 결심했고, 지금이 바로 그때였다.

"한 소녀가 있었습니다."

그레인은 아딜나의 얼굴을 바라보며 이야기를 시작했다.

"그 소녀를 만난 것은 제가 하이브리드가 된 후 얼마 지나지 않아서였습니다."

그레인은 전생의 아딜나와 함께했던 시간들을 현생에 있었던 일에 빗대어 말했다.

함께 기뻐하고, 슬퍼했고, 좌절했지만, 희망을 잃지 않았던 시간들을 설명하는 그레인의 표정에는 변화가 없었다.

대신 그 이야기를 듣는 아딜나의 얼굴은 이야기에 맞춰 기뻐하거나, 슬퍼했다.

어디까지나 빗대어서 말할 수밖에 없었기에 어쩔 수 없이 생략해야 하는 부분도 있었고, 가장 중요한 부분에 대해서는 입 밖으로 꺼낼 수 없었다.

결국 그레인은 숨겨진 진실인, 회귀에 대해 말할 수 없었다. 그 소녀의 이름이 '아딜나'라는 것 역시 밝히지 않았다.

진실을 밝힐 수 없는 그가 겨우 짜낼 수 있는, 최선의 거짓말이었다.

결사대라는 이름에 맞게 '생명'을 걸고 교단과 맞서야 하는 운명을, 더 이상 하이브리드가 아닌 인간인 그녀에게 부여할 수 없었기에.

동시에 자신의 감정을 억지로 받아들이도록 그녀에게 강요하고 싶지도 않았기에.

"그렇게 저는 그 소녀와 함께 많은 시간을 보냈고……."

실제와는 다른, 그러나 상대에 대한 감정만큼은 변화 없이 그대로인 그레인의 고백.

그레인의 이야기가 진행되면서 밤은 더욱 깊어만 갔고, 아딜나는 그레인과 그 소녀의 이야기가 행복으로 끝나길 바랐다.

그러나 그레인이 겪은 현실은 주인공과 여주인공 모두 행복해지는 동화 속의 이야기가 결코 아니었다.

"저는 그 소녀와 마지막까지 함께할 수는 없었습니다. 그 소녀는 스스로의 생명을 바쳐 제 목숨을 구해줬습니다."

"……."

마지막이라는 단어에 담긴 무게감을 느낀 아딜나가 말없이 고개를 끄덕거렸다.

"그리고 얼마 후, 저는 당신을 만났습니다. 그 소녀라고 착각할 정도로 닮은 당신을."

착각이 아니라고 그레인은 말하고 싶었다.

그러나 마음속에서의 외침과 반대로 그레인은 착각이라는 단어를 넣어 말할 수밖에 없었다.

"이것이 제가 아딜나, 당신에게 하고 싶었던 말입니다."

진실과 거짓이 뒤섞인 고백을 마친 그레인은 양손을 살짝 움켜쥐었다.

추위는 물론 더위도 느끼지 못하는 그의 손바닥은 땀으로 젖어 있었다.

"그렇게… 그 소녀가 저와 닮았나요?"

"네."

"아직도 그 소녀를 잊을 수 없나요?"

"네……."

전생 때처럼 아딜나가 자신을 봐주기를 원해서 한 말은 아니었다.

그레인은 현생의 아딜나에게 이유를 밝히지 않고 호의와 도움을 베풀었고, 목숨을 구해주기까지 했다. 그렇기에 아딜나 쪽에서 그레인이 왜 그렇게 행동했는지 궁금해서 몇 차례 찾아온 적도 있었다.

그런 그녀에게 그렇게 행동한 이유 자체만이라도 표현하는 게 옳다고 그레인은 여겼다.

비록 왜곡된 방식이라 할지라도.

"제 이야기를 좀 해도 될까요?"

"네."

"저는 아시다시피 태어날 때부터 고아여서 입양되기 전까지 고아원에 신세를 졌답니다. 제가 있던 고아원은 재정 상태가 워낙 나빴어요. 하루 세 끼를 먹을 수 있는 것만으로도 행복할 정도였죠. 그러다 보니 몸이 아파도 제대로 된 약을 구할 수 없어 먼저 떠나는 애들을 수도 없이 봐왔죠."

"저도 고아원에 있었지만, 그런 경우는 드물었습니다. 하지만 제가 특이한 경우겠죠."

그레인이 머물렀던 고아원은 시설이나 대접이 다른 곳에 비해 괜찮았던 편이었다.

어쩌면 그렇게 먼저 갈 수도 있었던 아딜나가 살아서 눈앞에 있다는 걸 그레인은 마음속으로 고마워했다.

"병에 시달리다 죽은 아이들을 보며 슬퍼할 때마다 보모 언니는 이렇게 말했어요."

그때 했던 것처럼 무의식적으로 성호를 그으려던 아딜나는 급히 손동작을 멈췄다.

그레인은 개의치 않는다는 의미의 옅은 미소를 지었고, 아딜나는 하던 말을 다시 이어갔다.

"먼저 떠난 이들을 위해 슬퍼하되, 슬픔에 계속 머물러 있으면 안 된다고 하셨어요. 죽은 이들은 언젠가 잊히게 마련이고, 그들이 누리지 못했던 행복한 삶을 대신 살아가야 한다고 했어요. 그것이 먼저 간 사람을 진정으로 위로하고 생각하는 길이라면서……"

행복.

회귀를 한 그레인 입장에서 아딜나가 가장 누리길 바랐던 것.

그렇기에 그레인은 전생과 다를 바 없이 전장에 뛰어들었다.

그녀에게 하이브리드의 자질이 있다는 게 밝혀진 이상, 그녀의 행복을 위해서라도 교단은 반드시 쓰러뜨려야만 하는 존재였기에.

또한 현생의 아딜나가 전생과 똑같은 길을 걸어가는 걸 우려해서 그레인은 자신과 같이 다니지 않는 쪽이 낫다고 생각했다.

결사대에 다시 합류하기 전에도, 합류한 후에도, 떠난 후에도 마찬가지였다.

하지만 뒤바뀐 운명 속에서도 그는 그녀와 함께 다닐 수밖에 없었다. 그래서 그녀를 볼 때마다 가슴이 아렸다.

"저를 볼 때 아마 당신이 느끼는 감정은… 물론 저의 개인적인 생각이지만요."

아딜나는 그레인과 시선을 맞추다가 다른 곳으로 돌리기를 반복했다.

"슬픔과 죄책감이 느껴져요."

"그렇… 습니까."

"그리고 아직도 무언가 숨기고 있다는 느낌을 지울 수 없어요. 하지만 당신 나름대로의 배려겠죠. 절대 원망하지는 않아요. 좀 슬프긴 하지만."

"미안합니다."

"아니에요. 그리고 이것 역시 제멋대로의 생각일지도 모르겠지만……."

아딜나는 혹시라도 그레인이 깊은 상처를 받을까 봐 자신만의 생각이라는 부연을 반복했다.

"당신의 눈에는 저와 그 소녀가 똑같아 보일지 모르겠지만, 저는 당신의 추억 속에 남아 있는 그 소녀와는 다를 거예요."

"그렇… 죠……."

그레인은 아딜나의 말에 긍정했지만, 말끝을 흐리며 망설임을 완전히 떨쳐내지 못했다.

"전에 저에게 말했죠? 저에게 돌려줘야 할 것이 있다고. 그중에 행복도 포함되어 있겠죠. 당신이 말한 그 소녀가 마저 누리지 못했던……."

"네."

"하지만 그건 그 소녀에게 목숨을 구원받은 그레인, 당신이 누려야 해요. 그 소녀는 당신이 계속 슬픔과 죄책감에서 얽매여 있기를 원치 않을 거예요. 당신은 행복해져야 해요."

아딜나의 말속에 숨겨진 의미를 깨달은 그레인이 두 눈을 지그시 감았다.

현생의 아딜나가, 전생의 아딜나를 잊으라고 말하고 있었다.

현재 그의 앞에 있는 아딜나라면 말할 거라 예상도 했었다.

그러나 직접 듣게 되니 그레인은 목이 메어 말을 잇지 못했다.

"그러니… 어?"

아딜나는 하던 말을 멈추고 눈에 손을 가져갔다.

"내가 왜 이러지?"

눈에 고인 눈물이 그녀의 뺨을 타고 흘러내렸다.

"미, 미안해요. 내가 왜 이러는지 나도 모르겠어요."

그레인의 감정을 고스란히 받아들인 그녀의 눈물은 멈추지 않고 계속 흘러내렸다.

두 눈에 흘러내리는 눈물을 바라보며 그레인은 따라 울고 싶었지만, 억지로 참아내며 고개를 옆으로 돌렸다.

"저… 저는 이만 가볼게요. 힘든 이야기였을 텐데… 해줘서 고마워요."

아딜나는 눈물을 손끝으로 훔쳐내며 자리를 떠났다.

그레인은 멀어져 가는 아딜나의 뒷모습을 응시했다.

그녀를 향해 뒤늦게 왼팔을 뻗었지만 손이 닿기에는 너무 먼 거리였다. 전생과 다르게 흘러간 현생에서의 그녀와의 인연은 멀기만 했다.

"그래, 이것으로 된 거야."

그레인은 여전히 팔을 뻗은 채로 왼손을 천천히 움켜쥐었다.

먼저 간 옛 연인을 다시 만난 이후, 그는 그녀가 똑같은 운명으로 치닫는 것을 두려워했다.

그러나 그녀를 보면서 예전의 감정이 되살아나는 것은 어찌할 수 없었다.

결국 그레인은 자신이 품은 감정이 운명이 아닌 '우연'이 겹쳐서 만들어진 감정으로 비춰지길 원했다.

진실을 밝히면서 설명할 수 없고, 설명해서는 안 되는 감정이 왜곡된 방식으로나마 그녀에게 전달된 것만으로도 충분했다.

아니, 충분하다고 스스로를 설득하며 이미 사라진 아딜나가 있던 방향이 아닌, 반대로 시선을 돌렸다.

"아딜나, 넌 죽지 않고 살아 있어. 하이브리드가 아닌 인간으로 살아가고 있어. 그러니……."

그것으로 만족해야만 했다.

만약 억지로라도 그녀와 연인 관계로 다시 이어지고 싶었다면, 맥스가 그랬던 것처럼 전생에 대해 알려야 했었다.

혹은 전생에 겪었던 것처럼 같이 피로 점철된 길을 걸어가면서, 생과 사의 갈림길 속에서 유대감을 쌓아가야만 했다.

하지만 그레인에겐 둘 다 그녀를 행복으로 이끌기에 거리가 먼 길로만 보였다.

결국 그레인이 현생의 아딜나에게 선물할 수 있는 건, 다시 연인 관계로 이어지는 게 아니었다.

그녀가 전생에 못다 이룬 꿈을 이룰 수 있게 평화로운 세상을 만드는 것.

연인이 되지 못하더라도, 진실을 밝히지 못하더라도.

"이야기는 잘 마쳤어?"

그레인에게 다가온 크루겐은 그의 표정을 살폈다.

크루겐 역시 지금과 같은 결말을 예상했었다. 그러나 막상 그레인의 얼굴을 보고 있자니 미안함을 주체하기 힘들 정도로 안타까운 기분에서 벗어날 수 없었다.

"크루겐, 그런 표정 짓지 마."

평상시의 크루겐이었다면 그레인의 말에 얼굴을 가린 머플러를 가리키며 무슨 소리냐고 되물었을 것이다.

그러나 지금의 크루겐은 그저 아무 말 없이 고개를 끄덕거리기만 했다.

"아무것도 말하지 않는 것보다 훨씬 나으니까."

"그래도……."

"어쩔 수 없었어. 진실이 반드시 모두를 행복하게 만드는 건 아니니까. 가끔은 진실보단 거짓이, 솔직한 것보다 지금처럼 말하는 것이 모두를 위한 것이니까."

그레인은 등에 찬 트윈 엣지의 검자루를 매만지며 전생의 아딜나를 떠올렸다.

*   *   *

"어디 갔다 왔어?"

아딜나의 방 앞에서 벽에 등을 대고 기다리던 크루겐이 그녀를 알아보고 손짓했다.

"아… 크루겐이군요. 절 기다렸나요?"

"응, 부탁 하나 좀 하려고 했는데, 아무래도 그럴 분위기가 아니네. 나중에 다시 들러도 될까?"

친구인 에르닌의 방에 들렀다가 돌아온 아딜나는 눈가를 매만지며 애써 괜찮은 척했다.

그러나 계속 눈물을 흘린 탓에 충혈된 눈을 가리기엔 무리였다.

"아무래도 안 되겠다. 다음에 올게."

"괜찮아요. 무슨 부탁인가요?"

"흠흠, 그게 말이지……."

크루겐은 머뭇거리면서 품에 넣은 오른손을 꺼낼까 말까 망설였다.

연신 눈을 비비면서 억지로 미소를 짓는 아딜나가 안쓰럽게만 느껴졌다.

그러나 때를 놓칠 수는 없다고 결심하면서 크루겐은 아랫입술을 살짝 깨물었다.

"솔직히 지금 이걸 주면 네 상황이 더 나빠질 것 같지만, 나중으로 미루면 줄 타이밍을 못 잡을 거 같아서 말이야. 그 점은 양해해 줘."

크루겐은 품에서 두툼한 편지를 꺼내 아딜나에게 건넸다.

"잘 보관하고 있다가, 어떤 일이 생기면 그레인에게 보여줘. 단, 그런 경우가 아니라면 절대로 열지 말고 불태워 줘."

"네?"

"부탁이야."

크루겐은 머플러로 얼굴을 가리고 있었지만, 간절히 부탁한다는 눈빛으로 아딜나를 바라보고 있었다.

"알겠어요."

"다시 말하지만, 절대로 내용을 읽으면 안 돼. 알겠지?"

"네, 명심하겠어요. 그러면 어떤 경우에 건네주면 되나요?"

"그건 말이지……."

잠시 후, 크루겐의 설명을 들은 아딜나가 놀란 눈으로 그를 바라봤다.

"크루겐! 왜 그런… 있어서는 안 되는 일을 말하나요?"

"그야 세상일은 어떻게 될지 모르니까."

담담하게 대답하는 크루겐.

그런 그를 슬픈 눈으로 바라보는 아딜나.

그녀는 겨우 가라앉혔던 눈물이 다시 흐르려는 걸 간신히 참으며 두 손으로 얼굴을 감쌌다.

슬픔을 억누르는 아딜나의 어깨가 들썩거렸고, 크루겐은 그녀의 어깨에 손을 얹으려고 했다가 닿기 직전에 급히 거뒀다.

"그렇다고 벌써부터 슬퍼하진 말아줘. 나도 이 편지를 그 녀석에게 주는 일이 없기를 바라고 있으니."

*   *   *

베릴란트 왕국의 수도, 베릴란트 성은 그 어느 때보다 분주하게 돌아갔다.

교단의 성지로 이레귤러와 결사대의 연합 세력의 총공격이 임박하자, 성지로 보낼 병력이 본성 앞에 대거 모여들었다.

먼 곳으로 떠나는 병사들을 배웅하기 위해 병사들의 가족들이 나와 인산인해를 이뤘다.

한 가족의 아버지, 혹은 아들인 병사들을 보는 가족들의 시선에는 걱정이 가득했다. 그러나 병사들이 떠나는 걸 막지 않고, 그저 무사히 돌아오기만을 바라며 이야기를 나누었다.

베릴란트 성의 시민들에게 있어서 이레귤러는 모국을 구해준 은인.

치열한 격전이 예상되었지만, 이번에야말로 은혜를 갚을 때라고 여기면서 병사들은 각오를 다졌다.

그러나 정작 베릴란트 왕국의 왕, 스코트의 알현실 안은 고요에 휩싸였다.

"흐음······."

옥좌에 앉은 스코트는 마지막 결정을 남기고 고뇌에 빠졌다.

원래 계획대로라면 스코트가 직접 병력을 이끌고 이레귤러와 결사대를 지원할 예정이었다.

그러나 지난번 그가 암살당할 뻔한 위기를 기억하는 신하들 대다수가 만류했다.

결국 스코트는 자신 대신 병사들을 이끌 인물을 고르느라 생각에 잠겼다.

그 적절한 인물 중 한 명이 지금 그를 향해 다가오고 있었다.

입구에서 옥좌까지 이어진 카펫 위를 걸어오고 있는 왕비, 밀레느였다.

"무슨 일이오?"

스코트는 옥좌의 팔걸이에 팔꿈치를 대고서 왼손으로 턱을 괴었다.

밀레느는 드레스가 아닌, 갑옷을 걸치고 스코트의 옥좌 앞에서 멈춰 섰다. 예전 교단의 병력에 맞서 성을 지키던 때와 같았다.

"그곳으로 갈 작정이오?"

스코트의 물음에 밀레느는 말로 대답하지 않고 고개를 끄덕거렸다.

그녀의 눈빛에는 절대 물러서지 않겠다는 의지가 담겨 있었다.

"남편인 나를 놔두고?"

여전히 밀레느는 입을 다문 채로 고개를 다시 한번 끄덕였다.

스코트는 전생과 다른 감정을 담고 자신을 올려다보는 밀레느의 마음을 읽을 수 있었다.

'그래, 그때와 지금은 달라.'

스코트는 전생의 기억을 떠올렸다.

전생의 스코트는 그녀에게 은인이자, 남편의 동생으로 살아왔다.

그녀는 스코트가 원치 않은 형태라 하여도 가족으로 이어질 수 있었고, 비극적인 최후를 맞이하긴 했지만 그 전까지 펠릭스와 행복한 삶을 살아왔다.

불행한 최후를 그녀가 맞이하지 않도록 현생의 스코트는 스스로 왕이 되었다.

그러나 그 과정 속에서 밀레느는 펠릭스가 아닌 스코트의 왕비가 되었고, 그녀는 새장 안의 새가 되어버렸다.

"나는… 너무 늦게 깨달았군. 당신이 있을 곳은 여기가 아니라는 걸."

"네?"

"미안하오. 다 나의 불찰이오."

밀레느는 무언가 말하려고 했지만, 그 어느 때보다 진지한 표정으로 그녀를 대하고 있는 스코트를 보자 할 말을 잊어버렸다.

"가시오. 진정으로 당신과 이어진 인연이 있는 곳으로."

스코트는 살며시 웃으면서 서쪽을 가리켰다.

회귀한 이후, 밀레느에게 단 한 번도 보여주지 않았던 인자한 미소였다.

전생에는 항상 그런 미소로 그녀를 대했지만, 오직 스코트 혼자만의 기억이 되어버린 전생의 일을 그녀는 알 수가 없었다.

'이걸로 밀레느가 겪었던 괴로움을 조금이나마 덜어줄 수 있겠지.'

스코트는 계속해서 오른팔로 이레귤러의 병력이 있는 서쪽을 가리켰다. 그의 허락이 떨어졌음에도 막상 밀레느는 자리를 떠나지 못하고 머뭇거렸다.

"그동안 본의 아니게 괴롭게 해서 미안하오."

"……."

"하지만 나에게 그럴 만한 사정이 있었다는 걸 이해해 주길 바라오. 나는 사실……."

스코트는 두 눈을 감으며 고개를 들어 올렸다.

더 이상 밀레느를 옭아맬 수 없다는 걸 느낀 스코트는 그동안 하려다가 말기를 수십여 차례 반복했던 말을 떠올렸다.

전생에도, 현생에도 표현하지 못했던 감정을 뒤늦게나마 드러내고 싶었다.

"아니오."

그러나 스코트는 전생의 일을 이야기하며 자신의 속마음을 드러내는 걸 결국 포기하고 말았다.

전생의 연인 델리아에게 진실을 말한 맥스와 달리, 거짓을 섞긴 했어도 감정 자체는 표현했었던 그레인보다 더 힘든 선택을 했다.

전생의 자신이 겪었던 일로 현생을 살아가는 그녀에게 또 다른 혼란을 가져다줄 수는 없었다.

그레인이 아딜나에게, 결국 전생의 이야기를 밝히지 않은 것처럼.

그녀를 왕비라는 이름으로 속박한, 원망스러운 존재로 남더라도 그녀가 살아 있다면 그걸로 족했기에.

그가 전생과 다른 선택을 했을 때부터 예상되었던 결말.

안타까움과 아쉬움을 지울 수 없었지만, 미련을 버리기로 결심하며 감았던 눈을 떴다.

그녀는 이미 알현실을 떠나 자취를 감춘 후였다.

"갔군."

"떠나시기 전, 작별 인사를 남기셨습니다."

옥좌 옆에 서 있던 경호원 크로드의 말에 스코트는 고개를 갸웃거렸다.

"작별 인사?"

"못 들으셨습니까?"

"무슨 말을 했는가?"

"죄송하다는 말씀만을 반복하셨습니다."

"그런가……."

스코트는 병사들에게 모두 나가라고 손짓했다.

넓은 알현실에는 스코트와 크로드만이 남았고, 스코트는 길게 한숨을 내쉬었다.

"나는 결국 형에게 져버렸군."

미련을 완전히 떨쳐냈다고 생각했던 그의 목소리에 진한 아쉬움이 묻어났다.

"이번 생에도."

스코트는 쓴웃음을 지으며 옥좌의 등받이에 몸을 기댔다.

*　　　*　　　*

대륙 곳곳을 돌며 '정화의 의식'을 마친 교황 아르디언이 성지로 복귀하는 날.

성지로 모여든 수많은 신도들이 무릎을 꿇고 고개를 숙인 채로 그를 맞이했다.

아르디언이 보여준 압도적인 빛의 힘은 널리 퍼져 나갈수록 과장이 덧붙여졌고, 그는 신도들에게 절대 거역할 수 없는 존재로 자리 잡았다.

신앙심에 기반하지 않은, 절대적인 힘을 바탕으로 생성된 공포.

예전처럼 그를 보고 환호성을 지르거나 감격해 눈물을 흘리는 이는 아무도 없었다. 적막 속에서 그 누구도 몸 한 번 꿈쩍이지 않았다.

'그래, 바로 이런 걸 원했어.'

아르디언은 미소를 지으며 수많은 신도를 둘러봤다.

그가 의도한 바대로 상황이 흘러갔음을 기뻐하는 웃음이었다.

바로 그때, 누군가의 외침이 들렸다.

아르디언은 오른손을 들어 실랑이가 벌어지고 있는 곳을 가리켰다.

추가로 다른 병사들이 급히 달려가 누군가를 막아섰지만, 외침은 더욱 커져만 갔다.

"제발 예하를 뵙게 해주십시오! 부탁입니다!"

"무슨 일인가?"

누군가를 막고 있는 경비병에게 다가간 아르디언은 여유를 잃지 않고 침착한 목소리로 물었다.

"호오, 그대는……"

등에 달린 한 쌍의 붉은 날개를 알아본 아르디언은 흥미롭다는 표정으로 청년을 바라봤다.

쉐일이 부하로 거느렸던 하이브리드들 중 한 명인, 불사조의 날개를 이식받은 하이브리드 이그나였다.

"예하!"

이그나는 다른 신도들처럼 무릎을 꿇고 머리를 땅바닥에 대었다.

"쉐일 추기경을 신의 곁으로 보낸 배교자들이 이곳으로 온다고 들었습니다! 그들의 발이 이 신성한 땅을 더럽혀지지 않도록, 맞서 싸울 수 있게 허락해 주십시오!"

"고개를 들라."

아르디언은 이그나에게 자신을 바라보는 걸 허락했다.

그러나 이그나는 고개를 반쯤 들어 올리기만 했을 뿐, 곁눈질을 하며 눈치를 봤다.

"어린 양이여, 두려워하지 말라. 방금 전 그대의 외침 속에 배교자를 쓰러뜨리고자 하는 절실함이 느껴졌다. 망설이지 말고 날 보도록 해라."

재차 허락이 떨어지자 이그나는 마른침을 삼키며 천천히 고개를 들어 올렸다.

이그나의 두 눈은 전투에 투입되지도 못하고 쉐일의 죽음을 소식으로 접해야 했던 안타까움과 분노가 서려 있었다. 왼손에 들고 있는 성서의 표지에 그려진 불길은 그의 심정을 대변하고 있었다.

'하이브리드를 그렇게 저주했다면, 이놈을 이레귤러와의 전투 때 투입해서 죽도록 놔두었을 텐데……. 하지만 그렇게 하지 않고 다른 곳으로 대피시켰다고 했지? 죽어서도 이해할 수 없는 인간이로군.'

쉐일 추기경의 이율배반적인 행동에 아르디언은 혀를 찼다.

그러나 겉으로 드러내지 않고 인자함을 가장한 미소로 뒤덮으며 속마음을 숨겼다.

"쉐일 추기경 휘하에 있던 하이브리드는 그대 한 명뿐인가?"

"아닙니다. 모두 저와 함께 이곳으로 왔습니다."

이그나는 오른손을 들어 올리더니 경비병들에게 막혀 아르디언에게 더 이상 다가오지 못한 동료들을 가리켰다.

"그대는 이단 심문관이라고 했지?"

"네, 그러하옵니다. 예하."

"좋다. 신의 뜻을 거스르고, 신의 이름을 거역하는 배교자들을 불로 정화시키는 데에 그대 이상으로 어울리는 자는 없어 보이는군. 성지를 지키는 성전에 참여를 허락하겠다. 그대 혼자만이 아니라 같이 온 이들 역시 마찬가지다."

"성은이 망극하옵니다!"

이그나는 땅바닥을 향해 연신 고개를 박으며 목소리를 높였다.

그의 긁힌 이마에서 흘러내린 피가 흙을 붉게 물들였다.

"……."

아르디언의 경호원 데인은 이그나와 아르디언을 번갈아가며 바라봤다.

같은 편마저 두려움에 휩싸이게 만든 아르디언의 현재 모습은, 악몽 속에서 적으로 나타난 아르디언과 별 다를 바 없었다.

'예하를 계속 따라가는 것이… 과연 옳은 일일까?'

절대 품어서는 안 되는 의심에서 벗어나지 못한 데인의 눈썹 사이는 일그러져 있었다.

제5장
최후의 결전

카르디어스 신성력 1402년 4월 1일.

휘이잉.

벌판 위를 바람이 모래먼지를 일으키며 지나갔다.

그레인 일행이 탑승한 비공정의 양옆에 수많은 병사들이 진을 치고 대기 중이었다. 그 어떤 전투보다 치열하게 전개될 혈전을 앞에 둔 병사들의 눈빛에는 긴장감이 서려 있었다.

비공정의 갑판 위에 선 그레인 역시 마찬가지로 긴장을 떨쳐내지 못했다.

계속 서쪽으로 이동하던 비공정은 제자리에 멈춰 섰고, 그레인과 함께 있는 이들의 시선은 모두 지평선을 향했다.

"……."

그레인은 지평선 부근에 위치한 성지를 바라보며 회상에 잠겼다.

100명으로 결성된 결사대가 최초의 패배를 겪었던 곳.

회귀 이후 다시 맥스와 만난 장소.

지금, 그레인의 옆에는 맥스는 없었다. 이레귤러와 결사대 모두를 구하기 위해 스스로를 희생한 그는 먼저 머나먼 곳으로 떠나 버렸다.

그레인은 맥스와 재회했을 때 나눴던 말을 떠올렸다.

훗날을 기약하며 물러나야 했던 아쉬움은 그를 대신해 이번 전투를 승리로 이끌어야 한다는 의무감으로 변했다.

"그레인."

자신의 이름을 부르는 목소리에 그레인은 고개를 왼쪽으로 돌렸다.

회귀 이후 새롭게 이어진 인연 중 한 명인 베스티나.

그녀는 전생의 아딜나가 겪었던 험난한 길을 대신 걸어갔다. 오랜 시간 동안 그레인과 함께 교단과 맞서 싸웠고, 생과 사의 교차 속에서 이전에는 깨닫지 못했던 감정을 그레인을 통해 알게 되었다.

"긴장돼?"

"네……."

"나도 그래."

교단과 맞서기로 결심했지만, 여기까지 오게 될 줄은 미처 예상 못 했던 그녀의 오른손이 미세하게 떨었다.

나란히 옆에 선 그레인의 왼손과 베스티나의 오른손이 가까워졌다.

그러나 손끝이 닿는 순간 베스티나 쪽에서 손을 거뒀다. 지금 그레인이 원하는 건 교단과의 기나긴 악연에 종지부를 찍는 것이지, 감정의 확인이 아니라는 걸 느꼈기 때문에.

"지난번 이곳에 왔을 때는 그냥 돌아가야 했었지. 지금 와서 돌이켜 보니, 많이 아쉽군."

"이번에는 그렇게 끝나지 않을 것입니다."

짧게 대답한 그레인은 목소리가 들린 쪽으로 뒤돌아보며 고개를 들었다.

그의 머리 위로 드리워진 그림자의 주인, 펠릭스가 서 있었다.

"나 역시 마찬가지 심정이다."

펠릭스는 양손에 낀 한 쌍의 너클, 더블 임팩트를 내려다보며 결의를 굳혔다.

그는 전생의 쌍둥이 동생이 걸어갔던 길을 대신해 가는 중이었다. 본인은 기억하지 못하는 전생의 실수를 반복하지 않기 위한 그의 결심은 이레귤러를 승리로 이끌었다.

전생의 동생이 이루지 못했던, 모국의 구원을 이뤄냈음에도 그는 만족하지 않았다. 변화된 운명을 다시 비극으로 되돌려 버릴지도 모르는 교단을 쓰러뜨리지 않는 이상, 전생의 비극이 반복될지도 몰랐기에.

"휴우……"

오른쪽에서 들린 한숨 소리에 그레인은 고개를 옆으로 돌렸다.

"정말로 교황과 다시 맞서게 되는구나. 예전에는 다른 동료들 뒤에서 지켜보기만 했었는데, 이제는 내가 앞장서는 위치가 되었네. 뭔가 실감이 잘 안 나."

그레인의 오른쪽에 서 있는 크루겐은 손을 폈다 쥐기를 반복하며 안절부절못했다.

전생과 다르게 이번 생에는 교단과의 투쟁에 전면적으로 나서며 격렬한 전투를 거쳤던 그였다. 그럼에도 이번만은 확연히 다른 느낌에 긴장감을 떨쳐낼 수 없었다.

평상시라면 이깟 전투, 후딱 끝내자며 가라앉았을 분위기를 환기시켰을 것이다.

그러나 자신이 짊어진 역할의 무게를 느꼈기에 긴장은 계속 커져만 갔고, 암룡의 쐐기가 들어 있는 상자를 매만지며 두근거리는 마음을 진정시켰다.

그레인은 다시 정면을 바라봤다.

전생과 현생을 합쳐, 두 번이나 기회가 있었지만 점령하지 못했던 교황령 브렌할트.

그 브렌할트를 둘러싼 교단 측의 수많은 병력.

교단의 문양이 그려진 깃발들을 헤치고 안으로 들어가야, 진정으로 쓰러뜨려야 할 대상인 교황 아르디언을 만날 수 있다.

"정말 많네."

크루겐은 지평선 부근에 모여든 적 병력을 바라보며 혀를 내둘렸다.

전투가 시작되면 교단이 이끄는 병력의 공격이 비공정에 집중될 것은 불을 보듯 뻔한 일.

그레인 일행은 그에 대응하기 위한 비책을 '다른 쪽'에서 마치기를 기다리는 중이었다.

양측 병력이 서로 거리를 둔 상태에서 대치가 지속되는 가운데, 비공정의 멤버들은 초조함을 달래기 위해 각자의 무기를 재점검했다.

크루겐은 평소에 주로 사용하던 팬텀 대거 말고도 여러 개의 단검을 허리에 차고 있었다. 날이 제대로 서 있는지 하나하나 검집에서 꺼내 확인하는 사이, 뒤에 서 있는 펠릭스는 품에서 꺼낸 약병을 얼굴 가까이 가져갔다.

"예전 베릴란트 성을 구하러 갈 때 전하께 드린 것과 같은 비약입니다. 종합적인 성능 자체를 올리지는 못했습니다만, 다른 식으로 개량하는 데에는 성공했습니다. 비약의 유지 시간이 대폭 줄어든 대신, 위력을 더 올렸습니다. 고로 가급적이면 교황을 상대하기 직전에 복용하는 걸 권합니다."

그는 어젯밤 렌딜이 비약을 건네줄 때 말했던 설명을 떠올리며 약병을 살며시 움켜쥐었다.

그레인은 다른 이들과 달리 무기를 꺼내진 않았다.

대신 양손에 교황령의 지도를 펼쳐 들고 꼼꼼히 살펴보고 있었다. 어젯밤 지겨울 정도로 반복해 보면서 지도의 내용을 머리에 각인시켰지만, 혹시 틀리게 기억한 부분이 있을까 봐 재차 확인 중이었다.

'새삼 느끼는 거지만, 쉐일의 집념이 이런 식으로 우리들에게 도움을 줄 줄은 몰랐어.'

그가 읽고 있는 지도는 이레귤러와 결사대의 멤버들 중 유일하게 성지 안에 있었던 적이 있는 베스티나의 기억으로 작성되었다.

그것뿐만이 아니라, 쉐일이 작성했던 문서 역시 큰 도움이 되었다.

교황령 곳곳에 극비로 설치된 마법 장치에 대한 분석을 읽었을 때에는 단독으로라도 교황을 쓰러뜨리겠다는 그의 의지가 느껴질 정도였다.

교황령은 거대한 도시이자 동시에 교황을 지키기 위한 요새나 다름없는 곳.

교황령 전체를 둘러싸는 마나의 장벽과 교황이 머무르는 성궁(聖宮)을 보호하는 또 하나의 마나의 장벽이 둘러쳐 있었다.

마지막으로 성지 정 가운데에 위치한 대성당을 보호하는 마나의 장벽까지 합하면 세 개.

그리고 마나의 장벽뿐만이 아니라 교단의 정예 병력이 교황령 안에 주둔 중이다. 그에 반해 교황령 밖에 진을 치고 있는 병력의 대다수는 교단을 지원하기 위한 타국의 병력이었다.

그런 적들을 상대하기 위한 이레귤러와 결사대가 택한 방법은 다음과 같았다.

교황령 밖의 병력을 핵심 전력이 아닌 이들로 상대하면서 시선을 끌고, 그사이 주력 병력이 교황령 안으로 진입하는 식으로 계획을 짰다.

그리고 성궁 안으로 잠입한 후에, 교황이 있을 대성당 안으로 최정예 병력만을 투입시킨다는 계획을 짰다.

많은 병사들을 투입시킨다 하여도 대다수는 교황의 빛 앞에 허무하게 죽을 것이 뻔했기에 내린 결정이었지만, 결정적인 이유는 다른 데에 있었다.

교황령 내 성궁에는 일정 수 이상의 인원이 상주할 경우 그 누구도 성궁 안으로 들어올 수 없도록 강력한 마나의 장벽이 추가로 설치되는 장치가 지하 곳곳에 매설되었기 때문이다. 성지를 분석한 쉐일의 문서에도 그러한 장치가 있다는 것만 서술되었지, 구체적으로 어떤 위치에 설치되어 있는지는 적혀 있지 않았다.

'아르디언의 힘을 버틸 자는 어차피 이레귤러 안에서도 극소수야. 새로 얻은 화룡의 어금니의 힘으로 어떻게든⋯⋯.'

계속 성지 쪽을 바라보던 그레인에게 선원 한 명이 다가오더니 말을 건넸다.

"알겠습니다."

'다른 쪽'의 준비가 끝났다는 보고를 받은 그레인은 지도를 접어서 품 안에 넣었다.

그레인이 오른손을 들어 시작하라는 신호를 보내자 멈춰 섰던 비공정이 교황령 브렌할트가 있는 서쪽을 향해 천천히 이동하기 시작했다.

그와 동시에 마법이 발동하면서 비공정의 선수부터 투명해지기 시작했고, 선미에 달고 있던 사슬이 끊기면서 아래로 툭 떨었다.

*   *   *

교황령 브렌할트 중심에 위치한 대성당 안에는 고요함이 감돌았다.

성가대의 노래 없이, 파이프오르간의 반주도 없이 카르디어스 교단의 문양을 향해 무릎을 꿇고 기도하는 이들로 대성당 안은 가득 찼다. 반대로 대성당 밖은 결전을 앞에 두고 분주하기 이를 데 없었다.

카르디어스 교단의 문양 바로 앞에서 기도 중인 교황 아르디언은 엄숙한 표정과 반대로 마음속으로는 이러한 혼란을 즐기고 있었다.

'곧 있으면 시작되겠군.'

성지를 점령하기 위해 이레귤러와 결사대가 총공격을 준비하는 상황을 다른 이였다면 두려워했겠지만, 자신이 그 어떤 존재보다 가장 강하다고 믿는 그에게는 오히려 자신의 가치를 증명할 가장 좋은 기회였다.

'많은 전사자가 나온다고 해도 상관없어.'

교황 아르디언은 이레귤러와 결사대의 연합 세력과의 전투를 성전이라 지칭했고, 그들과 맞서다가 죽는 자들은 신의 곁으로 갈 수 있다고 약속했다.

그 이야기인즉슨, 이번 전투는 이전보다 훨씬 격렬한 전투일 거라는 예고였다. 그런 그의 말에도 불구하고 많은 이들이 보여 싸우기를 자청했으니, 그들이 흘릴 피에 아르디언은 조금의 죄책 감도 느낄 필요가 없었다.

'생각보다 적은 지원이지만, 너무 많은 것보단 부족한 쪽이 오히려 나아.'

교단을 지원하기 위해 온 병력은 냉정히 따지면, 여러 국가에 서 온 병력을 합친 것치고는 그렇게까지 많지 않았다.

만약 엄청난 병력이 지원부대로 와서, 혹시라도 이레귤러와 결 사대가 패배할 경우를 예상해 본 아르디언의 마음속에는 만족감 은커녕 아쉬움만 남았다.

그는 이레귤러와 결사대 앞에서 고전하던 교단을, 자신이 나서 면서 구하는 쪽으로 예상을 바꿔봤다.

그러자 아까의 아쉬움은 온데간데없었고, 만족스러운 미소가 저절로 피어올랐다.

'그리고 그 누구도 나에게 거역할 수 없게 되겠지.'

자신이 나서서 쓰러뜨린다면, 아르디언만이 신의 이름 아래 가 장 강한 존재라는 걸 증명할 수 있게 된다.

아르디언은 전자가 아닌 후자의 결과로 이번 전투가 이어지기 를 바라면서 침묵 기도를 계속 진행했다.

자신을 더욱 부각시켜 줄, 하이브리드들을 기다리면서.

*　　　*　　　*

"와아아아!"

우렁찬 함성 소리와 함께 교단 측 병력이 비공정을 향해 진군
했다.

비공정에서 내린 이레귤러와 결사대의 병력이 지지 않고 맞은
편으로 달려갔지만, 정작 비공정은 더 이상 전진하지 않고 제자
리를 고수했다.

"설치, 완료되었습니다!"

"오, 다 되었어?"

보고를 받은 드레이크는 직접 갑판 위를 뛰어가며 두 눈으로
보고의 내용을 확인했다.

비공정의 양옆에서 뻗어 나온 여러 개의 쇠기둥들이 대각선 아
래 방향으로 뻗어나갔고, 땅속 깊숙이 박히면서 비공정이 쓰러지
지 않도록 고정시켰다.

"이 정도면 쓰러지진 않겠군."

갑판 정중앙에 선 렌딜은 수염을 쓰다듬으며 흡족해하는 미소
를 지었다.

"그리고 아직 적들에게 계획을 들키지 않은 것 같고."

"이게 가짜인지 아직도 모르는 눈치인데요?"

드레이크는 비공정을 향해 빠르게 진군하는 적 병력을 보면서
안도의 한숨을 내쉬었다.

"이제 여기서 우리들이 시간을 끌면 되는 거죠?"

"그렇네."

그레인과 크루겐을 비롯한 비공정의 핵심 전력은 비공정에 없었다.

아니, 현재 교단의 병력 앞에 모습을 드러낸 비공정은 진짜가 아니었다.

사실 비공정 뒤에는 비공정과 규모와 형태가 같은, 또 한 척의 배가 따라오고 있었다.

단 고대 마법 문명의 유산인 비공정과 다르게, 현재의 기술력으로 만든 배에는 지상 위로 떠서 움직일 수 있는 기능은 당연히 없었다.

대신 부유 마법을 걸어 일정 시간 동안 지상 위로 뜰 수 있도록 조치를 취했고, 진짜 비공정과 사슬로 이어 뒤따라올 수 있었다.

이동하는 내내 다른 이들의 눈에 안 보이도록 투명화 마법을 건 상태로.

현재 드레이크와 렌딜이 탑승한 비공정이 바로 가짜 비공정이었고, 이를 만드는 데에는 헤르디온 왕자의 재력이 큰 역할을 했다.

"가짜이긴 해도 이걸 만드느라고 난 이제 완전히 빈털터리야. 이기든 지든, 난 처음부터 다시 시작해야 한다고. 그러니 이번 전투에서 이기면 비공정을 빌려준다는 약속, 꼭 지켜주시는 거죠?"

"물론입니다, 헤르디온 전하."

렌딜은 허리를 살짝 굽히며 정중하게 대답했다.

"그러면 렌딜 님, 부탁드립니다!"

드레이크의 외침에 렌딜은 지팡이를 오른손에 쥐고 주문을 읊기 시작했다.

"어이! 이젠 후퇴하라고 전해!"

"알겠습니다!"

비공정의 선수에 서 있던 선원들이 손에 쥔 깃발을 마구 흔들며 소리쳤다.

그러자 기세 좋게 교단의 병력을 향해 달려가던 이레귤러 연합 측 병력이 급히 멈춰 서면서 후퇴를 시작했다. 그들은 비공정을 지나 원래 있던 위치보다 훨씬 뒤로 물러섰다.

그사이 렌딜의 마법은 거의 완성 단계에 이르렀다.

그를 중심으로 거대한 마법진이 갑판 위에 떠올랐고, 구름 하나 없이 맑았던 하늘이 서서히 어두워지기 시작했다.

렌딜이 시전 중인 마법은, 일정 지역 내의 기후를 변화시키는 마법이었다.

극심한 마나 소모로 인해 힘들어해야 할 렌딜의 표정에는 큰 변화가 없었다. 가짜 비공정에 설치한 마법진 덕분에 마나의 소모를 상당량 줄일 수 있었기 때문이다.

"어?"

"이, 이건 뭐야?"

이레귤러 측 병사들의 후퇴를 보고 더욱 빠르게 진군하던 교단 측 병사들의 속도가 서서히 느려졌다.

그들은 비공정을 완전히 포위했지만, 그들의 머리 위를 뒤덮은 어두컴컴한 하늘을 보고 알 수 없는 두려움에 사로잡혔다.

"신이시여! 저희들을 구원해 주소서!"

"저희들을 버리지 마시옵소서!"

급기야는 신의 이름을 부르짖으며 두려움을 떨쳐내는 이들마저 속출했다.

그러나 그들의 부름에 응답한 건 신이 아닌, 강렬한 자연현상이었다.

콰르릉.

천둥 번개와 함께 하늘 아래로 폭우가 쏟아지기 시작했다.

"비다! 비가 오고 있다고!"

가짜 비공정에 탑승한 병사들과 크라겐 해적단의 선원들이 환호성을 질렀다.

그들은 곧 펼쳐질 장관에 동참하기 위해 무기를 뽑아 들었다.

"어이, 너희들! 자신들을 버리지 말아달라며 신의 이름을 부르짖었지?"

헤르디온과 함께 가짜 비공정의 선수에 선 드레이크는 우쭐거리며 가짜 비공정을 포위한 적 병사들을 향해 외쳤다.

"그런데 이걸 어쩌나. 너희들의 신께서는 배교자인 나까지도 버리지 않은 것 같은데?"

드레이크는 웃음을 머금으며 손가락을 튕겼다.

쏴아아.

비공정으로 위장했던 배의 양옆이 열리면서 물이 아래로 쏟아져 나왔다.

막대한 양의 물이 사방으로 퍼져 나가면서 물길에 적 병사들이 밀려났다. 그러나 이것만으로는 적의 공세를 막기에는 역부족이었다.

"헤르디온 왕자님! 부탁드립니다!"

"맡겨만 줘!"

드레이크의 옆에 선 헤르디온은 먼저 간 부하의 이름을 딴 마법 검 '벤'을 뽑아 들었다.

양손으로 벤을 움켜쥔 헤르디온은 검끝이 하늘을 향하도록 높이 들어 올리더니 물을 제어하기 시작했다.

지상을 향해 마구 퍼붓던 빗물이 보이지 않는 벽에 가려진 것처럼 퍼져 나가지 않고 땅위로 차오르기 시작했다.

적 병사들의 무릎을 넘어 허리가 잠길 정도로 물이 차오른 걸 확인한 헤르디온이 드레이크를 바라봤다.

"이 정도면 충분해?"

"물론입니다!"

드레이크는 왼팔의 갈고리를 뽑아 옆으로 휙 던졌다.

갈고리 안쪽에 감춰져 있던 드레이크의 코어, 크라켄의 촉수가 빛을 발하는 순간 물 아래 지면에 균열이 여기저기 생겨나기 시작했다.

"으아악!"

"괴, 괴물이다! 살려줘!"

지면을 뚫고 올라온, 수십여 개의 거대한 촉수들이 카르디어스 교단의 병사들을 칭칭 감아 들어 올렸다.

"크… 크라켄?"

"무슨 소리야? 바다도 아닌 땅에서 크라켄이라니… 으, 으악!"

곧이어 촉수의 주인인 크라켄의 머리가 수면 위로 높이 솟아오르자, 교단 측 병사들의 혼란은 극에 달했다.

이는 같은 편마저 혼란에 빠뜨릴 정도였다. 이미 지겨울 정도로 크라켄을 봐온 선원들은 오래간만에 등장한 든든한 아군에 날뛰며 기뻐했지만, 처음 보는 이들에게는 충격 그 자체였다.

"우와… 도대체 몇 마리야? 하나, 둘, 셋……."

넷부터 더 이상 세기를 그만둔 헤르디온은 믿을 수 없다는 눈으로 드레이크를 바라봤다.

"너, 정말 대단한데? 이렇게나 강했어?"

"이제 아셨습니까? 제가 해적 제독 자리를 괜히 따낸 게 아니라고요!"

드레이크에게 이식된 코어의 특성상, 물로 가득한 바다가 아닌 지상에서는 원래의 힘을 발휘하기 힘들었다.

그러나 지금은 다르다.

한정된 공간이긴 해도, 크라켄을 소환시킬 수 있는 물이 마련되자 드레이크는 더 이상 단순한 해적단의 제독이 아니었다. 하이브리드의 힘을 맘껏 발휘하며 전력을 다할 수 있었다.

"시, 신이시여! 제발, 이 사악한 마물을 물러나게 해주시옵… 으아악!"

"제발 살려줘요!"

전혀 예상치 못한 크라켄의 등장에 '가짜 비공정'에 접근했던 적들은 제대로 된 저항조차 하지 못했다.

점점 높아지는 물속에서 허우적대며 자신들을 구해달라며 신의 이름을 부르짖기에 급급했다.

"아아, 배교자에게도 기회를 주시다니. 신께서는 너무나 자비가 넘치셔!"

드레이크는 가짜 비공정 가까이에서 솟아오른 크라켄 한 마리를 손짓으로 불렀다.

촉수를 타고 크라켄의 머리 위에 올라선 드레이크는 커틀러스를 뽑아 들었다.

"하지만 이걸로 끝이 아니다! 어이! 다들 준비되었지?"

"물론입니다!"

선원들의 우렁찬 함성 소리와 함께, 크라켄 해적단의 반격이 개시되었다.

*　　　　*　　　　*

가짜 비공정이 의도대로 교황령 밖에 주둔한 적들의 시선을 끌며 상대하는 사이, 진짜 비공정은 커다란 원을 그리며 교황령의 서쪽으로 이동 중이었다.

투명화 마법으로 전신을 가린 비공정을 알아채는 적은 없었다. 물론 거대한 덩치 탓에 지나갈 때마다 주위에 모래바람을 일으켰지만, 때마침 교황령 주위에 불어온 바람 덕분에 들키지 않았다.

"예상보다 훨씬 더 많은 병력이 집중되는 것 같군."

그레인은 폭우가 쏟아지는 가짜 비공정 쪽을 바라보며 안도했다.

바다 위가 아닌 지상에서 다른 이들의 도움을 받는다 하여도, 드레이크가 과연 어느 정도 힘을 이끌어낼지 우려했기 때문이다.

그러나 렌딜의 마법과 헤르디온의 힘이 가세하자, 드레이크는 예전 바다에서 보여줬던 것보다 더 맹활약 중이었다. 멀리 떨어진 곳에서도 그가 소환한 크라켄이 보일 정도였으니.

"드레이크가 꽤나 활약 중인 것 같은데? 교단 놈들의 비명 소리가 장난 아니야."

오른쪽 귀에 손을 가져간 크루겐의 얼굴에 짓궂은 미소가 피어올랐다.

"그게 여기까지 들려?"

"그야 저쪽은 비구름 때문에 어두컴컴하잖아. 집중을 하면 들린다고, 나에겐."

크루겐은 그레인의 지적에 아무렇지 않은 듯 넘어갔지만, 속마음은 정반대였다.

처음 스펙터의 코어를 이식받았을 때보다 훨씬 강해진 힘은 소유자인 크루겐 본인마저 두렵게 만들 정도였다.

그동안의 수련으로 강해진 거라며 스스로를 설득하려고 해도, 쉐일의 보고서를 통해 자신에 대해 안 이상 무리였다.

'역시 그 보고서대로……'

크루겐은 제한된 수명이 깎여 나갈 때마다, 어둠의 힘이 강해지는 느낌을 지우기 힘들었다.

'이거야 원… 진정한 죽음에 가까워질수록 강해지는 몸이라니. 그런 식이라면, 전력으로 상대하기 위해서 한 번 더 죽어야 하나?'

"크루겐, 괜찮아?"

"응? 뭐가?"

"표정이 좋지 않아."

"그야, 긴장하지 않을 수 없잖아?"

크루겐은 어쩔 수 없다는 듯 대답하면서 머플러를 코 위까지 끌어당겼다.

둘이 이야기를 나누는 사이, 비공정은 교황령의 서쪽 입구 부근에 도착했다.

여전히 교단 측은 투명화 상태의 비공정을 알아채지 못했다.

서문을 지키고 있는 병력의 수는 동문에 비해 상대적으로 훨씬 적었다.

문제는 교황령을 보호하고 있는 마나의 장벽을 과연 뚫을 수 있느냐였다. 교황령으로 진입하기 위해서는 외부에서의 공격을 막는 선에 그치지 않고 물리적으로도 침입을 허용하지 않는 마나의 장벽부터 처리해야 했다.

"아가씨, 준비 다 되셨나요?"

트리아나의 물음에 에르닌은 말없이 고개를 끄덕거렸다.

마나의 장벽을 일시적으로 분쇄하는 역할을 맡은 에르닌은 교황령의 서문 쪽으로 포문을 향하고 있는 마력포의 옆에 섰다.

그녀의 마나를 마력포와 연결해, 그녀가 마력총을 발사하는 순간 동시에 마력포가 가동되도록 조작이 된 터였다.

"……."

에르닌은 교황령을 바라보고 있는 그레인 쪽으로 고개를 돌렸다.

자신을 바라보지 않고 있는 그레인에게 무언가 말하려고 했지만, 입술만 살짝 움직였을 뿐 소리 내어 말하지 않았다.

"트리아나, 그걸 줘."

"알겠습니다."

에르닌은 트리아나의 도움을 받아 화염과 냉기의 힘이 담긴 기다란 시험관을 마력총에 장전했다.

안에 있는 두 개의 서로 다른 힘이 워낙 강렬한 빛을 발하는지라 시험관은 검은 종이로 감싸여 있었다.

"그러면 시작할게."

그녀의 말에 갑판 위에 있던 이들이 모두 눈을 감고 고개를 옆으로 돌렸다.

그레인이 눈을 감은 걸 곁눈질로 확인한 에르닌은, 아랫입술을 살짝 깨물며 마력총의 방아쇠를 당겼다.

*　　　　*　　　　*

콰콰쾅!

지면을 흔들 정도의 폭발이 교황령의 서문 주위에서 연이어 일어났다.

"저, 적의 공격인가?"

"모두 뭣들 하느냐! 적의 위치를 파악해라! 지금 당장!"

서문 쪽을 지휘하던 성당 기사단장의 외침에 병사들은 방금 전 공격이 날아온 방향으로 일제히 시선을 돌렸다.

그러나 여전히 투명화 마법으로 모습을 감춘 비공정을 알아볼 수 있는 이들은 아무도 없었다.

휘이잉!

갑자기 휘몰아친 눈보라에 병사들은 놀라 사방으로 흩어졌고, 그들이 원래 있던 자리가 순식간에 냉기로 뒤덮였다.

마나의 장벽 위를 마력포의 공격이 먼저 적중했고, 그 뒤에 에르닌의 마력총에서 발사된 냉기와 화염이 마나의 장벽을 휘감았다.

반구의 형태로 교황령을 보호하고 있던 마나의 장벽의 반 이상이 얼음에 뒤덮였다.

그 뒤에는 방금 전의 냉기를 완전히 날려 보낼 정도로 강렬한 화염이 마나의 장벽 위에서 불타올랐다.

서로 극과 극에 해당하는 냉기와 화염에 얼고, 불타오른 마나의 장벽에 마치 투명한 유리판 위에 금이 가듯 균열이 이어졌다.

"지금이다!"

그레인의 외침에 투명화 마법을 해제한 비공정 콜르란세 2호가 빠르게 전진했다.

뒤늦게 진짜 비공정을 발견한 성당 기사단장은 병사들과 기사들에게 공격을 지시했다. 그러나 비공정의 규모에 압도당한 교단의 병사들은 공포에 질려 감히 앞으로 나서질 못했다.

쾅! 콰앙!

비공정이 전진하는 와중에도 마력포는 계속 화염구를 발사했고, 에르닌은 장전을 마치기 무섭게 방아쇠를 당겼다.

계속 전진하던 비공정이 마나의 장벽을 뚫고, 서문을 들이받았다.

충격이 지면을 타고 멀리 퍼져 나갔고, 서문은 완전히 무너져 내렸다.

위이잉.

대기 중이던 마법사들이 갑판 위에 미리 설치해 뒀던 마법진을 급히 발동시켰다.

일시적으로 사라진 마나의 장벽 사이로 들어간 비공정에서 마나가 뿜어져 나오면서 마나의 장벽이 복구되는 걸 막고 있었다.

"좋았어! 성공이다!"

그레인은 비공정이 계획대로 교황령 안으로 들어오게 되자 왼손을 움켜쥐었다.

이제 남은 것은 교황령 안으로 직접 들어가, 교단의 수장 아르디언을 쓰러뜨리는 일뿐.

그레인은 이마의 땀을 손등으로 훔치며 뒤를 돌아봤다.

회귀 이후 가장 오랫동안 함께했던 크루겐은 팬텀 대거를 저글링하며 지시만을 기다렸다.

전생에는 만난 적도 없었지만, 지금은 가장 든든한 동료이자 그 이상의 존재로 자리 잡은 베스티나가 긴장한 얼굴로 그레인을 바라봤다.

그녀의 뒤에 선 펠릭스가 한 쌍의 너클, 더블 임팩트를 장착한 손을 번갈아가며 어루만지고 있었다.

그러면서 시선은 동쪽을 향했지만 성궁을 보고 있는 건 아니었다. 아직도 도착하지 않은 베릴란트 왕국의 원군을 기다리는 그의 눈동자에는 초조함이 어려 있었다.

'저 셋이 없었다면, 난 여기까지 오지도 못했을 거야.'

물론 갑판 위에는 그레인과 가장 오랫동안 함께했던 세 명만 있는 게 아니었다.

전생의 인연을 계속 이어 다시 만나게 된 옛 동료들.

회귀로 인해 뒤바뀐 시간 속에서 새롭게 만난 이들.

그리고 전생에는 적이었던 멜린다와 배신자였던 나이트로가 함께 서 있었다.

그레인은 전날에 이미 모두에게 하고 싶은 말을 했기에 결전에 앞서 특별한 말은 하지 않았다. 누군가를 말로 이끄는 타입은 아니었기에 장황한 연설 같은 건 하지 않고 짧은 말만을 남겼다.

"모두 살아서 돌아갑시다."

그것은 부탁이면서도 반드시 지켜주길 바라는 명령이었다.

예전 생과 달리 회귀라는 수단을 손에 넣지 못했기에, 희생한 자들을 시간을 되돌려 다시 살릴 수 없는 이상 생존이 승리만큼이나 중요했다.

그레인은 가슴에 오른손을 얹었다. 겉보기에는 별다를 바 없는, 평상시의 전투복과 같아 보였지만 이전과는 달랐다.

듀란은 비공정에 머무르던 마법사들과 공동 연구 끝에 빛의 힘에 어느 정도 저항할 수 있는 마법을 모두에게 부여했다.

하지만 '어느 정도'까지가 한계였다. 예전 파르티온 때처럼 단 한 번의 공격에 어이없이 죽는 경우는 막을 수 있지만, 그 이상은 무리였다.

휘이잉.

냉기가 실린 바람이 비공정의 선수 부근에 휘몰아쳤다.

바람이 멈추자, 비공정과 지상을 대각선으로 이은 얼음 계단이 길게 형성되었다.

"그레인 님, 저도 여러분들과……."

그레인이 얼음 계단에 발을 딛고 내려가려는 찰나.

옛 동료이자 은인이었던 청년의 목소리가 그레인의 등 뒤에서 들렸다.

"아닙니다."

그레인은 뒤돌아서지 않고 정면을 바라본 채 말을 이어나갔다.

"페트로 사제님, 당신의 힘은 누군가를 구하는 쪽에 써야 합니다. 부상자들이 적지 않을 테니, 가능하면 많은 이들을 죽음으로부터 구해주시길 바랍니다."

교단과의 투쟁에서 페트로의 역할은 전생과 달랐다.

모두를 구하기 위해 전면에 나서는 역할은 전생에 했던 걸로 족했다.

스스로를 희생해 모두를 구하는 일 역시 그의 몫은 아니었다.

만약 하게 된다면, 그건 그를 제외한 다른 누구의 몫이어야 한다.

"알겠습니다. 그렇다면 신의 가호를⋯ 아니, 필요하지 않겠군요. 필요해서도 안 되는 일이고."

페트로는 성호를 긋다가 도중에 멈췄다.

신의 이름을 내건 교단과 맞서는 그들에게 지금 필요한 것은 신의 가호가 아니었기에.

마력포 옆에 서 있던 에르닌은 그레인에게 다가가려다가 도중에 걸음을 멈췄다. 옛 친구이자, 은인의 '옛 연인'이었던 아딜나가 그레인에게 먼저 가고 있었기 때문이다.

"그레인, 크루겐."

반강제적으로 비공정에 남게 된 아딜나는 두 청년의 이름을 부르며 다가왔다.

지난번 그레인이 보여줬던 감정의 여운 때문인지, 그녀의 눈동자에 살짝 물기가 어려 있었다.

"무사히 돌아와 줘요."

그레인과 크루겐은 대답 대신 고개를 끄덕이며 대답했다.

"크루겐, 가자."

"알았어!"

그레인이 선두로 나가자 크루겐이 옆에서 나란히 따라갔고, 나머지 일행과 병사들이 얼음으로 만들어진 계단을 빠르게 내려갔다.

'맥스.'

그레인은 먼 곳으로 떠나간 동료를 떠올리며 걸음에 박차를 가했다.

전생에는 훗날을 기약하며 바라만 봐야 했던 교황령.

현생에는 더 큰 힘을 키우기 위해 물러나야 했던 땅.

'너에게 진 빚을, 지금부터 갚아나가겠다.'

처음으로 교황령에 발을 디딘 그레인의 왼팔과 오른팔이 서로 다른 빛을 발하기 시작했다.

*　　　　　*　　　　　*

화르르.

지면 위로 솟아오른 불길에 교단의 병사들이 불타 쓰러졌다.

휘이잉.

휘몰아치는 냉기가 적들을 휘감았고, 얼음 속에 갇힌 교단의 병사들은 더 이상 움직일 수 없게 되었다.

그레인은 저 멀리 보이는 성궁의 북문을 향해 달려갔다.

그를 경계로 양립할 수 없는 두 개의 힘이 적들을 덮쳤고, 그를 막을 수 있는 자는 아무도 없었다.

'이걸로는 부족해.'

지난 쉐일과의 결전에서 그레인은 제 역할을 다하지 못했다.

결국 이스트라의 희생을 막지 못한 그의 마음에는 죄책감이 깊어졌고, 책임감은 커져만 갔다.

그때 못 다한 몫까지 다하려는 그레인의 움직임에는 거침이 없었다.

"후퇴! 후퇴하라!"

계속 물러서지 말라고 외치던 적 지휘관마저 결국에는 후퇴를 명하며 남쪽으로 내려갔다.

그레인와 함께 온 아군 병력은 그가 지나가면서 남긴 안전한 지역에서 벗어나지 않으며 뒤따라갔다. 덕분에 그레인이 이끈 병력은 거의 손실 없이 목적지에 도착할 수 있었다.

"너무 무리하는 거 아냐? 교황을 상대할 때 쓸 힘 정도는 남겨 놔야지."

그레인 못지않게 많은 적들을 해치운 크루겐이 팬텀 대거를 허공에 대고 휙휙 휘둘렀다. 핏방울이 사방으로 흩어지더니 지면에 닿자마자 연기를 내며 타올랐다. 그레인이 구현한 열기가 아직도 남아 있었기 때문이다.

"문제없다."

표정의 변화 없이 대답한 그레인은 북문을 올려다봤다.

성궁 안으로 통하는 입구는 총 세 개.

성궁을 둘러싼 마나의 장벽을 파괴하기 위해선 마나로 연결된 세 개의 문을 모두 파괴해야 했기에 그레인은 병력을 셋으로 나눴다.

그레인과 크루겐, 베스티나, 그리고 펠릭스가 각각 병력을 이끌고 각기 다른 문을 향해 돌격하기로 결정했다.

천사의 날개를 이용해 빠르게 이동할 수 있는 베스티나는 가장 멀리 떨어진 성궁의 동남쪽 문으로, 가장 견고하다고 알려진 서남쪽 문으로는 펠릭스가 가는 중이었다.

"모두 물러서 주십시오."

그레인은 오른손을 뒤로 휘저으며 자신으로부터 멀어지라고 지시했다.

팍! 팍!

그레인이 던진 한 쌍의 단검, 트윈 엣지가 북문의 중앙에 박혔다.

그레인은 트윈 엣지를 연결하는 와이어를 통해 열기를 전달했고, 거대한 문 전체가 빨갛게 달아올랐다.

잠시 후, 이번에는 정반대의 힘인 냉기가 문을 얼렸다. 하얀 서릿발이 돋아난 문 아래로 차가운 공기가 사방으로 퍼져 나갔다.

그렇게 불타올랐다가 얼어붙기를 반복한 문에 균열이 생기더니 넓게 퍼지기 시작했다.

웬만한 공격이나 마법으로는 무너뜨리기 힘든 문이었기에, 그레인은 자신의 힘을 최대한 이끌어냈다.

화염을 구현할 때 그의 눈은 분노로 활활 불타올랐고, 냉기를 구현할 때에는 그 어느 때보다 차가워졌다.

'지금이다!'

그레인은 트윈 엣지와 연결된 두 개의 와이어를 바깥을 향해 잡아당겼다.

그러자 균열의 시작점에 있던 트윈 엣지가 거대한 문을 수평으로 잘라냈고, 산산조각 난 파편이 아래로 후드득 떨어졌다.

"듀란 말로는 꽤 힘들 거라고 했는데… 이제 성궁 안으로 들어가면 되려나?"

"아직은 아니야."

무너진 문 너머로 성궁 안을 관통하는 길이 길게 이어져 있지만, 안으로 들어갈 때는 아직 아니었다.

성궁 전체를 둘러싼 마나의 장벽이 뻥 뚫린 공간을 막고 있었기 때문이다.

마음 같아서는 마나의 장벽도 뚫고 들어가고 싶었지만, 교황을 만나기 전에 너무 힘을 쓸 수는 없었기에 계획대로 다른 곳의 문까지 마저 무너지기를 기다렸다.

그렇게 10여 분 정도가 흘러가자, 빛을 발하던 마나의 장벽이 이내 투명하게 변하더니 자취를 감췄다.

"베스티나와 전하도 성공한 것 같은데?"

"다행이야. 그러면……."

성궁으로 통하는 통로에 발을 디딘 그레인은 남쪽에서 들려오는 함성 소리에 더 들어가지 못하고 도중에 멈춰 섰다.

"어? 저놈들, 다시 오네?"

크루겐은 눈을 깜박거리며 아까보다 몇 배나 되는 병력을 이끌고 돌아온 적들을 보며 어이없다는 표정을 지었다.

"하긴, 그래도 여기에 주둔하던 병력들은 나름 정예일 텐데 너무 맥없이 물러나면 그건 그것대로 김샜을 테니까."

크루겐은 검집에 집어넣었던 팬텀 대거를 다시 꺼내 들었다.

"그러니 그레인, 여기는 나에게 맡기고 먼저 가."

"너는?"

"다 해치우면 다크 터널로 복귀할 테니 걱정 말라고. 나까지 자리를 비우면 저놈들을 상대하느라 아군의 피해가 적지 않을 거야. 날 믿어."

크루겐은 그레인의 왼팔을 붙들더니, 어둠으로 형성된 고리를 그의 손목에 남겼다.

"그러면 먼저 가겠다. 무리하지 마라."

"내가 가기 전에 교황을 먼저 쓰러뜨리진 마. 그놈이 죽는 걸 직접 봐야 속이 풀릴 것 같거든."

"알았어."

말을 마친 그레인은 성궁 안으로 홀로 들어갔다.

일자로 이어진 통로를 뛰어가는 그레인의 발소리를 들으면서 크루겐은 몸을 반대로 돌렸다.

"헤헷… 나에게 맡기고 먼저 가라는 말, 한 번쯤은 하고 싶었는데 기어이 하게 되네."

크루겐은 방금 전에 자신이 했던 말에 쑥스러워하면서 뒤통수를 긁었다.

"하지만… 결국 마지막까지 바라만 봤네."

크루겐은 멀리서도 보이는 비공정 쪽을 응시했다.

하지만 상념에 잠겨 있을 때는 아니었다. 크루겐은 고개를 휘저으며 남은 미련을 떨쳐냈다.

"이렇게 된 이상, 계속 바라보기만이라도 할 수 있도록 운명을 이끌어야겠지?"

크루겐은 문을 부수기 전 그레인이 했던 것처럼 아군 병력들에게 좌우로 갈라져 물러서라고 지시했다.

그가 구현할 힘에 아군마저 휩쓸리지 않도록.

"이 정도 거리라면… 좋아, 한번 해볼까?"

크루겐은 코 아래로 살짝 내려간 머플러를 도로 잡아 올리며 두 눈을 감았다.

순간 빛이 어둠에 삼켜지면서, 그를 중심으로 일대가 암흑에 휩싸였다.

그레인과의 거듭된 수련 속에서도, 단 한 번도 보여주지 않았던 기술 중 하나였다.

그러자 후퇴할 때처럼 빠르게 다가오던 교단의 병력이 일순간에 멈춰 섰다.

정체불명의 어둠이 휩싸인 북문 주위에 그 누구도 다가가길 꺼려 했다. 그렇게 거리를 두고 멈춰 서 있던 교단 병력을 향해, 크루겐이 만들어낸 어둠이 서서히 다가가기 시작했다.

적 병력은 뒷걸음질 치며 다시 거리를 벌리려고 했지만, 어둠이 움직이는 속도가 점점 빨라지더니 이내 그들을 아무것도 보이지 않는 암흑 속에 가두었다.

"으악!"

"크헉!"

여기저기서 비명이 터지며 핏줄기가 솟아올랐지만, 앞서 어둠이 삼켰던 빛처럼 순식간에 자취를 감췄다.

공포에 질려 도망쳐야 한다는 생각마저 잊어버린 병사들의 두

다리가 후들거렸다.

"그 녀석의 힘을 보고도 도망치지 않은 건 높게 쳐주겠어. 하지만……."

"어, 어디냐!"

"이쪽입니다!"

교단의 기사와 병사들은 어둠 속에서 들려오는 크루겐의 목소리 쪽으로 몸을 돌렸다.

한 치 앞도 보이지 않는 암흑 속에서 그들은 손에 쥔 무기를 마구 휘둘렀지만, 어둠 속에 녹아든 그를 공격하기엔 무리였다.

"아아악!"

양손이 동시에 잘려 나간 성당기사의 비명이 어둠 속에 울려 퍼졌다.

"너희들 중 그 누구도 그 녀석을 쫓아갈 수 없을 거다."

*   *   *

"휴우……."

무너진 문 앞에 선 베스티나는 한숨을 내쉬며 이마의 땀을 닦았다.

뒤를 돌아본 그녀의 시야에 성궁 안으로 통하는 동남쪽 문을 지키던 적 병사들의 즐비한 시체가 들어왔다.

예상보다 격렬한 적들의 저항에 시간이 지체되긴 했지만, 모두 쓰러뜨리고 문을 파괴할 수 있었다. 살아남은 적 병사들은 급히 후퇴했고, 그들이 지나간 자리에는 베스티나의 냉기로 인한 서릿 발이 돋아났다.

무너진 문 안쪽의 마나의 장벽이 사라진 걸 확인한 베스티나는 땅에 비스듬히 박힌 바람의 스피어 프로셀피나를 집어 들었다.

"베스티나."

"멜린다 교관님."

제자와 스승 관계인 두 여성은 서로의 이름을 부르며 포옹했다.

"이제 나는 너에게 더 이상 가르칠 게 없겠구나."

"아니에요. 저는 아직도 많이 부족해요. 그러니… 더 배우기 위해 반드시 살아서 돌아올게요."

"그래, 그래야만 한단다."

멜린다는 베스티나의 등을 다독이며 가볍게 웃었다.

"네, 반드시."

똑같은 수식어를 반복해 대답한 제자는 스승으로부터 몇 발자국 떨어지더니 뒤돌아섰다.

어두컴컴한 성궁 안으로 뛰어 들어간 베스티나의 발소리가 점점 작아지더니 아무 소리도 들리지 않았다. 그럼에도 멜린다는 제자가 사라진 방향으로 시선을 고정시켰다.

멀리 떨어져 스승과 제자의 작별 인사를 지켜보던 나이트로가 조용히 멜린다의 옆으로 다가왔다.

"걱정돼요?"

"내 눈에는 여전히 어려 보이는 그 애한테 너무 큰 짐을 맡긴 게 아닌가 싶어서 그래."

벤트 섬을 떠난 제자는 어느새 스승보다 훨씬 강해졌다.

그러나 힘의 강하고 약함을 떠나, 아직도 멜린다의 눈에 비춰진 베스티나는 살펴줘야 할 존재였다.

"너무 걱정 말아요. 대공 전하와 그 녀석은 제쳐두고라도, 그 애는 벤트 섬에서 수료를 마치자마자 성지에 올 정도의 실력자였잖아요?"

"성지가 아니라 교황령."

"아, 그렇죠. 더 이상 교단 소속도 아니니."

나이트로는 멋쩍어하며 뒤통수를 긁적거렸다.

"그런데 결국 이곳에 오긴 했네요. 이런 식으로 오게 될 줄은 꿈에도 상상 못 했지만."

"나도 이곳은 처음이야."

"수련생 시절에는 이곳에 오려고 기를 썼는데… 막상 오고 보니 별 감흥은 없네요."

나이트로가 쓴웃음을 지으며 오른손에 쥔 검을 내려다봤다.

"아쉬워?"

"그렇긴 한데, 제가 약한 건 사실이니 어쩔 수 없죠. 제 실력으로는 그 녀석들에게 방해만 될 게 뻔하잖아요?"

성궁 안으로 통하는 문 앞을 지키면서 교단의 추가 병력을 막는 역할 자체에는 불만이 없었다.

그러나 중추적인 역할에는 도달하지 못했다는 점에 나이트로는 아쉬움을 떨쳐내기 힘들었다.

"뭐, 저보다 훨씬 강한 녀석들이니… 교황도 어떻게든 쓰러뜨릴 거라 믿어요. 그러니 자유를 얻게 된 뒤에 뭘 할까나 고민해야겠어요."

"자유… 그렇지. 우리들이 이제까지 진정으로 손에 넣지 못했던 것을 이제 얻게 되겠구나."

하이브리드가 된 이후, 단 한 번도 제대로 누리지 못했던 단어를 읊으면서 멜린다는 웃을 수 있었다.

그러나 섣부르게 기대감으로 한껏 부풀어 오른 건 결코 아니었다.

일반적인 전투였다면 지금까지의 결과만으로도 승리가 확실시 되었겠지만, 교황을 쓰러뜨리지 못한다면 모든 것이 처음으로 돌아간다.

아니, 최악의 결과로 끝나게 된다.

멜린다는 고개를 가로저으며 머릿속에 떠오른 패배를 지워 버렸다.

"누님은 어떻게 하실 작정인가요? 저는 롤랜드 사제님을 따라 가려고요. 권력이니 돈이니 이제 아무런 의미가 없다면서 고아원을 차려 애들을 손주 삼아 말년을 보내실 거라 했거든요."

지난 쉐일의 비밀 연구소에서 구출한 이들 중에는 나이트로를 가르쳤던 롤랜드 사제도 있었다.

나이트로가 이레귤러임을 알았음에도 상부에 보고하지 않은 그는 나이트로에게 있어서 은인 중 한 명이었다.

"더 이상 손에 피를 묻히는 일은 지긋지긋하니 평화롭게 살아 보려고요."

"그러면 나도 같이 가도 될까?"

"네? 누님도요?"

"너도 그렇겠지만, 나도 고아 출신이거든. 혹시 싫어?"

"싫을 리가요!"

나이트로는 눈을 크게 뜨며 화들짝 놀랐다.

"그런데 좀 섭섭하네. 사실 네가 먼저 같이 가자고 말할 줄 알 았거든. 그때는 잘만 말했으면서."

"그때라니요? 아! 그, 그때는 말이죠……."

나이트로는 반문했지만, 이내 알아채고선 말을 더듬기 시작했 다.

둘 사이의 분위기가 미묘하게 변하면서 나이트로와 멜란다는 서로 등진 채로 침묵했다.

그러나 많은 병력이 몰려오는 걸 파악한 두 남녀는 다시 긴장 하면서 무기를 뽑아 들었다.

"아직 쉬기엔 이른 것 같아."

"어, 그런데 적은… 아닌 것 같은데요?"

저 멀리서 보이는 병사들이 들고 있는 깃발의 문양은 두 남녀 가 한동안 몸담았던 왕국의 것이었다.

*   *   *

쾅!

굉음과 함께 거대한 문 가운데에 균열이 생겼다.

잠시 후, 박살 난 문의 파편이 아래로 쏟아지면서 먼지가 짙게 피어올랐다.

"겨우… 무너뜨렸군."

힘겹게 말하는 펠릭스의 양손에서 피가 뚝뚝 흘러내렸다.

빛을 발하던 마나의 장벽이 사라진 것까지 확인한 그는 안으로 들어가려고 했지만, 마음과 달리 신음을 내며 한쪽 무릎을 꿇었다.

수많은 적들을 상대한 그의 등에는 크고 작은 무기들이 박혀 있었다. 남은 힘을 짜내 일어서려고 했지만, 다시 무릎을 꿇을 뿐이었다.

전신이 만신창이가 된 펠릭스는 힘겹게 비약을 꺼냈지만, 계속 움켜쥐지 못하고 떨어뜨렸다.

"으윽, 이런……."

펠릭스는 오른손을 뒤로 뻗었지만 비약병은 때구루루 굴러가며 그로부터 멀어지기만 했다.

그는 그레인과 베스티나와 달리 고전을 치러야 했다.

서남쪽의 문을 지키던 교단의 병력은 강한 재생력을 기반으로 싸우는 펠릭스에 맞서기 위해 만반의 준비를 하고 그를 상대했다.

교단의 병력은 펠릭스를 이끌고 온 병력을 상대하지 않고 오직 한 명, 그를 쓰러뜨리기 위해 달려들었다. 그를 향해 화염구가 마구 날아들었고, 독이 발라진 무기가 그의 전신에 마구 꽂혔다.

그럼에도 끈질긴 생명력을 기반으로 살아남아 적들을 모두 물리치고 문을 부수는 데에는 성공했지만, 그 이상은 무리였다.

"아직은… 아니야."

펠릭스는 양손을 바닥에 대고서 몸을 뒤로 올렸다. 천천히 몸을 움직이는 것만으로 힘겨워 보였다. 체내에 남아 있는 독이 그를 계속해서 괴롭혔고, 상처가 재생되는 걸 방해했다.

보다 못한 병사들 몇몇이 비틀거리며 그에게 다가갔지만, 펠릭스는 손을 내밀며 쉬라고 지시했다.

다들 펠릭스를 지켜보며 일어서기 위해 안간힘을 쓰고 있을 때, 멀리서 함성이 들려왔다.

"어? 뭐지?"

"저, 적인가? 젠장, 하필이면 이럴 때에!"

"모두 일어서! 일어나라고!"

남쪽에서 몰려오는 병력에 병사들이 당황했지만, 펠릭스는 아랑곳하지 않고 멀리 굴러간 비약병을 향해 조금씩 다가갔다.

"잠깐만… 아니야! 적이 아니야!"

"원군이다!"

원군이라는 누군가의 외침에 펠릭스는 고개를 들어 올렸다.

빠르게 진군 중인 병사들이 들고 있는 깃발의 문양은 펠릭스에게 결코 낯설지 않았다.

절망이 아닌 희망을 맞이한 이레귤러와 결사대의 병사들은 지친 몸을 이끌고 하나둘씩 일어서기 시작했다.

"펠릭스!"

베릴란트 왕국군 사이를 제치고 한 여성이 펠릭스를 향해 급히 달려왔다.

양손으로 드레스 자락을 붙들고, 구두를 벗은 맨발로 달려오는 그녀가 펠릭스의 시야에서 점점 커졌다.

"밀레느 왕비……."

그녀의 이름을 말한 펠릭스는 흙투성이가 된 밀레느의 발을 내려다봤다.

아직 때가 오지 않았다고 여기며 펠릭스는 시선을 아래로 내렸지만, 밀레느는 그와 시선을 맞췄다.

고개를 가로저으며 아까 펠릭스가 했던 말을 부정하면서.

"밀레느라고 불러주세요."

그녀는 주워 든 비약병을 펠릭스의 오른 손바닥 위에 내려놨다.

"예전처럼."

펠릭스를 응시하는 밀레느의 두 눈 아래로 눈물이 흘러내렸다.

이전처럼 슬픔 때문에 흘리는 눈물이 아니었다.

멍하니 밀레느를 바라보던 펠릭스는 그녀가 한 말의 의미를 깨닫고선 오른손을 움켜쥐었다.

펠릭스는 손바닥을 통해 전해지는 밀레느의 따스한 온기에 두 눈을 지그시 감았다.

"그렇군. 운명이 또 바뀐 것인가……."

이어질 수 없었던 운명에서 이어질 수 있는 운명으로.

펠릭스는 가슴속에서 벅차오르는 감정을 억누르며 주변을 둘러봤다.

한 차례 혈전을 치른 이레귤러와 결사대의 병력을 베릴란트 왕국의 병사들이 치료하기 시작했다.

"하지만 아직 더 바뀌어야 하는 운명이 있소."

아직 전투는 끝나지 않았다.

그것도 앞선 결과를 송두리째 뒤집고도 남을, 교황과의 결전이 남아 있었다. 위기가 아직도 남아 있었기에 운명을 바꾼 기쁨을 누리기엔 너무 일렀다.

"반드시 살아서 돌아오겠소, 밀레느."

"네……."

천천히 몸을 일으킨 펠릭스가 뒤돌아서더니 성궁으로 통하는 문 안쪽으로 걸음을 옮겼다.

아직 남아 있는 싸움을 승리로 이끌기 위하여.

자신과 다시 이어진 이를 지키기 위한 투쟁의 종지부를 찍기 위하여.

* * *

"휴우, 이제 끝인가? 정말 지긋지긋하다."

아군 병력과 함께 교단의 추가 병력을 모두 쓰러뜨린 크루겐은 뻐근해진 오른손을 허공에 대고 털었다.

처음에는 적의 기세를 누르기 위해 어둠을 펼쳐 전투에 임했지만, 계속 어둠의 영역을 전개하면서 싸울 수는 없었다.

교황을 상대로 쓸 힘을 남겨둬야 했기에 적절히 힘을 조절하느라 진땀을 흘렸지만, 덕분에 힘을 남겨둘 수 있었다.

"뭐야, 또 있어?"

크루겐은 질렸다는 듯 고개를 절레절레 저었다.

그가 쓰러뜨린 적 병사의 시체에서 아직도 피가 흘러나오고 있음에도, 교단의 추가 병력이 북문을 향해 몰려드는 중이었다.

"어, 그런데 이건… 흐음, 어떻게 해야 할까나."

더 이상 시간을 지체할 수 없어서 아군 병력에게 교단의 추가 병력을 맡아달라고 말하려던 크루겐의 표정이 굳어졌다.

어둠의 힘을 지녔기에, 정반대의 힘인 빛에 민감하게 반응한 크루겐은 눈썹 사이를 찡그렸다.

"교황을 지키고 있을 거라 생각했는데, 그게 아니었잖아?"

저 멀리서 느껴지는, 빛의 코어에서 흘러나오는 기운을 감지한 크루겐은 팬텀 대거를 꺼내 손에 쥐었다.

"이거, 만만치 않은 상대인데."

이전에 한번 상대한 적 있는, 교황의 경호원들에게서 느껴지는 빛의 기운에 크루겐은 어떤 결정을 내려야 할지 갈등했다.

만약 교황의 경호원들이 교황과 떨어진 상황이라면, 지금처럼 교황을 쓰러뜨리기 좋은 기회는 두 번 다시 오지 않는다.

그렇지만 교황의 경호원을 상대하느라 시간을 지체한다면, 먼저 교황을 상대 중일지도 모르는 그레인을 도와줄 수 없다.

파아앗!

"윽!"

시야를 하얗게 뒤덮은 빛에 크루겐은 눈을 질끈 감으며 고개를 옆으로 돌렸다.

가늘게 뜬 눈으로 고개를 다시 정면으로 돌린 크루겐은 예상외의 광경에 입을 멍하니 벌렸다.

적진 한가운데에, 하늘과 지면을 잇는 빛의 기둥이 나타났다가 서서히 사라지고 있었다.

"저 빛의 기둥은… 설마?"

크루겐은 듀란으로부터 결사대원들이 회귀할 때 일어나는 현상에 대해 들었던 것을 기억해 냈다.

결사대의 생존자 30명 중 모두가 회귀한 것은 아니었다.

크루겐은 아직 회귀하지 않은 한 명의 이름을 떠올리며 난감해했다.

"설마 데인이? 이제 와서? 왜 하필 이런 타이밍에?"

＊　　　　　＊　　　　　＊

빛의 기둥 안에 있던 데인은 연신 눈을 깜박거렸다.

"드디어……."

어둠 속을 오랫동안 헤맸던 그의 시야가 빛에 휩싸여 데인의 눈에는 아무것도 보이지 않았다.

그는 침착하게 숨을 고르면서 시야가 정상으로 되돌아오기를 기다렸다.

"회귀가 된 건가? 여기는 어디지?"

전생의 기억을 되찾았지만, 현생에서 회귀 이전까지 겪었던 일들을 모두 잊어버린 데인은 어디에 있는지 파악하려고 주위를 두리번거렸다.

"너희들은……!"

교단의 기사와 병사들로 둘러싸인 그는 다급히 검을 뽑아 들었다.

자신을 빠히 바라보는 병사들에게 검을 휘두르려고 했지만, 완전히 포위되었다는 걸 알고는 자신을 지키는 쪽으로 생각을 변경했다.

"다가오지 마라!"

데인은 크게 외치면서 병사들을 물러나게 했다.

회귀하자마자 적들에게 둘러싸인 상황에 두려움을 이기지 못한 그의 전신이 벌벌 떨렸다.

하지만 그에게 무슨 일이 일어났는지 영문을 모르는 교단의 병사들은 의아해하는 표정만을 지을 뿐이었다.

"데인 님, 왜 그러십니까?"

"데인… 님이라고?"

"괜찮으십니까? 아까 하늘에서 내려온 빛 때문입니까?"

"저는 데인 님이 직접 구현하신 빛인 줄 알았습니다만……."

"물러서!"

데인은 다가오려는 교단의 병사를 향해 검끝을 내밀며 재차 위협했다.

'어찌 된 일이지? 회귀 이전까지 나에게 무슨 일이 있었던 것이지?'

그는 회귀 직전까지 자신이 무수히 베어 넘겼던 교단의 병사들이 자신을 높여 부르는 상황을 받아들이기 힘들었다.

그는 검끝을 병사들을 향해 내민 채로 왼팔을 들어 올렸다.

"이건… 법의? 왜 내가?"

증오해 마지않을 교단의 법의를 걸치고 있는 현생의 자신을 데인은 도저히 받아들일 수 없었다.

그렇게 데인과 교단의 병력 둘 다 서로 이해할 수 없는 대치 상황이 지속되었다.

침묵 속에서 데인은 어떻게든 자신이 어떤 처지인지 추측해 보려고 노력했지만, 시간이 흘러갈수록 머릿속의 혼란은 더 심해지기만 했다.

"크헉!"

"누, 누구냐!"

모두의 시선이 데인이 아닌, 그의 왼쪽에 서 있던 병사에게 쏠렸다.

그러나 데인이 쥔 검은 아직 그 누구도 찌르지 않았다.

"데인!"

순간 그림자 속에서 튀어나온 누군가가 데인의 이름을 외쳤다.

"나야, 나! 12호라고!"

"…크루겐?"

"그래! 맞아! 이젠 기억나?"

회귀 직전의 크루겐은 30대 후반의 남성.

그러나 지금 나타난 '크루겐'은 아무리 높게 봐도 20대의 청년이었다.

"정말 네가 크루겐이 맞아?"

"설명은 나중에. 우선 여길 탈출하자고!"

크루겐은 어둠을 전개해 모두의 시야를 암흑 속에 빠뜨렸다.

데인 주위에 모여들었던 기사와 병사들이 어둠 속에서 갈팡질팡하는 사이, 크루겐은 데인의 왼팔을 붙잡았다. 어둠 속에 같이 녹아들면서 교단의 병력으로부터 탈출할 생각이었다.

"아악!"

그러나 크루겐은 비명을 지르며 손을 급히 뗐다.

덩달아 놀란 데인이 쥐고 있던 검을 떨어뜨렸다.

"왜 이러지? 뭔가 잘못… 아악!"

다시 데인을 붙들려던 크루겐이 재차 비명을 지르며 손을 거뒀다.

"설마 네 몸에 이식된 빛의 코어 때문에……."

"빛의 코어? 무슨 소리야?"

당연히 전생과 같은 코어가 있을 거라 생각했던 데인은, 미처 깨닫지 못한 이질감을 뒤늦게 알아채고 왼쪽 팔꿈치를 오른손으로 만졌다.

"젠장, 광룡의 어금니가 이럴 때에 방해를 하다니……."

소유자인 데인의 의지와 상관없이, 그의 왼쪽 팔꿈치에 이식된 광룡의 어금니가 빛을 발하기 시작했다.

"데인! 이거, 어떻게 할 수 없어?"

"나, 나는……."

회귀 전의 데인이라면 빛의 힘을 능숙하게 제어했겠지만, 지금의 데인으로선 광룡의 어금니를 제어할 방법 자체를 찾을 수가 없었다.

교단의 병사들은 여전히 혼란 속에서 데인을 바라보기만 했다.

크루겐을 공격하려고 해도, 바로 옆에 데인이 있었기에 무리였다. 게다가 그들이 지켜야 하는 데인의 상태 역시 이전과 달랐기에 어찌할 바를 몰랐다.

"비켜! 비키라고!"

저 멀리서 누군가의 외침이 울려 퍼졌고, 교단의 병사들이 좌우로 갈려져서 급히 진영을 변경했다.

그가 지나갈 때마다 가까이 있던 교단의 병사들은 화염에 휘말릴까 봐 급히 물러섰지만, 그는 아랑곳하지 않고 크루겐을 향해 돌진했다.

왼손에는 활활 타오르는 불꽃이 그려진 표지의 성서를, 오른손에는 쉐일이 사용했던 것과 유사한 모양의 해머를 들고서.

"드디어… 만났군."

쉐일이 직접 거느렸던 부하 중 한 명이었던 이그나는 크루겐을 노려보며 해머의 손잡이를 강하게 움켜쥐었다.

어둠의 힘을 쓰는 하이브리드는 이그나가 기억하는 한, 단

한 명.

자신을 인정해 주었던 유일한 인간, 쉐일을 신의 곁으로 보내 버린 이들 중 한 명을 본 이그나는 이를 악물었다.

"배교자 크루겐! 너는 내가 죽인다!"

휘잉.

크루겐의 머리를 노리고 이그나가 휘두른 해머가 허공을 갈랐다.

크루겐의 바로 옆에 데인이 있음에도 상관하지 않고.

쿠웅!

잽싸게 데인의 그림자로 몸을 숨긴 크루겐은 이그나의 공격을 피했고, 해머는 아무도 없는 지면을 찍었다. 빨갛게 달아오른 해머가 찍힌 자리가 시커멓게 그을리며 연기가 피어올랐다.

화르르.

이그나가 활짝 펼친 한 쌍의 날개로부터 불길이 활활 타올랐다.

캉! 카앙!

그림자에서 튀어나온 크루겐이 반격을 시도했지만, 이그나의 해머에 연이어 튕겨 오를 뿐이었다.

"화룡의 날개?"

불사조의 날개를 화룡의 날개로 착각한 크루겐은 뒤로 물러서며 이그나와의 거리를 벌였다.

그와 동시에 데인과의 거리도 벌려야 했다. 자칫하면 이그나의 화염에 데인까지 휘말릴 가능성이 높았기 때문이다.

'이거, 날 쓰러뜨리기 위해서라면 아군이고 뭐고 상관하지 않겠다는 눈빛인데……'

실제로 이그나의 첫 공격에 데인이 휘말렸어도 하나도 이상하지 않을 정도였다.

마음 같아서는 최대한 빨리 이그나를 쓰러뜨리고 싶었지만, 데인까지 신경 써야 했기에 공격에만 전념할 수 없었다.

그렇다고 막 회귀한 동료를 적진 한가운데에 놔두고 가버릴 수도 없는 노릇이었기에 크루겐의 마음은 초조해져만 갔다.

"너무 시간이 지체되면 안 되는데……"

*   *   *

저벅저벅.

어두컴컴한 통로를 걸어가는 그레인의 귀에는 자신의 발소리만이 들렸다.

처음에는 조금이라도 일찍 대성당에 도착하기 위해 급히 뛰어갔다. 그러나 시간이 흐를수록 초조해지는 마음을 진정시키기 위하여 걷기 시작했다.

"여기가 끝인가……"

기나긴 통로의 끝에 도착한 그레인은 주변을 둘러봤다.

넓은 정원이 모습을 드러냈고, 정원 중앙에는 대성당이 자리잡고 있었다.

교황 아르디언이 있을 대성당을 향해 그레인은 걸음을 옮겼다.

그가 한 걸음씩 대성당을 향해 다가갈 때마다 수풀 사이에 피어난 꽃들의 향기가 피어올랐다.

대성당의 입구 앞에서 멈춰 선 그레인은 고개를 들어 성당 위에 설치된 카르디어스 교단의 문양을 올려다봤다.

그리고 이내 고개를 숙이며 양팔에 묻은 피를 바라봤다. 그가 해치웠던 적들의 피비린내가 주변에 만발한 꽃향기와 뒤섞여 뭐라 형용할 수 없는 냄새로 변했다.

그레인은 오른손을 가슴 위에 얹었다. 겨우 가라앉혔다고 생각한 심장의 고동이 더욱 강해졌다.

통로를 이동하는 도중 격렬한 전투가 있어서는 아니었다. 이동하는 내내 당연히 그를 막아설 거라 여겼던 병사들이나 경호원들을 한 명도 만나지 못했다.

차라리 몸을 격하게 움직이며 적들을 해치우며 전진했다면 모를까, 전혀 익숙해질 수 없는 평화로운 분위기는 그에게 긴장감을 유발시키기만 했다.

"그레인!"

동남쪽의 출구를 통해 안으로 들어온 베스티나가 그레인을 향해 달려갔다.

"늦은 건 아니지? 최대한 빨리 안으로 들어왔는……."

그레인의 양팔에 묻은 피를 본 베스티나가 두 눈을 크게 떴다. 그러나 그의 피가 아니라는 걸 알고 안도의 한숨을 내쉬었다.

말없이 서로를 바라보던 두 남녀는 시선을 바꿔 카르디어스 교단의 문양을 올려다봤다.

"우리들, 정말로… 결국 여기까지 왔네."

"네."

그레인은 시선을 아래로 내리더니 눈을 깜박거렸다.

바람의 스피어 프로셸피나를 움켜쥐고 있는 그녀의 오른손이 미세하게 떨고 있었다. 그녀 역시 그레인과 마찬가지로 긴장을 떨쳐내지 못했다.

그레인은 조심스럽게 그녀 쪽으로 옆으로 한 걸음 다가갔다.

그러자 그의 오른손이 베스티나의 왼손에 살짝 닿았다. 베스티나는 움찔거리며 손을 거두려고 했지만, 그레인은 손바닥을 펼치더니 그녀의 왼손을 살짝 움켜쥐었다.

"하지만 지금부터가 시작입니다."

뜨거움과 차가움 모두 느낄 수 없는 그레인은 베스티나의 체온을 느낄 수 없었다,

그러나 단지 손을 잡고 있는 것만으로도 긴장이 풀어지면서 마음이 차분히 가라앉았다. 베스티나의 얼굴은 붉게 달아올랐지만, 그레인과 마찬가지로 긴장을 떨쳐낼 수 있었다,

그레인은 고개를 돌려 성궁으로 이어지는 또 하나의 통로를 바라봤다. 서남쪽의 출구로 왔어야 할 펠릭스는 아직 도착하지 않았다.

"왔는가?"

마나로 증폭된 목소리가 대성당 안에서 밖으로 흘러나왔다.

"들어와라. 오지 않는다면, 내 쪽에서 가겠다."

자신감으로 가득 찬 목소리에 그레인은 베스티나의 왼손을 움

켜쥔 손에 힘을 뺐다.

"가볼까요?"

"응."

두 남녀는 서로 마주 보더니 동시에 고개를 끄덕거렸다.

그레인은 양팔을 펼쳐 문에 가져간 후, 힘을 주어 문을 열었다.

운명을 바꾸기 위하여.

＊   ＊   ＊

그레인과 베스타나는 입구에서 시작된 카펫 위를 걸어갔다.

카펫의 끝에는 성당 안쪽에 설치된, 카르디어스 교의 문양을 올려다보며 등을 돌린 채로 뒷짐을 지고 있는 교황 아르디언이 서 있었다.

"이스트라 추기경의 제자들이로군."

아르디언은 뒤돌아서며 평상시와 다를 바 없는 인자한 미소를 보여줬지만, 그의 정체를 아는 그레인의 표정은 더욱 굳어졌다.

"참 아까운 인재였지만, 쉐일 추기경과 마찬가지로 적절한 때에 신의 곁으로 먼저 가서 다행이야."

아르디언은 침통한 표정을 지으며 성호를 그었다.

"아니, 진정한 신의 곁은 아니겠지만."

그러나 언제 그랬냐는 듯 미소를 머금은 그의 얼굴에는 기쁨이 완연했다.

"그런데 고작 두 명뿐인가? 날 상대할 만한 이레귤러는 최소한 두 명은 더 있다고 보는데… 만약 준비가 덜 되었다면 조금 더 기다려 줄 의향은 있다."

아르디언은 여유를 부리며 단상 아래로 한 걸음 내디뎠다.

스스로의 힘에 대해 자신이 있기도 했지만, 고작 두 명만으로 자신을 막으려고 나섰다는 것에 불쾌했기 때문이다.

그레인은 대답하지 않고 제자리를 지켰지만, 베스티나는 자신도 모르게 한 걸음 뒤로 물러섰다.

처음 봤을 때 느꼈던 두려움과 압도감이 되살아난 것으로도 모자라, 몇 배로 커지면서 그녀를 괴롭혔다.

'안 돼. 싸우기도 전에 물러설 수는 없어.'

베스티나는 다시 한 걸음 앞으로 내디디며 아르디언을 응시했다.

"베스티나, 그때는 용케도 내 눈을 속였더군."

아르디언이 베스티나를 지목해 말하자, 그녀는 마른침을 꿀꺽 삼켰다.

"반대로 그때 있었던 일의 목격자이기도 하니, 내 정체에 대해 알게 되었을 거라고 생각한다만……."

"아르디언, 자신이 하이브리드이자 이레귤러라는 걸 인정한다는 이야기인가?"

그레인의 물음에 아르디언의 입술 양쪽 끝이 살짝 올라갔다.

"그래서 바뀌는 게 무엇이 있지?"

아르디언은 베스티나와 달리 두려움에 떨지 않고 침착함을 유지 중인 그레인 쪽으로 시선을 돌렸다.

"그때와 똑같은 눈이로군. 당시에는 어릴 적의 치기로 여길 수 있겠지만, 지금이야 용의 어금니를 두 개나 이식받았으니 자신감이 넘칠 만하겠군."

베스티나뿐만 아니라 그레인 역시 아르디언과는 초면이 아니었다.

지난 전투보다 훨씬 이전에, 현생에 그레인이 하이브리드가 된 직후의 반응을 떠올리는 아르디언은 여전히 웃음을 머금고 있었다.

"하지만 이 몸에 비하면 아무것도 아니다."

아르디언은 자신만만한 태도를 보여주며 오른손으로 얼굴을 쓱 훑었다.

"나의 힘으로……."

50대로 보이던 그의 얼굴이 점점 변화하더니 시간을 거슬러 가기 시작했다.

그와 동시에 마법으로 감추고 있던 황금색의 눈동자가 모습을 드러냈다.

"예전처럼 교단의 이름 아래, 명령에 따라야만 하던 때로 되돌려 주겠다."

아르디언은 다시 한 걸음 앞으로 내디뎠다.

"날 믿고, 나에게 굴복하며, 나를 두려워할 수밖에 없도록 만들겠다."

절대적인 존재에 대한 믿음.

그것을 사람들은 신앙심이라는 이름으로 불렀다.

그러나 아르디언은 진정한 믿음에 도달하기 위해서 한 가지가 더 필요하다고 여겼다.

그것은 절대적인 힘에 대한 두려움.

그러기 위해서는 믿음의 주체가 되는 이가 가장 강한 힘을 지녀야 한다.

그와 동시에 믿음의 주체보다 강한 자는 나타나서는 안 된다.

"나는 강하다."

법의 안쪽에 가려져 있던 한 쌍의 날개가 크게 펼쳐지면서 은은한 빛을 사방으로 퍼뜨렸다.

"광룡의 눈동자뿐만 아니라, 광룡의 날개, 그리고……"

아르디언이 법의의 팔소매를 걷어 올리자 비늘로 뒤덮인 손등과 그레인처럼 무언가가 툭 튀어나온 팔꿈치가 모습을 드러냈다.

"광룡의 비늘과 어금니, 그리고 뿔마저도 나에게 이식되었다."

머리카락 사이에서 감춰져 있던 한 쌍의 뿔이 서서히 솟아올랐다.

그렇게 하나둘씩 감추고 있던 광룡의 코어를 드러낸 아르디언의 얼굴은 더 이상 50대의 남성으로 보이지 않았다.

그를 노려보고 있는 두 남녀와 다를 바 없는, 20대의 청년으로 되돌아가 있었다.

"그리고… 유일하게 나에게만 이식된 코어가 있다."

아르디언은 오른손을 가슴 위로 가져갔다.

광룡(光龍)의 심장이 이식된 부위 위로.

"나야말로 최강의 하이브리드다."

"……."

그레인은 애써 떨쳐냈던 긴장감에 다시 휘말리기 시작했다.

그가 광룡의 심장을 이식받았다는 사실은 이미 알고 있었지만, 직접 두 눈으로 접하게 되니 트윈 엣지를 움켜쥔 양손이 떨리는 걸 막을 수 없었다.

"저주가 통하지 않는 자들 중에서도."

아르디언은 품에서 황금색 팔찌를 꺼내더니 아래로 툭 떨어뜨렸다.

그리고 오른발을 내디디며 부숴 버렸다.

"아니, 고작 하이브리드라는 존재로 나를 일컬을 수 없다."

하의의 끝자락 아래로 살짝 드러난 아르디언의 발은 더 이상 인간의 것이 아니었다.

"용의 심장을 이식받는 것은 불가능하다. 하지만 나는 이뤄냈다. 그것이야말로 기적이 아니고 무엇이겠는가? 그리고 나만이 유일무이하게 용의 심장을 이식받고도 살아 있다. 그런 내 앞에 굴복하지 않을 자들은 너희들 말고는 없다."

기적.

오직 하나만의 존재.

모두가 두려워해 마지않는 존재.

"또한 나보다 강한 존재는 없다."

자신보다 위에 있는 존재를 부정하는 '존재'.

"알겠는가? 지금의 나를 제외하고, 신의 자격을 갖춘 자가 누가 있는가?"

바로 그때.

닫혔던 문이 다시 열리면서, 뒤늦게 도착한 누군가가 그레인의 옆에 섰다.

"펠릭스 대공인가? 그래, 저 남자까지 끼면 좀 더 재미있을 수 있겠군."

아르디언은 점점 다가오는 거구의 남성을 바라보면서도 여전히 여유를 잃지 않았다.

"늦어서 미안하다. 그런데……."

서남쪽 문을 통해 온 펠릭스는 오른손을 들어 아르디언을 가리켰다.

"저것이 교황인가?"

"네, 전하."

이전과는 완전히 달라진 아르디언을 찬찬히 뜯어보던 펠릭스가 쓴웃음을 지었다.

"하이브리드라는 것은 알고 있었지만… 우리들보다 훨씬 더 괴물로 변했을 줄은 몰랐군."

"인간을 초월한 존재가 인간의 형상으로 남아 있는 것보다, 아닌 쪽이 더 합리적이 아닌가? 칭찬으로 듣겠다."

아르디언은 펠릭스의 말을 아무렇지 않게 받아넘기며 옅은 미소를 지었다.

'이제 크루겐만 오면 되는데…….'

그레인은 대성당의 입구 쪽으로 몸을 돌렸지만, 아직 도착하지 않은 한 명의 모습은 보이지 않았다.

크루겐이 남긴 어둠의 고리가 여전히 그레인의 팔에 남아 있었기에 그가 살아 있다는 건 확인할 수 있었다. 그러나 그것만으로도 불안을 떨쳐내기엔 무리였다.

"그러면… 시작하겠다."

더 이상 기다릴 필요가 없다고 느낀 아르디언이 양팔을 천천히 들어 올리더니 옆으로 펼쳤다.

"마음껏 만끽하도록 해라."

파아앗!

아르디온의 전신에서 뿜어져 나온 빛이 대성당 안을 환하게 밝혔다.

"신의 힘을!"

*　　　　　*　　　　　*

"휴우, 진땀 뺐네."

크루겐은 손등으로 이마의 땀을 훔치며 혀를 내둘렀다.

이그나의 화염으로 그을렸던 어깨 위를 툭툭 쳐내자 검댕이 피어올랐다.

"이 녀석, 제대로 상대 안 했다면 되레 내 쪽에서 당했을지도 몰라."

이그나의 전신을 감싼 불길이 가라앉은 걸 확인한 크루겐은 질린다는 표정을 지으며 그를 발로 툭 걷어찼다.

데인의 예기치 않은 회귀에 이그나의 난입이 이어지자 크루겐은 고전을 면치 못했다.

그러나 다행히도 아군 병력이 합류한 이후에는 이전보다 수월하게 적들을 상대할 수 있었다.

크루겐은 살짝 풀린 머플러를 다시 고쳐 두르며 데인에게 다가갔다. 그는 여전히 회귀 후 세상에 적응하지 못하고 멍하니 서 있었다.

"데인, 전생 때의 기억만 남아서 혼란스럽지?"

"……"

크루겐의 위로에도 데인은 찢겨 나간 팔소매 안쪽에 그려진 문신을 내려다볼 뿐이었다.

아니, 문신이라기보단 짤막한 문구가 적혀 있는 쪽이 더 정확했다.

'광룡의 날개를 이식받은 여성만은 반드시 구해내야 한다고? 무슨 의미지?'

"걱정 마. 내가 도와줄게. 아, 그런데 지금 당장은 무리고… 급한 볼일부터 해결하고 올게."

크루겐은 다시 한번 이그나의 시체를 내려다봤다.

북문 근처까지 따라오며 오직 크루겐만을 노렸던 이그나의 집착을 떠올리자, 저절로 표정이 일그러졌다.

"그러면 여기에서 기다리고 있어. 교황을 쓰러뜨린 후에 자초지종을 설명해 줄……."

"크루겐 님, 조심하십시오!"

화르륵!

"으아악!"

크루겐은 검게 타버린 오른팔을 붙잡으며 쓰러졌다.

죽은 줄만 알았던 이그나가 돌연 일어서더니 크루겐에게 달려드는 걸 본 병사들이 경고했지만, 때는 너무 늦었다.

데인은 급히 검을 뽑아 이그나를 막으려고 했지만, 이그나가 휘두른 해머가 더 빨랐다.

"아악!"

쿵!

이그나가 휘두른 해머가 크루겐의 허리를 무자비하게 찍었다.

"크헉……."

크루겐의 전신이 불타오르기 시작했다.

화염 속에서 괴로워하며 입에서 피를 토하던 크루겐이 부들부들 떨더니 고개를 푹 숙였다.

아군 병사들이 크루겐을 구하기 위해 이그나에게 달려들었지만, 이내 시커멓게 타버리며 우수수 쓰러질 뿐이었다.

"내가 고작 한 번 죽은 걸로… 끝날 줄 알았나?"

불사조의 날개로 구현할 수 있는 잠재 기술로 되살아난 이그나는 크루겐의 시체 위로 침을 퉤 뱉었다.

"이제… 겨우 한 명 처리했군."

쉐일의 복수를 완성해야 한다는 집념에 휩싸인 이그나에게 크루겐의 죽음은 단지 시작에 불과했다.

"크, 크루겐……."

데인은 이그나를 공격하려고 했지만, 마음과 달리 몸이 움직이지 않았다.

갑자기 일어난 일이기도 했고, 전생과 다른 코어를 이식받은 현생의 데인은 하이브리드의 힘을 쓸 수 없었기에 그저 벌벌 떨기만 했다.

"그런데 너, 분명히 예하의 경호원 중 한 명으로 알고 있는데……."

죽은 척하면서 동향을 살피던 이그나의 눈에 데인은 더 이상 교단의 일원으로 보이지 않았다.

무엇보다 지금 데인의 표정은 '죽은 적'을 바라보며 지을 표정이 결코 아니었다.

"정말 배신자였나?"

이그나는 불길에 휩싸인 해머를 들어 올리더니 데인의 얼굴 쪽으로 천천히 내밀었다.

"예하께선 역시 안목이 있으셔. 너에게 눈을 떼지 말라고 했는데, 진짜 배신자였을 줄이야."

회귀 전에 데인이 보였던 수상한 행동을 감지한 아르디언은 이그나에게 따로 특명을 내렸다.

명을 충실히 이행하던 이그나는 크루겐에게 한 번 죽고 되살아났음에도 곧바로 반격하지 않고 둘의 대화를 엿듣고 있었다.

그리고 크루겐이 완전히 경계를 푼 뒤에 그를 기습했다.

"도대체 무슨 말을 하는지 이해하기 힘들었지만, 네가 배신자라는 사실만으로도 충분하겠지. 그러면… 다른 놈들을 죽이기 전에 너부터 처리해야겠군."

이그나는 왼손에 든 성서를 펼쳐 들면서 사악한 미소를 지었다.

바로 그때.

불길에 감싸인 해머가 데인의 얼굴에 닿기 직전, 이그나의 시야가 온통 어둠으로 뒤덮였다.

"뭐, 뭐야?"

이렇게 어둠을 퍼뜨릴 수 있는 능력의 소유자는 이그나가 기억하는 한, 단 한 명.

이그나는 험악한 표정을 지으며 해머의 손잡이를 강하게 움켜쥐었다.

"설마 그 녀석, 죽지 않았던 건가? 젠장!"

"이제는… 마지막이다."

등 뒤에서 들려오는 음산한 목소리에 이그나의 팔에 소름이 확 돋아 올랐다.

"크루겐! 숨어 있지 말고 나와라!"

이그나는 두려움을 떨쳐내기 위해 목청을 높였다.

"나오라고!"

화르르.

이그나가 해머를 휘두르자 불길이 지면을 타고 멀리 뻗어나갔다.

그러나 그것도 잠시, 이그나가 일으킨 불길은 어둠에 삼켜져 자취를 감췄다.

그는 어디에인가 있을 크루겐을 노리고 계속해서 불길을 사방으로 퍼뜨렸지만, 그럴 때마다 어둠이 불길을 삼켰다.

"헉, 헉……."

사방에 탄내가 물씬 풍겼고, 반복해서 화염을 구현한 이그나의 숨이 거칠어졌다.

크루겐이 만들어낸 짙은 어둠은 그에게 자신을 제외한 다른 이들을 보는 걸 허락하지 않았고, 초조함 속에서 이그나는 두려움으로부터 벗어나지 못했다.

"이쪽이야! 이쪽이라고!"

"들려? 들리냐고! 이쪽으로 와!"

"알았어!"

이그나가 혼란에 빠진 것과 반대로 이레귤러와 결사대의 연합 병력 측은 어둠에 벗어나 있는 동료들의 외침을 따라 천천히, 그리고 침착하게 후퇴했다.

어둠이 펼쳐지면 이유를 막론하고 도망치라고 크루겐이 미리 말해뒀기 때문이다.

"크헉!"

어디에선가 날아온 단검이 이그나의 가슴을 꿰뚫었다.

가슴을 움켜쥐면서 무릎을 꿇은 이그나는 다시 일어서기 위해 안간힘을 썼지만, 이번에는 아까와 반대로 단검이 등을 관통하자 앞으로 풀썩 쓰러졌다.

"이, 이건 도대체……."

데인 역시 이그나와 마찬가지로 어둠에 휩싸였지만, 그 어떤 공격도 받지 않고 두 다리로 서 있었다.

왼팔에 이식된 광룡의 코어가 빛을 발한 덕분에 그는 조심스럽게 한 걸음씩 앞으로 걸어갔다.

그러나 발밑에 보이는 이그나의 피를 보고 급히 뒤로 물러섰다.

화르르.

축 처졌던 불사조의 날개가 확 펼쳐지더니 불길에 휩싸였다. 이그나가 흘렸던 피가 열기로 인해 연기로 변하며 피어올랐다.

"이 정도로는 부족해……."

이그나는 부들거리는 손으로 떨어뜨렸던 해머를 움켜쥐면서 억지로 미소를 지었다.

"날 진짜로 죽이려면, 내 마나가 고갈될 때까지 수십 번은 죽여야 할걸?"

해머를 지팡이 삼아 일어난 이그나가 죽음 정도는 아무것도 아니라는 듯 비웃었다.

"그래? 그랬단 말이지?"

그러자 어둠 속에서 가소롭다는 뉘앙스가 담긴 대답이 돌아왔다.

"으아악!"

시야가 피로 뒤덮인 이그나는 비명을 지르며 한쪽 무릎을 꿇었다. 오른팔이 잘리면서 쥐고 있던 해머가 아래로 떨어졌다.

앞서 그를 한 번 죽였던 팬텀 대거가 아니라, 어둠으로 만들어진 칼날이 팔을 베어낸 결과였다.

어둠 속에서의 공격은 단 한 번으로 멈추지 않았다. 어둠의 칼날로 전신을 난도질당한 이그나는 결국 다시 한번 죽음을 맞이해야만 했다.

화르륵.

다시 불사조의 날개가 불길에 휩싸이며 부활했지만, 그것은 거듭된 죽음의 시작일 뿐이었다.

"아악!"

이번에는 날카로운 창 모양으로 변한 어둠이 이그나의 가슴을 관통했다.

허공에 뜬 채로 죽음을 맞이한 이그나의 고개가 아래로 푹 수그러졌다.

잠시 후, 양 날개의 불길과 함께 이그나는 다시 살아났지만, 일방적으로 공격당하며 생과 사의 경계를 계속 오고갈 뿐이었다.

"크헉……."

양팔이 잘리고, 양다리가 찢기고, 전신이 난도질당하기를 수십여 차례.

죽었다가 되살아나기를 반복하는 이그나의 비명에 점차 힘이 빠졌다.

"이대로 허무하게… 끝날 수는……."

휘잉!

이그나의 불길이 데인을 향해 뻗어나갔지만, 어둠의 기운이 장막을 형성하더니 데인의 앞을 가로막아 보호했다.

"없……."

이그나는 하던 말을 끝마치지 못하고 앞으로 풀썩 쓰러졌다. 그의 목 뒤에서 뻗어 나온 어둠의 칼날에 의해 머리가 잘려 나갔기 때문이다.

불사조의 날개로부터 작은 불길이 솟아올랐지만, 이전과 달리 날개 전체를 뒤덮지 못하고 점점 작아지면서 어둠 속으로 사라졌다. 마나를 완전히 소진한 이그나의 몸은 머리와 다시 연결되지 못했다.

이그나가 진정한 죽음을 맞이하자, 어둠이 서서히 걷히면서 모두의 시야가 원래대로 되돌아가기 시작했다.

"으으……."

쓰러져 있던 크루겐이 신음을 내며 천천히 몸을 일으켰다.

아무런 상처 없이 일어선 크루겐은 불길에 휩싸여 죽었던 걸로는 도저히 보이지 않았다.

"크루겐 님!"

"괜찮으십니까? 저희들은 죽은 줄로만 알았습니다!"

멀리 물러났던 병사들이 크루겐에게 황급히 뛰어왔지만, 그는 괜찮다며 모두 물러서라고 명령했다.

"또 죽어버렸네. 이제 남은 횟수는……."

오른손을 들어 숫자 '4'를 표시한 크루겐은 검지부터 차례대로 손가락을 접었다. 마지막으로 남은 새끼손가락을 바라보며 부들부들 떠는 크루겐의 입가에 쓴웃음이 자리 잡았다.

"크루겐, 도대체 어떻게 된 일이지?"

데인은 믿을 수 없다는 눈으로 크루겐을 응시했다.

"난 네가 분명히 죽었다고 여겼는데……"

"별거 아니야. 나만의 잠재 능력 덕분이야. 설명은 나중에 할 테니까, 잠시만."

크루겐은 자세를 낮추더니 머리와 몸이 분리된 이그나를 꼼꼼히 살펴봤다. 이그나의 시체에서 더 이상 마나가 느껴지지 않았고, 다시는 살아날 수 없다는 걸 확인하고 나서야 깊은 한숨을 내쉬었다.

"휴우, 방심은 금물인데 매번 이렇다니까."

"무슨 소리야? 이런 경우가 처음이 아니었다는 거야?"

동료와 재회하자마자 동료의 죽음을 경험해야 했고, 다시 살아난 지금의 상황을 데인은 받아들이기 힘들었다.

무엇보다 이 모든 과정을 대수롭지 않게 받아넘기는 크루겐을 가장 이해하기 힘들었다.

"정신없지? 계속 질문만 해야 하니 답답하기도 할 테고."

"……"

"너, 아무래도 안 되겠다. 이제까지 네가 어떤 일을 겪었는지 알려줄까? 강압적인 방식이긴 하지만, 이대로 널 놔두고 다른 동료들에게 갈 수도 없는 노릇이니까."

"무슨 방법을 시도할지 물어보고 싶지만, 들어봤자 궁금증만 더 늘어날 뿐이겠지. 네 방법을 따르겠다."

데인은 고개를 끄덕이며 받아들이기로 결정했다.

크루겐은 병사들에게 더 멀리 물러서라며 손짓했다. 무슨 일이 일어나더라도 데인을 건드리지 말라는 명령을 덧붙이면서.

"자, 그러면 시작한다. 괴롭겠지만, 날 믿어줘."

말을 끝마치기 무섭게 크루겐은 '악몽'을 시전했고, 데인의 두 눈과 머리카락이 검게 변했다.

"이, 이건……."

어둠으로 점철된 시야 속에서 회귀한 이후 크루겐이 겪었던 일들이, 크루겐의 시점을 통해 시작되었다.

예전, 회귀 전의 듀란에게 강제로 기억을 주입시켰던 방식 그대로.

"이런 일들이 있었다니……."

장면들 하나하나가 빠르게 지나갔지만, 그와는 반대로 데인의 기억 속에 선명하게 자리 잡았다.

"아, 안 돼!"

크루겐과 자신이 서로 격렬하게 싸우는 장면을 봤을 때 데인은 자신도 모르게 손을 뻗어, 크루겐의 시점으로 보이는 자신을 막으려고도 했다.

그러나 데인의 의지와는 상관없이 크루겐이 보고 들은 것들은 이미 진행되었던 흐름대로 전개되었다.

*　　　*　　　*

"헉헉… 자, 이 정도면 충분하지?"

10여 분이 흐른 후, 악몽을 중단시킨 크루겐은 머플러 끝자락을 들어 이마의 땀을 닦아냈다.

예전 듀란 때처럼 모든 걸 다 알려줄 여유가 없었기에 크루겐은 가급적이면 데인과 관련된 이야기를 전달하는 데 주력했다.

물론 데인이 교단 측 협상자로 나왔던 때와 그와 크루겐이 대결했던 때의 기억도 주입시키는 걸 잊지 않았다.

"내가 교황의 경호원이었다니……."

회귀 이후 끊겼던 기억이 크루겐 덕분에 연결되면서 이어지기 시작했다.

물론 완벽하게 이어지지 못하고 군데군데 끊긴 곳이 여전히 존재했지만, 회귀 이후로 일이 어떻게 진행되었는지 정도는 파악이 가능했다.

"아직 모르는 부분도 많겠지만, 우선 그걸로 만족하도록 해. 나는 급히 가야 할 일이 있거든."

크루겐은 성궁 안으로 이어지는 북문 쪽으로 몸을 돌렸다.

"아! 그 전에 물어볼 게 있어."

급히 뛰어가려는 자세를 취했던 크루겐은 급히 데인 쪽을 바라봤다.

"너의 옛 동료들은 지금 어디 있어?"

"옛 동료들?"

"아아, 말이 헷갈렸지? 이번 생의, 회귀하기 전 경호원으로 있을 때의 동료들 말이야."

"그게… 네가 본 기억 말고는 아는 게 없어."

"아차, 그렇지. 다른 곳에 투입되었나? 어디에 있는지 알고 있었다면 병력을 그쪽으로 투입시켜 막았을 텐데 말이야."

크루겐이 아쉬워하며 뒤통수를 긁적였다.

"그러면 우선 먼저 가볼게."

"크루겐, 잠깐만."

데인은 북문으로 달려가려던 크루겐의 어깨를 붙들고 놔두지 않았다.

"나를 왜 구해줬지? 내가 진짜 회귀한 게 아니었다면 어떻게 하려고 무모하게 행동했던 거야? 게다가 날 구하는 것보다 더 중대한 임무가 있잖아?"

크루겐의 악몽으로 인해, 듀란과 크루겐 단둘이 나눴던 대화에 대해서 알게 된 데인의 표정은 심각했다.

반면 머플러로 가려진 크루겐의 입은 쓸쓸하게 웃을 뿐이었다.

"이제야 기억이 났어. 너도 듀란 못지않게 그런 성격이었지."

"나를 구해준 건 진심으로 고맙지만, 하마터면 일을 그르칠 뻔했어."

"그래도 그냥 지나칠 수 없었거든. 옛 동료가 회귀하자마자 죽는 모습을 다시는 보고 싶지 않아서였어."

"아, 그건……."

"그래, 너에게 보여줬던 그때의 기억이야."

다시는 떠올리고 싶지 않았던 기억.

크로드는 구할 수 있었지만, 헬키아는 결국 먼저 보내야만 했던 안타까운 과거.

좀 더 일찍 제루드 성의 비밀 연구소를 발견했으면 어땠을까 하는 아쉬움이 다시금 몰려왔다.

"그래도 네가 막 회귀했다는 걸 확신한 건 아니었고, 우선 확인이라도 해보려고 온 것뿐이야. 일이 이렇게까지 될 줄은 나도 몰랐지."

"크루겐, 괜찮겠어?"

"뭐가?"

"너는 이미 세 번이나……."

"쓸데없는 것까지 알려줘 버렸네. 하지만 걱정 안 해도 돼. 내 운명은 내가 결정할 거야."

크루겐은 데인의 손 위에 자신의 오른손을 얹더니 어깨로부터 천천히 떼어냈다.

바로 그때, 병사들을 제치고 누군가가 급히 달려오고 있었다.

"크루겐!"

"잉? 듀란이잖아?"

원래는 교황령의 동쪽으로 이동해 적들을 상대해야 할 듀란이 이쪽으로 오자 크루겐은 의아하다는 표정을 지었다.

반면 듀란은 굳은 얼굴로 다짜고짜 크루겐의 몸 여기저기를 살폈다. 그에게 상처 하나 없음을 확인한 후에야 듀란의 표정이 풀렸다.

"크루겐, 당신이 적진 한가운데로 돌진했다는 보고를 받고 급히 왔습니다."

"내가 이 정도밖에 안 되는 놈들 상대로 죽을 줄 알았어?"

크루겐은 어깨를 으쓱거리며 옆에 있는 데인에게 왼쪽 눈을 깜박거렸다.

"정말 걱정했습니다. 그런데……"

듀란은 뒤늦게 데인을 알아보고는 검집에서 검을 재빠르게 뽑았다.

"듀란이라면, 30호?"

"어……"

"내가 왜 적진 한복판으로 뛰어들었는지는 굳이 설명 안 해도 알겠지?"

크루겐의 능청스러운 물음에 듀란은 이내 이해했다는 듯 고개를 끄덕인 뒤 검을 도로 집어넣었다.

"다시 돌아왔군요, 65호."

"미안해. 결사대를 돕지 못할망정 방해를 해서."

"아닙니다. 저 역시……"

순간 지면이 흔들리면서 대화가 중단되었다.

병사들이 우왕좌왕하는 사이 크루겐과 다른 동료들은 쓰러지지 않기 위해 자세를 낮췄다.

잠시 후, 진동은 가라앉았지만 진동의 근원지인 성궁 안을 바라보는 병사들의 시선에는 우려가 섞여 있었다.

"꽤 격렬하게 싸우는 것 같아."

"그럴 겁니다."

"여기서 너무 시간을 지체한 거 같아. 빨리 그레인을 도우러 가야겠는데? 어, 그런데 굳이 뛰어갈 필요가 없었잖아."

크루겐은 지정된 장소로 빠르게 이동할 수 있는 기술, '다크터 널'의 준비를 해놨음을 뒤늦게 기억해 냈다.

"그러면 먼저 가 있겠… 잉?"

모두의 앞에서 사라져야 할 자신이 그대로 제자리에 있다는 걸 깨닫고 당황했다.

"이러면 안 되는데! 예전에는 괜찮았었는데 왜 이렇게 된 거지?"

"혹시 마나의 장벽으로 성궁이 둘러싸여서 이동이 불가능한 건 아닙니까?"

"그럴 수도 있겠어. 젠장, 하필이면 이럴 때에……."

크루겐은 북문 쪽을 바라보며 짜증 섞인 표정을 지었다. 이미 도착했을 세 명을 위하여 기습 공격을 준비했지만, 허사로 돌아갔기 때문이다.

"그냥 저 통로로 가도 되지만, 갑자기 등장해서 교황의 뒤를 노려볼 계획이 불가능하잖아."

"어쩔 수 없습니다. 우선은 마나의 장벽을 뚫는 걸 도와드리겠습니다."

"아니, 이렇게 된 이상 새로운 방법을 써야겠어. 데인, 날 도와줄 수 있겠어?"

크루겐은 데인의 그림자를 내려다보며 말했다.

　　　　　*　　　　　　*　　　　　*

　파아앗!

　교황 아르디언의 전신에서 뿜어져 나온 빛이 대성당 안을 환하게 밝혔다.

　치이익.

　아르디언 앞에 선 펠릭스의 전신에서 연기가 마구 피어올랐다. 그가 내지른 주먹이 더 이상 뻗지 못하고 교황의 코앞에서 멈췄다.

　"베스티나! 지금입니다!"

　"알았어!"

　빛을 피해 펠릭스의 등 뒤에 숨어 있던 그레인과 베스티나는 각각 오른쪽과 왼쪽으로 튀어나오며 공격을 감행했다.

　휘이잉.

　두 남녀가 똑같이 냉기를 구현하자, 성당 안의 기온이 급속도로 내려갔다.

　베스티나의 냉기가 아르디언의 두 다리를 얼음으로 가두었고, 그레인이 지면에 퍼뜨린 냉기가 여섯 개의 얼음 창으로 변해 지면 위로 동시에 솟아올랐다.

　그러나 베스티나의 냉기는 아르디언의 법의 위를 얼어붙게만 할 뿐, 안으로 파고들지 못했다. 그레인의 얼음창은 아르디언을 뚫지 못하고 도중에 막혀 버렸다. 교황의 전신에 둘러진 은은한 빛이 둘의 공격을 무위로 만들어 버렸다.

"이 정도인가?"

아르디언은 그레인과 베스티나를 향해 양팔을 뻗었다.

그가 손바닥을 펼치는 순간 빛이 퍼져 나갔고, 두 남녀는 급히 물러서면서 아르디언의 공격을 피했다.

그와 동시에 펠릭스가 오른팔과 왼팔을 번갈아가며 내질렀다.

"호오?"

아르디언은 왼쪽 볼에 무언가가 스치는 감각에 적지 않게 감탄했다.

전투가 시작된 이후 그레인 일행이 아르디언에게 처음으로 입힌 상처였다.

펠릭스의 왼쪽 주먹이 스치고 지나간 자리에 핏자국이 길게 이어졌지만, 거의 동시에 상처가 회복되며 흉터 하나 없이 사라졌다.

아르디언은 펠릭스의 가슴을 향해 오른손을 뻗었다.

"꺼져라."

콰앙!

구의 형태로 응축된 빛이 사방으로 퍼져 나가며 폭발음이 일어났다.

공중에 뜬 채로 멀리 날아간 펠릭스는 이를 악물며 가까스로 두 발로 착지했다.

처음으로 교황의 공격을 받아냈던 장소로 되돌아온 펠릭스는 자세를 바로잡으며 돌진하려고 했지만, 가슴을 관통하는 고통 때문에 한쪽 무릎을 꿇고 말았다.

"크윽."

비약의 효과 덕분에 평소보다 훨씬 더 빠르게 상처가 회복되었지만, 이제까지 겪었던 그 어떤 것보다 극심한 고통이 그를 엄습했다.

시선을 아래로 내리자, 교황의 섬광을 견디지 못하고 끊긴 사슬 조각들이 눈에 들어왔다. 교황과의 결전을 대비해 렌딜의 마법으로 재차 강화된 영겁의 사슬이었지만, 교황의 힘을 완벽히 막아내기엔 무리였다.

그사이 그레인과 베스티나는 쉬지 않고 공격을 가하면서, 아르디언의 공격을 아슬아슬하게 회피했다.

그러나 아르디언은 여전히 여유가 넘쳤고, 그레인과 베스티나는 긴장 속에서 전투를 치러야만 했다.

"너희들이 이전과는 확실히 다르다는 걸 인정하겠다."

이레귤러의 핵심 멤버 세 명과의 전투가 시작된 후 시간이 제법 흘렀지만, 아르디언은 단상으로 이어지는 계단 위에서 한 발짝도 움직이지 않았다.

"하지만……."

계속 제자리를 고수하던 아르디언이 계단을 타고 한 걸음 아래로 내려왔다.

그레인과 베스티나가 계속 공격 중임에도.

"여전히 나에게는 미치지 못한다."

그레인과 베스티나는 순간 공격을 중단하며 뒤로 물러섰다.

"헉, 헉……"

트윈 엣지를 양손에 움켜쥔 채로 숨을 고르는 그레인의 어깨가 들썩거렸다.

긴장으로 인한 식은땀이 이마를 지나 뺨을 타고 턱 끝에 고여 뚝뚝 떨어졌다.

'그래, 쉽게 이길 수 있는 상대는 결코 아니야.'

힘의 차이는 교황에게 맞설 때부터 인식하고 있었다. 크루젠이 아직 오지 않았지만, 이러한 형태의 고전 역시 예상하고 있던 터라 새삼스러울 것은 없었다.

'분명히 기회는 올 거야.'

자신이 강하다고 인식한 자가 지닐 수밖에 없는 약점, 교만.

그레인은 그것을 노리고 끊임없이 공격하면서 기회를 노리는 중이었다. 하지만 그레인과 베스티나, 단 두 명만의 공격으로는 여전히 무리였다.

휘이잉.

대성당 바닥 위로 솟아오른 여섯 개의 얼음벽이 아르디언을 포위했다.

가장 냉기가 강하게 구현되기 위한 조건인, 육각형을 이룬 얼음벽을 구현한 그레인이 펠릭스 쪽으로 고개를 급히 돌렸다.

"전하!"

"……"

"대공 전하!"

그레인은 거듭해 펠릭스를 불렀지만, 그의 외침은 펠릭스의 귀에 들리지 않았다.

아까 입었던 부상은 모두 회복되었지만, 다시 교황에게 달려들지 않고 제자리에 서 있기만 했다.

"나는……"

교황의 공격을 정면으로 받았음에도 재생력 덕분에 죽지 않고 살아남을 수 있었다. 하지만 다음에도 살아남을 수 있을까에 대해 의구심을 떨쳐내기 힘들었다.

이전 전투에는 그레인과 달리 직접 교황과 마주한 게 아니었기에 막연히 두렵다는 느낌 정도였다.

그러나 진정으로 강한 자와 처음으로 맞서게 되자 죽을 수도 있다는 두려움에 휩싸였다.

마음은 지금 당장에라도 교황에게 달려들기를 원했지만, 몸이 의지와는 상관없이 떨고 있었다.

그리고 두려움 다음에 찾아온 망설임은 그가 앞으로 나가는 걸 옭아매고 있었다.

'이대로는 안 돼!'

두려움과 망설임을 떨쳐내기 위해 억지로 주먹을 움켜쥐려던 펠릭스의 시야 가운데에 양손에 낀 너클, 더블임팩트가 들어오자 그의 눈빛이 달라졌다.

군데군데 일그러지고, 빛에 타 그을음이 묻긴 했지만 아직까지 그의 두 주먹에 끼워져 있었다.

펠릭스는 자신보다 더한 절망을 겪으면서도 끝까지 포기하지 않았던 누군가를 떠올리며 손바닥을 천천히 폈다.

"스코트는……."

그는 동생이 자신보다 더 긴 시간 동안 교단과, 그 교단을 이끌었던 교황과 맞서왔다는 것을 떠올렸다. 두 개의 코어를 이식받은 자신보다 약했지만, 마지막까지 살아남아서 회귀라는 기회를 거머쥐었던 것 역시.

"흐음, 꽤나 견고해 보이는군."

아르디언은 주먹으로 얼음벽을 툭툭 두들겼다.

그레인과 베스티나는 자세를 낮추면서, 아르디언 쪽이 먼저 움직이기를 기다리며 숨을 골랐다.

정확히는 아르디언이 얼음벽을 녹이는 타이밍을 기다리면서.

"그러나 날 영원히 막기엔 부족해 보여."

아르디언이 오른손을 들어 올리자, 손에 머무른 은은한 빛에 그를 둘러쌌던 얼음벽이 빠르게 녹아내렸다.

'지금이야!'

그레인은 두 자루의 트윈 엣지를 번갈아가며 투척했다.

첫 번째 트윈 엣지는 아르디언이 뿜어낸 빛에 튕겨 나갔지만 두 번째 던진 트윈 엣지가 어깨 위를 지나갔다.

그레인은 바로 그 순간을 놓치지 않고 검자루에 연결된 와이어의 방향을 틀었다. 그러자 와이어가 아르디언의 어깨와 겨드랑이 아래로 둘둘 감겼다.

휘이잉.

살을 에는 냉기가 아르디언을 휘감는 것과 동시에 그레인의 기술, 프로스트 엣지가 발동했다.

와이어에서 돋아난 얼음 가시가 톱날처럼 회전하며 법의를 찢어발겼고, 얼굴을 제외한 아르디언의 전신을 뒤덮은 광룡의 비늘까지 절단하는 데에는 성공했다.

그러나 잘려 나간 비늘 파편이 사방으로 튀어오를 뿐, 피는 단 한 방울도 흘러내리지 않았다. 은은한 빛으로 뒤덮인 피부 안쪽까지 파고드는 데에는 실패했기 때문이다.

"아직도 이 정도에 불과한가?"

파아앗!

아르디언의 손바닥에서 발산된 빛이 그레인을 멀리 밀쳐냈다.

쿵!

"으윽……."

대성당 벽에 처박힌 그레인은 신음을 내며 괴로워했고, 벽에 부딪힐 때의 충격으로 근처의 스테인드글라스에 박살 나며 형형색색의 유리 조각이 후두두 떨어졌다.

"으윽……."

그사이 반격을 노리던 베스티나는 아르디언의 오른손에 목이 붙들려 괴로워했다.

그녀의 목을 움켜쥔 아르디언의 손에 빛이 피어오르며 피부가 타들어가는 냄새가 사방으로 풍겼다.

"너는 이전에 감히 나를 속였으니, 다른 이들보다 먼저 대가를 치러야 한다."

그레인과 펠릭스를 상대할 때와 달리, 베스티나를 노려보는 아르디언의 눈이 가늘어졌다.

전투가 시작한 이래 그가 처음으로 보여준 분노였다.

베스티나의 목을 움켜쥔 아르디언이 천천히 오른손을 들어 올렸고, 그녀는 허공을 걷어차며 몸부림쳤다.

"아악… 그레인… 날……."

손에 힘이 빠지면서 바람의 스피어 프로셀피나가 아래로 툭 떨어졌다.

그레인은 이를 악물며 몸을 일으켰지만, 두 다리에 힘이 되돌아오지 않아 베스티나를 향해 뛰어갈 수 없었다.

위기에 처한 베스티나를 바라보는 그레인의 눈동자가 흔들렸다.

형태는 다르지만, 오랜 시간 함께했던 소중한 이가 눈앞에서 먼저 떠나는 경험은 이미 전생에 겪었다.

'그런 비극을 다시 겪을 수는… 없어!'

화르르.

화룡의 어금니가 이식된 그레인의 오른팔이 불길에 휩싸였다.

그레인이 오른손을 대성당 바닥에 갖다 대자, 높이 솟아오른 불길이 교황을 향해 빠르게 뻗어나갔다.

아르디언은 왼팔을 크게 휘두르며 마나의 장벽을 펼쳤다. 자신은 보호하되, 베스티나는 불길에 휘말리도록.

하지만 그레인의 왼팔에서 휘몰아친 냉기가 베스티나를 감싸 화염에 휩싸이지 않게 보호했다.

"하아앗!"

그때 펠릭스가 함성을 지르며 불길과 냉기 속으로 뛰어들었다.

그는 아르디언의 오른팔, 그리고 왼팔을 강하게 움켜쥐었다. 아르디언이 베스티나의 목을 더 이상 움켜쥐지 못하게 펠릭스는 그의 양팔을 봉쇄했다. 있는 힘을 다해 아르디언을 붙잡고 있는 펠릭스의 피부 안쪽에서 힘줄이 확 튀어나왔다.

"이런……"

아르디언은 어쩔 수 없이 오른손의 힘을 빼야 했다.

그에게서 풀려난 베스티나는 급히 날개를 펼치면서 바닥 위에 뜬 채로 뒤로 날아갔다.

"베스티나! 괜찮습니까?"

"피부가 많이 따갑지만… 아직까지는 문제없어."

베스티나는 인상을 찌푸리면서 팔찌에 연결된 와이어를 잡아당기며 떨어뜨렸던 프로셀피나를 회수했다.

"크헉!"

섬광이 펠릭스의 가슴을 관통하면서 펠릭스의 입에서 비명과 함께 피가 뿜어져 나왔다.

"이젠 끝이다."

비틀거리며 뒤로 물러서는 펠릭스를 향해 아르디언은 오른손을 내밀었다.

그러나 두 번째 섬광은 펠릭스의 머리가 아닌 왼쪽 귀를 스쳐 지나갔다. 그레인이 구현한 냉기가 아르디언의 왼발을 잠시나마 얼렸고, 그 덕분에 균형을 살짝 흐트러뜨릴 수 있었다.

휘이잉.

베스티나가 일으킨 눈보라가 교황과 펠릭스 사이를 가로막았다.

대성당 곳곳이 꽁꽁 얼어붙자 그사이 그레인이 펠릭스를 부축해 뒤로 물러서게 했다.

"베스티나! 이제 충분합니다!"

그레인의 외침에 베스티나는 냉기를 거두고 제자리에 주저앉았다.

대성당 바닥에는 발목까지 쌓였던 눈이 빠르게 녹아내렸고, 천장에 매달렸던 고드름 역시 빠르게 사라지기 시작했다.

"전하! 괜찮으십니까?"

"아직까지는… 괜찮다."

펠릭스는 한쪽 무릎을 꿇은 채로 인상을 찌푸렸다.

고통을 느끼지 못하는 것은 아니었지만, 완전히 회복되기를 기다리지 않고 다시 싸울 수 있도록 천천히 몸을 일으켰다.

"그리고 힘을 아껴라. 이 정도는… 알아서 회복될 거다."

펠릭스는 빛의 힘으로 상처를 회복시키려는 베스티나를 만류하고, 한 걸음 앞으로 내디뎠다.

"나에게 피를 두 번이나 보게 만들다니."

아르디언은 먼저 공격해 오지 않고 자신의 양팔을 번갈아가며 쳐다봤다.

펠릭스에게 붙들렸던 부위에서 피가 살짝 배어났다.

"기적을 겪지 않고도, 선택받지 않았음에도 이 정도까지 할 수 있다니, 대단하군."

아르디언은 미소를 머금고선 두 팔을 아래로 내렸다.

전신이 은은한 빛에 휩싸이면서 피가 증발하듯 사라졌고 찢어졌던 법의가 원래대로 복구되었다.

계단 위에 있던 아르디언이 아래로 내려오기 시작했다. 한 걸음씩 발을 내디딜 때마다, 그레인은 물론이고 다른 동료들은 마른침을 삼켰다.

"하나 이 정도 공격으로 이 몸을 쓰러뜨릴 거라 생각했다면……."

끼이익.

닫혔던 대성당의 문이 열리면서 넷만의 전장 안으로 다섯 번째의 누군가가 발을 디뎠다.

"크루겐?"

그레인은 당연히 올 거라 여겼던 동료의 이름을 불렀지만, 전혀 뜻밖의 인물이 등장하자 실망감을 감추지 못했다.

동료였지만, 더 이상 동료가 아닌 자.

전생의 결사대였지만, 현생에는 교황의 경호원이 된 데인이었다.

갑작스럽게 혈전에 난입한 데인을 바라보는 가운데, 대성당 안에 적막이 감돌았다.

'어떻게 하지? 적이지만, 아직도 회귀하지 않았다면…….'

회귀할 때까지 기다려야 할지, 교황에게 합류하기 전인 지금에 쓰러뜨려야 할지 그레인은 갈등했다.

그러나 그레인은 결국 데인을 공격하지 않았다.

오른손으로 왼쪽 어깨를 움켜쥐고서 걸어가는 그의 축 처진 왼팔 아래로 핏방울이 뚝뚝 떨어졌다. 전신이 피로 물들여진 그는 겉으로 봐서는 생명이 끊어지기 직전으로 보였다.

"으윽……."

데인은 비틀거리며 대성당 벽면에 바짝 붙어 이동했다.

그가 지나간 벽에 핏자국이 길게 이어졌고, 힘겹게 아르디언 옆으로 다가간 데인이 부들거리며 한쪽 무릎을 꿇었다.

"무슨 일인가? 데인."

"스펙터의 코어를 이식받은… 배교자를 처리했습니다."

"크루겐을? 호오, 잘했다."

'크루겐이? 죽어?'

그레인은 왼쪽 팔을 내려다보고 눈을 크게 떴다.

다크 터널을 구현하기 위해 크루겐이 만들었던 어둠의 고리가 사라진 걸 뒤늦게 알아챘기 때문이다.

'정말로 크루겐이… 그 녀석이?'

"하지만 저도… 마지막인 것 같습니다."

쿵.

데인은 말을 마치자마자 앞으로 풀썩 쓰러졌다. 교차된 두 개의 선혈이 그의 목 뒤에 자리 잡고 있었다.

쓰러지면서 앞으로 뻗은 데인의 오른손이 아르디언의 그림자에 닿았다.

"그대의 희생을 잊지 않겠다, 데인."

아르디언은 미소를 머금으며 성호를 긋기 시작했다.

"…잠깐."

성호를 긋던 그의 오른팔이 도중에 멈췄다.

"내가 보고 따위를 지시한 적이 있었던가?"

아르디언은 홀로 모두를 상대하면서 자신의 힘을 증명하고 싶었기에 경호원들 없이 혼자서 그레인 일행을 기다렸다.

교황이 의아해하는 사이, 데인의 그림자가 꿈틀거렸다.

"…당연히 없었지."

"누구냐!"

아르디언은 정체불명의 목소리가 들린 쪽으로 뒤를 돌아봤다.

하지만 '그'가 있는 곳은 아르디언의 그림자였기에, 아르디언이 바라보는 방향과 정반대에서 조소했다.

"어둠이야말로……"

아르디언의 그림자 위로 튀어나온 크루겐이 팬텀 대거를 뽑아 들었다.

"으윽!"

"빛을 상대하기로는 최적격이잖아?"

어둠에 휩싸인 팬텀 대거가 아르디언의 등에 꽂히는 순간, 아르디언이 처음으로 신음을 냈다.

칼날에 발라놨던 독이 피부 안으로 스며들면서 고약한 악취가 풍겨 나오기 시작했다.

아르디언은 빛에 휩싸인 오른팔을 휘두르며 크루겐을 막으려 했지만, 처음 등장했을 때와 반대로 그림자로 스며들면서 공격을 피했다.

그리고 다시 그림자 위로 튀어 오른 크루겐은 아까와는 또 다른 독을 발라 공격했다. 빛으로 보호받고 있는 아르디언의 육체에 작은 상처를 내는 데 불과했지만, 그것만으로도 독을 주입시키기엔 충분했다.

"죽지 않았다니……."

아르디언은 더 이상 신음을 내지 않았지만, 독을 해독하느라 빛의 힘이 분산되는 걸 피할 수 없었다.

"날 멋대로 죽은 사람 취급하지 말라고! 그리고 저 녀석도!"

순간 빛에 감싸인 누군가의 검이 아르디안의 뺨을 스치고 지나갔다.

"데인, 네가… 감히 나를?"

파아앗!

전신에서 뿜어져 나온 빛으로 인해 아르디언의 그림자가 소멸했다.

재차 공격을 가하려던 데인은 왼팔을 앞으로 내밀며 아르디언의 빛에 저항했다.

"으윽……."

"데인! 우선은 물러나자고!"

잽싸게 데인의 그림자로 이동한 크루겐은 후퇴를 지시했고, 데인은 괴로워하면서 뒤로 물러섰다.

새롭게 등장한 두 남자, 크루겐과 데인은 그레인의 옆에 나란히 섰다.

"데인? 너, 혹시……."

"그동안 정말로 미안했다. 너무 늦게 돌아와서……."

데인은 그레인을 바라보며 미안함을 감추지 못했다.

"그레인, 무슨 일이 있었는지 내가 데인 대신 설명해 줄까?"

"아니, 충분해."

굳이 회귀했는지 아닌지 물어볼 필요는 없었다.

결사대의 65번째 대원, 데인이 다시 돌아왔다는 사실만으로도 충분했다.

"아, 그리고 늦어서 미안! 그래도 늦은 만큼 두 명 더 데리고 왔으니 이해해 달라고!"

"두 명?"

"자, 나오라고! 듀란!"

크루겐의 말이 끝나기 무섭게 데인의 몸을 적셨던 피가 허공에 떠오르더니 하나로 뭉쳐지기 시작했다.

잠시 후, 그레인 일행 앞에 붉은 눈과 머리카락을 지닌 남자가 모습을 드러냈다.

"듀란? 너도?"

"본의 아니게 저도 합류하게 되었습니다."

듀란은 고개를 옆으로 돌리더니 비공정이 있는 방향을 바라봤다.

"그러면 나 없는 사이에 모두 고생한 거 같으니… 후딱 끝내자고!"

크루겐은 허리 주머니에서 작은 약병을 꺼내더니, 마개를 열고 안에 든 액체를 팬덤 대거의 칼날에 뿌렸다.

치이익.

연기와 함께 고약한 냄새가 피어올랐지만 크루겐에게는 익숙한 냄새였다.

그리고 아르디언에게는 절로 인상을 찌푸리게 만드는 악취였다.

쿵!

아르디언이 오른발을 내딛자, 발 주위에서 시작된 균열이 주변으로 길게 이어졌다.

"좋다. 유희는 여기까지다."

아르디언은 광룡의 날개를 넓게 펼쳤다.

순간 강렬한 빛이 대성당 안을 가득 메웠고, 대성당 전체가 흔들리기 시작하면서 벽과 천장이 무너져 내리기 시작했다.

"그리고 너희들의 목숨 역시 여기까지다!"

갈라진 바닥 사이에서 뿜어져 나온 빛이 그레인 일행을 덮쳤다.

그러나 그보다 먼저 흩어진 그레인 일행은 아르디언을 향해 일제히 돌격했다.

*   *   *

"와아아아!"

드레이크 해적단의 선원들이 함성을 지르며 적들을 향해 돌격했다.

발목까지 차오른 물로 인해 진흙탕이 된 땅 위에서 마음대로 움직이지 못하는 건 적들과 마찬가지였지만, 그들은 크게 개의치 않았다.

파도로 흔들리는 갑판 위에서도 능숙하게 움직이던 그들에게 질척한 땅바닥 정도는 아무것도 아니었다.

또한 갑작스레 나타난 크라켄을 보고도 놀라지 않고 전투에 임했다. 바다 위에서 해적을 상대로 '해적질'을 할 때 자주 봤기에 익숙해진 덕분이었다.

반면 교단의 병사들에게는 오직 후퇴만이 살 길이었다.

후퇴를 명령할 지휘관마저 쓰러져 버린 그들은 질서 없이 우왕좌왕하다가 허둥지둥 도망치기 시작했다. 부상을 입고 주저앉은 같은 편마저 짓밟고 도망치다 보니 더욱 많은 피해를 입을 수밖에 없었다.

"모두 멈춰 서라! 더 이상 추격하지 말고 진열을 갖춰라!"

드레이크의 외침에 거침없이 돌격하던 선원들이 하나둘씩 제자리에 멈춰 섰다. 그들과 함께 공격하던 병사들도 함께 진격을 멈추고 재정비에 몰두했다.

소위 성지로 불리던 땅에 교단 병사들의 피가 서서히 스며들었고, 세이렌으로 변한 부제독 레이나의 노래에 잠들어 버린 이들이 성지 위에 쓰러져 있었다.

"휴우, 어떻게든 이기긴 했는데……."

드레이크는 두 다리가 사라진 레이나를 오른손으로 부축해 일으켰다.

잠시 후, 대지를 적셨던 물기가 빠르게 지면 아래로 사라졌고

레이나의 몸이 원래대로 돌아갔다.

"그 녀석들은 잘 싸우고 있을까?"

드레이크의 물음에 레이나는 대답하지 않고 스커트의 끝자락을 잡아 올리더니 물기를 짜냈다.

"아니, 그 전에 대성당을 감싼 마나의 장벽은 통과했으려나? 그런데 교황이라면 그냥 통과시켰을 것 같기도 하고. 힘을 과시하고 싶어 안달이 난 놈이잖아."

"그렇긴 하지."

레이나는 시큰둥하게 대답한 뒤 성궁 쪽을 응시했다.

성궁 밖에서의 일방적인 승리에도 불구하고, 우려를 떨쳐내지 못했다. 진정한 승리를 이루기 위해선 성궁 안의, 대성당으로 돌격한 그레인 일행이 교황을 쓰러뜨려야만 하기에.

"아무튼 여기까지 왔으니, 끝을 보긴 봐야겠지. 왕자님이 활약해 주셔야 하는데 말이야."

"왕자님? 이미 안에서 싸우고 있을 텐데?"

"아, 무뚝뚝한 쪽 말고."

드레이크는 무뚝뚝하지 않은 쪽의 왕자를 말하면서 오른팔을 빙빙 돌렸다.

렌딜의 순간 이동 마법으로 진짜 비공정에 돌아간 헤르디온에게는 중대한 임무가 주어졌다.

아니, 정확히는 그 혼자만이 아니라 비공정에 남은 모든 이들에게 부여된 임무였다. 대성당 안에서 진행 중인 전투의 흐름을 일격에 바꿀지도 모르는.

*　　　　*　　　　*

캉! 카앙!

빛에 휩싸인 데인의 검을 아르디언이 광룡의 어금니로 막아냈다.

퍽!

"크윽!"

광룡의 어금니에 어깨를 찔린 데인의 입에서 비명이 터져 나왔다.

"사라져라."

아르디언이 데인의 가슴에 오른손을 대고 빛을 발산했다. 데인은 아르디언과 똑같은 코어인, 광룡의 어금니를 내밀며 막아냈지만, 두 발로 선 채로 뒤로 죽 밀려났다.

"데인!"

"아직은… 괜찮다."

데인은 그레인에게 왼손을 내밀며 걱정하지 말라는 신호를 보냈다.

떨어뜨릴 뻔했던 검을 강하게 움켜쥔 그는 흘러내린 피를 손등으로 닦아냈다.

"좀 더 일찍 돌아왔다면… 더 도움이 되었을 텐데."

데인은 크루겐의 악몽을 통해 본, '자신'이 싸우는 장면에서 실마리를 찾아 빛의 힘을 제어하고 있었다. 회귀 전처럼 완벽하게 다루기엔 무리였지만, 아르디언의 신경을 분산시키는 역할 정도는 해낼 수 있었다.

물론 그 정도로 만족할 데인은 아니었다. 성궁을 둘러싼 마나의 장벽 안으로 들어온 6명 중의 한 명이었기에, 지금의 수준으로 만족해서는 안 되었다.

"으윽……."

아르디언으로부터 멀찌감치 떨어진 곳에 있는 펠릭스는 오른손으로 가슴을 움켜쥐었다.

연이어 아르디언의 공격을 몸으로 막아낸 탓에 몸 곳곳에 입은 상처가 치유되기까지 시간이 필요했다.

"대공 전하! 조금만 더 참으세요!"

그의 옆에서 베스티나가 정면을 막고 있는 얼음벽을 유지하면서 치유에 전념했다.

펠릭스가 지닌 재생력과 빛의 힘이 그의 육체를 회복시키는 중이었지만 가슴에서 일어난 출혈은 아직도 멈추지 않았다.

"으윽!"

갈라진 바닥을 통해 솟아오른 아르디언의 빛이 얼음벽을 깨뜨렸다.

얼음 파편이 베스티나의 눈썹 위를 스치고 지나갔지만, 그녀는 다시 얼음벽을 구현해 펠릭스 주위를 보호했다. 눈 위에서 흘러내린 피가 시야를 붉게 물들였지만 베스티나는 동요하지 않고 다시 빛의 힘을 구현했다.

다른 동료들을 믿고서.

"흐음?"

아르디언은 듀란을 향해 왼손에서 빛을 뿜어냈지만, 듀란의 모습은 온데간데없었다.

대신 핏빛 안개가 아르디언의 주위를 감쌌다.

휘이잉.

그레인이 구현한 얼음창이 냉기를 뿜어내며 날아갔다.

아르디언은 가볍게 몸을 옆으로 돌리면서 얼음창을 피했다.

화르르.

이번에는 마구 일렁이는 불길이 아르디언의 전신을 휘감았다. 비록 아르디언의 빛에 소멸되긴 했지만, 그사이 듀란이 원래대로 돌아갈 시간을 벌 수 있었다.

'언젠가는 빈틈을 보여줄 거야. 그때까지 계속… 공격해야 해!'

그레인은 냉기와 화염을 번갈아가며 사용하며 데인과 듀란을 원호했다.

그리고 마지막으로 남은 한 명, 크루겐은 그레인의 그림자에 숨어서 호시탐탐 기회를 엿보고 있었다.

전신에서 빛을 뿜어낼 때마다 아르디언 본인의 그림자는 사라졌지만, 그럴 때마다 크루겐은 잽싸게 동료의 그림자로 숨어들었다.

그레인 일행은 교황이 지닌 힘에 더 이상 압도당하지 않았다. 두 명이 합류한 이후로 전투의 양상은 팽팽하게 흘러갔고, 각자 맡은 역할에 충실할 수 있었다.

"또 독인가?"

그레인을 공격하려던 아르디언은 순간 옆으로 고개를 돌리며 가소롭다는 표정을 지었다.

그레인의 그림자에서 아르디언의 그림자로 이동한 크루겐이 그의 왼쪽 어깨에 팬텀 대거를 살짝 찔러 넣었고, 피부 안으로 독이 침투했다.

"아무리 독을 계속 쓴다 해도, 나를 해하기에는… 으윽?"

계속 여유롭게 대처하던 아르디언의 얼굴이 고통으로 일그러졌다.

"어때? 이건 다르지?"

쉐일이 쓰던 해머 베놈에서 추출한 독은 이전까지 크루겐이 사용했던 독과 확연히 다른 위력을 발휘했다.

아르디언은 오른팔을 휘둘러 크루겐을 저지하려고 했지만, 잽싸게 뒤로 피한 크루겐은 미리 독을 발라둔 단검을 연이어 던졌다.

아쉽게도 단검은 깊숙이 박히진 못했고, 도중에 튕겨 나간 것도 있었지만 아까 입혔던 상처를 통해 또 다른 독이 스며드는 것으로 충분했다.

"감히 나에게… 으윽, 고통을 선사하다니!"

베놈에서 추출된 독에 이어 히드라의 독이 몸 안으로 스며들자 아르디언은 분노에 휩싸였다.

이전까지 크루겐이 썼던 독과 달리, 두 개의 독은 해독하는 데 더 많은 시간이 필요했다.

죽음에 도달할 정도는 결코 아니었지만, 독이 가져다주는 고통으로 인해 아르디언은 계속 인상을 찌푸리고 있었다.

빛의 힘이 자동적으로 독을 해독하는 사이, 그의 정면을 보호하던 마나의 장벽이 흐릿해졌다.

"그레인, 지금이야!"

휙! 휙!

그레인이 투척한 두 자루의 단검, 트윈 엣지가 마나의 장벽을 뚫고 아르디언의 머리를 향해 날아갔다.

각자 다른 힘인, 냉기와 화염을 머금고서.

"으윽!"

그러나 아르디언이 아닌 크루겐의 입에서 신음이 터져 나왔다.

그레인은 황급히 와이어를 잡아당기며 트윈 엣지를 거둬들였다. 워낙 자유분방한 크루겐의 움직임이 아르디언은 물론, 그레인의 예측 범위를 벗어난 탓이었다.

"크루겐! 괜찮아?"

"이 정도는 문제없어! 난 신경 쓰지 말고 있는 힘껏 공격하라고!"

'젠장, 아까 물러서지 말고 계속 뒤에 있을 걸 그랬나? 암룡의 쐐기를 쓰는 건 다음으로 미뤄야겠어.'

크루겐은 어깨를 감싸 쥐면서 이번에는 데인의 그림자 속으로 녹아들었다.

하지만 크루겐의 독은 확실하게 효력을 발휘 중이었다.

애초에 독으로 교황을 죽이는 게 목적이 아니라, 빛의 힘을 다른 곳으로 분산시키기 위함이었다.

"물러서라!"

아르디언이 전신으로 빛을 내뿜자, 가장 가까이 있던 듀란은 박쥐 떼로 변하더니 높이 날아올랐다.

'교황이 전신으로 빛을 뿜어낼 때에는, 제자리에 멈춰서 움직이지 않았어. 게다가 독으로 인해 동작이 느려졌으니 지금이라면……'

단순히 공격을 피하기 위해서가 아니라, 신호를 보내기 위해서였다.

비공정에 남아 있는 멤버들에게.

"모두 피하십시오!"

빛이 사라진 후 다시 원래 모습으로 돌아온 듀란이 다른 일행들을 향해 외쳤다.

데인과 그레인은 펠릭스와 베스티나 쪽으로 급히 물러섰고, 듀란이 마지막으로 합류했다.

파아앗.

비공정이 있는 서쪽에서 발사된 광선이 성궁을 뚫고 대성당을 향해 날아갔다.

"뭔가 싶었더니, 고작 이 정도인가?"

아르디언이 광선이 날아온 방향으로 오른팔을 뻗자, 광선은 가로막혀 더 이상 나가지 못하고 소멸되어 버렸다.

그러나 공격은 한 번으로 그치지 않았다.

"이, 이것은……"

아까 막았던 것보다 훨씬 거대한 광선이 아르디언을 덮쳤다.

대성당 안은 아르디언의 구현했던 것보다 훨씬 강렬한 빛에 휩싸였다.

그레인은 눈을 질끈 감으며 동료들의 주변을, 그리고 머리 위까지 얼음벽으로 감싸 보호했다.

박살 난 건물 파편이 그레인이 구현한 얼음벽 위로 우수수 쏟아졌고, 지면이 마구 흔들렸다.

"듀란, 도대체 무슨 일이 벌어진 거지?"

"마력포입니다!"

"이렇게 강한 위력은 아니었잖아?"

"모두의 마나를 투입한 결과입니다!"

"모두를? 비공정에 있는?"

"네!"

듀란은 눈을 질끈 감은 채로 그레인에게 자초지종을 설명했다.

"하지만… 공격이 제대로 통했는지 아닐지는 모르겠습니다."

마력포에서 발사된 광선이 사라진 후, 그레인 일행은 가까스로 눈을 떴지만 일대에 먼지가 잔뜩 피어오른 탓에 아르디언이 어떻게 되었는지 확인하기 불가능했다.

잠시 후, 먼지가 가라앉은 대성당에 희비가 교차했다.

"이럴… 수가."

아르디언은 믿을 수 없다는 눈으로 자신의 오른팔을 내려다봤다. 오른쪽 팔의 어깨 아래가 말 그대로 '소멸'되어 버렸다.

단, 이식되었던 코어만은 원래 위치에 희미하게 남아 허공에 떠 있었다.

"신의 육체를 지닌 내 몸이… 내 육체가!"

현실을 받아들이지 못하는 아르디언의 목소리에는 분노가 가득했다.

"좋았어!"

반면, 마력포의 공격이 아르디언에게 확실한 타격을 입힌 걸 확인한 크루겐은 쾌재를 불렀다.

"그러면 다시 시작해 보자고! 저 코어부터 빨리 분리시켜야 해!"

말을 마친 크루겐은 머플러를 코 위로 잡아당기며 그레인의 그림자 속으로 녹아들었다.

휘이잉.

프로셀피나가 일으킨 바람에 광룡의 비늘이 흩어져서 아르디언으로부터 멀리 날아갔다.

휘리릭.

펠릭스가 휘두른 영겁의 사슬이 허공에 떠오른 광룡의 어금니를 휘감았다.

쿵!

그는 영겁의 사슬을 잡아당겨 광룡의 어금니를 끌어온 뒤, 발로 짓눌렀다.

그러나 펠릭스의 발아래 있던 광룡의 어금니는 부서지지 않고 바닥 깊숙이 박힐 뿐이었다.

"보통의 방법으로는 무리인가 보군."

펠릭스는 영겁의 사슬을 양손에 감고 아르디언을 향해 돌격했다. 뒤이어 데인과 듀란이 합세했고, 세 명의 공격을 막아내는 아르디언의 얼굴에는 이전과 달리 당황하는 기색이 역력했다.

"그레인! 이번에야말로 끝을 내자고! 가자!"

"알았어!"

＊　　　　＊　　　　＊

"…명중했어."

"아가씨! 저, 정말인가요?"

"응, 아쉽게도 끝내진 못했지만. 그래도 오른팔은 소멸시킨 것 같아."

"그래도… 다행이네요."

에르닌의 말에 갑판 위에 쓰러져 있던 트리아나는 힘겹게 미소를 지녔다. 에르닌 주위에 모여 있던 다른 이들 역시 마찬가지로 기진맥진한 상태임에도 웃을 수 있었다.

"이젠… 으윽, 서 있을 힘도 없어."

헤르디온은 갑판의 난간에 기대며 인상을 찌푸렸다.

"하지만 한 방 먹여줄 수 있었으니… 우선은 그걸로 만족하겠어."

헤르디온은 흘러내리기 직전의 검을 움켜쥐며 미소를 지었다.

그는 교황을 상대하는 임무에 투입되지 않았다.

자칫 잘못해서 전사자가 되기보단, 차라리 마력포에 마나를 투입하는 역할 쪽이 더 도움이 될 거라는 판단 아래 내린 결정이었다. 실력은 제쳐놓고라도, 이레귤러와 결사대를 포함해 가장 많은 코어를 이식받은 헤르디온이 가진 마나의 양은 그레인마저 능가했기 때문이다.

물론 그 혼자만이 마나를 투입하는 역할을 맡지 않았다.

마력포의 위력을 최대로 높이기 위해 렌딜을 포함한 비공정 내의 모든 마법사들의 마나. 거기에 많은 이들이 소유한 마나를 마력포에 연결했다.

그 결과 단 한 번의 공격으로 마력포는 산산조각 나버렸지만, 교황에게 분명히 타격을 입혔다는 점이 중요했다.

"맥스… 보여?"

렌은 헤르디온처럼 쓰러지지 않고 난간에 기대어 서 있었다.

"나의 힘이 결국… 저기까지 도달했어."

비공정에 남은 이들과 마찬가지로, 교황과의 결전에 직접 합류할 수 없었던 그녀는 아쉬움을 떨쳐내기 힘들었다.

하지만 이렇게나마 힘을 보탤 수 있다는 걸로 만족하며, 애써 미소를 지었다.

"아, 마력포가……."

산산조각 난 모습을 본 제스테일은 갑판에 쓰러진 이들과 다른 의미로 안타까워했다.

시간적 여유가 충분했다면 마력포의 초기 형태인, 오러 캐넌을 분해하지 않고 형태만 복사해 만드는 방법을 고안했을 것이다.

그러나 여러 사정 때문에 오러 캐넌을 분해해 마력포를 만들었고, 그 마력포가 박살 나버린 지금 먼 과거의 고대 문명과의 연결 고리가 사라진 셈이었다.

"그래도 마지막에는 제대로 역할을 했으니, 그걸로 만족… 히익!"

갑판이 흔들리면서 제스테일은 쓰러진 채로 죽 미끄러졌다.

"어어! 가라앉는다!"

"모두 조심해!"

비공정의 동력을 담당한 마나 코어의 마나까지 소진한 탓에, 지상 위로 떠올랐던 비공정이 서서히 가라앉기 시작했다.

그러나 이런 상황을 예측한 비공정의 멤버들은 가짜 비공정이 쓰러지지 않게 지탱했던 방식으로 비공정을 지상에 고정시켰다.

한쪽으로 기울어졌던 갑판이 지면과 수평을 이루게 되자, 마나를 소진한 이들이 하나둘씩 천천히 일어서기 시작했다.

"에르닌……."

다른 이들과 함께 마력포에 마나를 투입한 아딜나. 친구를 향해 천천히 걸어가는 그녀의 전신은 온통 땀투성이였다.

"나도 도움이… 되었지?"

"응."

에르닌은 마나를 거의 소모해 기진맥진한 친구와 포옹했다.

"아딜나, 쉬고 있어. 난 아직 할 일이 남았거든."

"응……."

마나를 투입하는 대신, 마력포의 조준을 담당했던 에르닌은 마력총에 시험관을 장전했다. 마나로 증폭된 시야로 대성당 안을 살펴보던 에르닌은 돌연 시야를 아래로 내렸다.

멀리서 지켜볼 수만은 없다며 결전의 장소로 향한 청년이 그녀의 시야 중앙에 잡혔다.

*   *   *

카르디어스 교단의 수장, 교황 아르디언.

그에 맞서는 그레인 일행은 힘겨운 싸움을 거듭했다.

단 한 번의 실수가 죽음으로 이어질 수 있는 치열한 전투 속에서 그레인 일행은 포기하지 않았다.

"돌격! 돌격하라!"

그렇게 시간이 흐르면서 교황과의 대결은 더 이상 그레인 일행만의 것이 아니게 되었다.

마력포의 공격으로 인해 성궁 한쪽이 무너져 내렸고, 이레귤러와 결사대의 핵심 멤버들은 마나의 장벽을 유지하는 비밀 장치를 모두 파괴하는 데 성공했다.

그 결과, 그레인 일행 말고 다른 병력도 성궁 안으로 들어올 수 있게 되었기 때문이다.

"가장 먼저 도착한 녀석에게는 헤르디온 왕자께서 거금을 안겨줄 거다! 이번에야말로 승리를 쟁취하자고!"

"와아아아!"

드레이크의 외침에 병사들은 고함을 지르며 한곳을 향해 돌격했다.

수많은 병력이 목적지로 삼은 곳은 대성당.

아르디언은 우렁찬 함성이 들린 곳을 향해 고개를 돌렸다.

처음에는 등 뒤에서만 들리는 줄 알았던 함성은 그의 오른쪽과 왼쪽에서도 들렸다. 고개를 좌우로 돌리던 아르디언의 눈빛이 날카롭게 변했다.

"이런, 이렇게 된다면……."

아르디언은 잠시 중단된 전투 속에서 오른팔을 들어 올렸다. 정확히는 오른팔이 '있었던' 부위를.

마력포의 공격으로 소멸된 오른팔은 아직까지도 복구되지 않았고, 대신 빛의 선이 오른팔이 있었던 부위를 테두리처럼 구별해 주고 있었다.

아르디언을 공격하던 그레인 일행은 지친 나머지 그에게서 떨어져서 숨을 고르고 있었다.

"나의 위기라고 볼 수 있겠군."

그러나 정작 위기라는 말을 꺼낸 아르디언 본인의 얼굴은 전혀 위기를 눈앞에 둔 표정이 아니었다.

"하지만 고난이 있기에, 그것을 극복한 후의 성취는 더욱 값진 법."

아르디언은 왼팔을 내밀더니 마나의 장벽을 여러 겹으로 구현해 자신을 보호했다.

"모두들, 두 눈에 똑똑히 새겨둬라. 진정한 빛의 힘이 무엇인지를."

아르디언은 양손을 머리 위로 들어 올렸다.

혹시라도 이길 수 있다는 희망을 얻은 그레인 일행에게 절망
을 선사하기 위한, 잠재 기술을 모두에게 선보이기 위해서.

파아앗.

그의 양손 위로 커다란 구의 형상을 지닌, 빛의 응집체가 떠올
랐다.

그레인 일행은 빛의 응집체를 보자마자 동시에 달려들었지만,
아르디언을 둘러싼 마나의 장벽에 막혀 공격이 통하지 않았다.

빛의 응집체는 조금씩 하늘을 향해 올라갔고, 그와 동시에 커
지기 시작했다.

"시작하라."

아르디언의 말이 떨어지기 무섭게, 빛의 응집체로부터 수십여
개의 광선이 지면을 향해 발사되었고, 시커멓게 타오른 지면 위로
연기가 피어올랐다.

"뻗어 가라."

광선들은 제자리에 멈추지 않고 바닥에 검은 직선을 그리며 멀
리 뻗어나갔다.

"크윽!"

펠릭스가 비명을 지르며 비틀거렸다.

빛의 응집체가 발사한 광선에 왼팔이 순식간에 잘려 나갔고,
절단된 부위에서 연기가 피어오르기 시작했다.

"으아아악!"

그레인 일행을 돕기 위해 대성당을 향해 달려오던 병사들이
우후죽순 쓰러지기 시작했다.

여기저기서 비명이 마구 터져 나오면서 승리를 확신했던 이레귤러와 결사대의 연합 병력은 혼란에 휩싸였다.

교단의 병력이 아닌, 그들을 쓰러뜨리러 온 자들의 피로 대지가 물들었지만 아르디언은 결코 만족하지 않았다.

빛의 응집체는 하늘로부터 쏟아지는 빛을 흡수하면서 더욱 커져만 갔고, 마치 태양처럼 먼 곳까지 환하게 밝혔다.

"봤느냐?"

아르디언은 환희로 가득 찬 눈빛으로 그레인 일행을 바라봤다.

"느껴지느냐?"

고통, 절망, 혼란.

"이것이야말로 기적을 겪은 자만이, 세상에서 유일한 존재인 내가, 인간을 능가한… 하이브리드도 뛰어넘은 자만이 발휘할 수 있는 힘이다!"

지평선 끝까지 뻗어나간 광선이 사라짐과 동시에, 새로운 광선이 빛의 응집체에서 발사되었다.

"으아악!"

"사, 살려줘!"

그러나 비명은 연합 병력의 것만은 아니었다.

포로로 잡혀 있던, 그리고 숨어서 반격을 노리던 교단의 병력에게도 교황의 힘은 자비를 베풀지 않았다.

"예하! 멈춰주십시오!"

바로 그때, 적과 아군 구별 없이 불태우는 빛의 광선을 피해 누군가가 날개를 펄럭이며 아르디언이 있는 대성당을 향해 날아왔다.

"그대는……."

아르디언은 빛의 응집체를 향해 올렸던 두 팔을 아래로 내렸다. 빛의 응집체에서 쉬지 않고 발사되던 광선이 사라졌고, 교황의 경호원 중 한 명인 에르나는 아르디언의 옆에 착지한 뒤, 광룡의 날개를 접었다.

"예, 예하가 맞으십니까?"

에르나는 놀란 눈으로 아르디언을 바라보더니 자신도 모르게 뒷걸음질을 쳤다.

그녀가 기억하고 있는 아르디언은 중년의 남성.

그러나 지금 그녀가 보고 있는 아르디언은 아무리 봐도 20대의 청년으로밖에 보이지 않았다.

"그렇다."

"정말로… 맞습니까?"

"어리석은 어린 양이여. 내가 모두에게 선사한 빛의 힘을 보고도 모르겠느냐?"

"하지만 왜 저희들에게까지 시련을 내리십니까?"

달라진 것은 외모만이 아니었다.

배교자들에게 무자비한 응징을 가하긴 했어도, 교단의 일원에게는 항상 자비로운 웃음을 보여주던 이전의 모습과는 너무나 거리가 멀었다.

"걱정하지 마라. 이것은 정화의 빛. 너희들의 죄를 사함과 동시에 카르디어스 교가 약속한 낙원으로 가는 지름길이니 거부하지 마라."

"하오나……"

"그러고 보니 나의 신성한 몸이 다소 불완전하게 되었군."

아르디언은 마력포의 공격을 받을 때 오른팔뿐만 아니라 왼쪽 날개 일부가 사라졌음을 뒤늦게 알아챘다.

"에르나, 이 몸에게 잘 왔다. 너의 코어로 나는 다시 완벽해질 수 있다."

아르디언은 멍하니 서 있는 에르나에게 왼팔을 뻗었다.

그녀에게 이식된 광룡의 날개를 노리고.

카앙!

아르디언과 에르나 사이에 끼어든 데인의 검이 아르디언의 왼팔과 격돌했다. 그는 계속 공격을 가하면서, 뒤에 서 있던 에르나를 손으로 밀쳐냈다.

"도망쳐!"

"데… 데인? 네가 왜 여기에?"

교황을 경호하지 않고, 반대로 교황에게 맞서는 데인이 그녀의 눈에 낯설게만 보였다.

"어서! 빨리!"

회귀를 한 데인은 회귀 직전까지 동료였던 에르나를 기억하지 못했다.

그러나 팔에 남겼던 문구에 따라, 광룡의 날개가 이식된 그녀를 구하는 데에 망설임이 없었다.

휘이잉.

순간 바람이 휘몰아치며 먼지가 뽀얗게 피어올랐다.

"너, 너는?"

"꽉 붙들어!"

계속 머뭇거리며 도망치지 못한 에르나의 팔을 베스티나가 잡아끌고선 급히 날아올라 피신했다.

다시 그레인 일행에게 돌아온 베스티나는 왼손에 쥐었던 프로셀피나를 오른손으로 바꿔 쥐었다.

에르나는 털썩 주저앉은 채로 그레인 일행을 멍하니 올려다봤다. 교황이 왜 저렇게 변했는지, 데인은 왜 교황에게 맞서고 있는지, 천사의 날개를 이식받은 이레귤러가 왜 자신을 구해줬는지.

머리에 떠오르는 모든 것이 의문투성이였다.

캉! 카앙!

"으윽!"

아르디언의 왼팔에 이식된 광룡의 어금니가 다시 한번 데인의 어깨를 깊게 찔렀다.

그레인은 급히 냉기를 퍼뜨려 데인의 앞을 얼음벽으로 감싸 보호했고, 데인은 비틀거리며 그레인이 있는 쪽으로 후퇴했다.

"데인."

아르디언은 다시 양팔을 위로 들어 올리며 조소했다.

"모두에게 신으로서 응징을 내린 후, 너에게서 광룡의 어금니를 손수 회수하겠다."

"…그랬군. 이제야 궁금증이 풀렸어."

"처음부터 네놈들에게 빛의 코어를 이식한 이유는 바로 그것을 위해서였으니까."

파아앗.

빛의 응집체에서 다시 광선이 발사되기 시작하면서 고통과 절망, 혼란과 죽음이 재개되었다.

교황에게 맞서던 그레인 일행조차도 광선을 막아내는 데 열중하면서 교황과의 거리를 벌려야만 했다.

바로 그때.

또 다른 빛이 아르디언의 반대편에서 뿜어져 나왔다.

*　　　　*　　　　*

"이… 빛은 뭐지?"

"상처가… 사라졌어."

"저쪽이야! 저쪽이라고!"

두려움에 떨던 병사들은 믿을 수 없다는 듯 눈을 크게 떴다.

한 청년이 전신에서 빛을 뿜어내며 대성당을 향해 천천히 걸음을 옮겼고, 연합 병력과 교단의 병력이 시선이 그를 따라 움직였다.

그들을 멀리서 감싼 빛은 아르디언의 빛처럼 피아를 구별하지 않고 모두를 태우고 고통으로 몸부림치게 하는 힘이 아니었다.

아군과 적을 구별하지 않고 모두를 치유하는, 따듯한 빛이 청년으로부터 뻗어 나오고 있었다.

"페트로……."

그레인은 멀리서 걸어오고 있는 페트로 쪽으로 돌아보면서 말끝을 흐렸다. 교황과의 전투로 인해 입었던 크고 작은 부상이 빠르게 치유되었고, 트윈 엣지를 움켜쥔 손에 절로 힘이 들어갔다.

"어때? 성자님의 힘이! 끝내주지?"

페트로와 아르디언, 양쪽에서 발산한 빛 때문에 몸을 숨길 수 없게 된 크루겐은 비아냥거리는 말투로 아르디언을 도발했다.

정작 자신이 입었던 상처는 성자의 힘으로도 회복되지 않는 걸 숨기고서.

"닥쳐라!"

아르디언은 분노를 감추지 않고 일갈했다.

스스로 신을 자처하는 아르디언이 떨쳐내지 못했던 유일한 감정. 신이 내린 것이 아닌, 인위적으로 만들어진 성자라는 열등감.

여유를 잃은 아르디언을 지배하는 것은 선택받지 못했다는 분노뿐이었다.

"모두 성자님의 빛 안으로 들어와! 어서!"

"서두르라고!"

페트로의 힘이 만들어낸, 그를 중심으로 펼쳐진 반구 형태의 빛을 광선은 뚫지 못하고 소멸되었다.

병사들은 적, 아군 가릴 것 없이 허둥지둥 페트로의 빛 안으로 들어갔고, 그레인 일행은 다시 얻게 된 기회를 놓치지 않기 위해 공격을 준비했다.

"자, 이번에야말로 끝을 보자. 그레인, 준비되었지?"

"알았어!"

그레인과 크루겐은 서로를 향해 고개를 끄덕거린 뒤, 함께 아르디언을 향해 달려갔다.

아르디언은 사방으로 뻗어나갔던 광선을 자신을 향해 달려오는 두 청년을 향해 집중시켜 발사했다. 그레인은 광선들을 아슬아슬하게 피하며 아르디언과의 거리를 좁혀갔다.

'조금만 더, 조금만 더!'

빛의 응집체가 마구 발사한 광선이 옷깃을 스치고 지나갔음에도 그레인은 아랑곳하지 않고 앞으로 달려갔다.

그러나 교황과의 거리는 실제보다 훨씬 더 멀게만 느껴졌다.

"으윽!"

트윈 엣지를 던지려던 그레인이 눈을 감고 신음을 냈다. 빛의 응집체가 아닌 아르디언의 전신에서 뿜어져 나온 빛으로 시야가 하얗게 뒤덮였다.

눈을 질끈 감았지만, 시야가 원래대로 회복되기도 전에 고통 때문에 눈을 떠야만 했다.

"커헉……."

아르디언은 왼손으로 그레인의 목을 움켜쥐었다.

"아주 천천히… 네놈의 입에서 살려달라는 말이 수도 없이 나올 때까지 고통을 선사하겠다."

그레인의 목을 움켜쥔 아르디언의 왼손에서 빛이 뿜어져 나왔고, 손가락을 뒤덮은 광룡의 비늘이 피부 안쪽으로 파고들었다.

"으윽……."

그레인은 이전보다 더한 고통을 느끼며 표정을 확 일그러뜨렸다. 그러나 그것은 아르디언의 빛 때문이 아니었다.

"이, 이것은… 도대체… 으아악!"

아르디언은 비명을 지르며 그레인보다 더한 고통에 휩싸였다.

"날 잊으면 곤란해."

아르디언의 등 뒤에 나타난 크루겐은 오른손을 그의 등에 대고 있었다. 법의를 찢고, 피부를 뚫고, 광룡의 심장에 박힌 것은 팬텀 대거가 아니었다.

"그리고 쉐일 추기경이 만든 이것도 잊지 말라고!"

암룡의 쐐기.

아르디언은 방금 전 했던 것처럼 빛을 퍼뜨리려고 했지만, 이전과 달리 미약한 빛만 뿜어져 나올 뿐이었다.

"무엇보다 당연한 진리를 잊은 거 아냐? 빛이 강할수록 그림자는 더 짙어지게 마련이야."

아르디언은 크루겐이 숨을 어둠을 없애기 위해 그레인이 공격하기 직전, 강렬한 빛을 뿜어냈다.

그러나 그레인의 뒤에 그림자가 생기는 것만은 막을 수 없었고, 잽싸게 그림자로 숨어든 크루겐은 아르디언의 등 뒤를 차지했다.

그레인이 더욱 고통스러워했던 이유는 다름 아닌, 크루겐이 상자 안에서 암룡의 쐐기를 꺼냈기 때문이다.

"신의 힘을 지닌 내가… 내가!"

그레인의 목을 움켜쥐고 있던 아르디언의 왼손에서 힘이 서서히 빠졌다.

"이깟 어둠의 힘에… 질 수는……."

아르디언은 고통 속에서도 의식을 잃지 않고 암룡의 쐐기로부터 흘러나오는 어둠의 힘을 막기 위해 안간힘을 썼다.

빛의 힘이 암룡의 쐐기에서 흘러나오는 시련을 서서히 억눌렀지만, 반대로 주변의 다른 하이브리드들에게 끼치는 영향은 상대적으로 약해졌다. 그만큼 아르디언의 힘이 약해졌다는 증거였다.

"빛이여! 나에게 다시… 돌아와라!"

아르디언의 말이 끝나기 무섭게 빛의 응집체가 소멸되면서, 안에 담겨져 있던 빛의 힘이 아르디언에게 스며들었다.

"그렇게 놔둘 줄 알아?"

순간 크루겐의 몸이 어둠에 휩싸였다.

그에게서 뻗어 나온 어둠의 가시가 곡선처럼 휘어져서 아르디언의 전신을 관통했다.

"으아악!"

아르디언은 비명을 지르며 그레인을 붙잡았던 왼손을 놓아버렸다. 암룡의 쐐기로 인해 빛의 힘이 지속적으로 소모된 아르디언은 결코 이전과 같은 힘을 발휘하지 못했다.

빛은 훨씬 미약해졌고, 신의 육체라 자부하던 전신이 고통에 휩싸였다.

그러나 그것만으로는 생명을 꺼뜨리기엔 역부족이었다.

"그레인! 뭘 보고만 있어? 공격해!"

"하지만 이대로라면 너까지 휘말릴 수 있어!"

그레인은 트윈 엣지를 양손에 쥐고서 망설이고 있었다.

이전에 자신의 힘이 크루겐에게 부상을 입혔던 것을 잊지 못했기에.

"상관하지 마! 내 잠재 능력은 죽음을 극복하는 거라고! 지난번에 봤잖아? 아까도 그런 방법으로 위기를 벗어났다고!"

"아까도? 설마……."

"날 믿어! 제발!"

"…알았다."

그레인은 왼손에 쥔 트윈 엣지를 아르디언의 왼손에 꽂아 넣었다. 그리고 손잡이를 놓으면서 검자루와 연결된 와이어를 강하게 잡아당겼다.

"아악!"

기존과 다른 방식으로 프로스트 엣지가 발동하면서, 아르디언의 왼쪽 팔목 아래가 잘려 나갔다.

"난 신경 쓰지 마! 지금이야말로 교황의 숨통을 끊을 기회라는 걸 잊지 마!"

그레인의 공격은 한 번으로 그치지 않았다.

화염으로 휩싸인 오른손의 트윈 엣지와, 냉기로 뒤덮인 왼손의 트윈 엣지가 아르디언의 전신을 마구 난도질했다.

어둠의 힘으로 아르디언을 붙들고 있는 크루겐 역시 화염과 냉기에 휘말렸지만, 그레인의 공격에는 망설임이 없었다.

크루겐의 말을 진심으로 믿었기에.

"이놈… 감히 신의 육체에!"

육체가 얼어붙고, 타오르는 고통 속에서 아르디언은 왼팔을 들어 올렸다. 날카로운 광룡의 어금니 끝이 그레인의 왼쪽 볼을 스치고 지나갔다.

붉은 선이 가로로 길게 그어지며 피가 주르륵 흘러내렸지만, 그레인은 아랑곳하지 않고 공격을 계속했다.

아르디언이 법의는 피로 물들었고, 가장 중요한 코어인 광룡의 심장을 둘러싼 빛의 힘마저 약해지기 시작했다.

"그레인! 심장이야! 광룡의 심장을 노려! 지금이라면 가능해!"

그레인은 두 자루의 단검, 트윈 엣지를 역수로 쥐면서 광룡의 심장에 꽂아 넣었다.

"으윽… 나는… 절대로… 이런 식으로는……!"

아르디언은 최후의 발악을 시도했지만, 그보다 앞서 크루겐이 어둠의 힘으로 그의 전신을 옭아맸다.

"아르디언! 이제 끝이다!"

그레인의 양팔에 이식된 화룡의 어금니와 빙룡의 어금니에서 뿜어져 나온 서로 다른 두 개의 힘이 광룡의 심장을 둘로 쪼갰다.

오른팔의 화염은 냉기처럼 날카롭게.

왼팔의 냉기는 화염처럼 거침없이.

*　　　*　　　*

마지막 일격을 가한 그레인은 트윈 엣지를 쥔 양손의 힘을 뺐다.

"헉, 헉……."

전신의 마나를 거의 소진한 그의 시야가 희미해지면서 위아래로 흔들리기 시작했다.

비틀거리던 그를 펠릭스가 다가가 부축해 주었다.

"잘했다."

"정말… 이걸로 이긴 것입니까?"

"그래."

그레인은 거칠게 숨을 내쉬면서 정면에 서 있는 아르디언을 응시했다. 광룡의 심장이 소멸되기 시작하면서, 거기에 박혔던 암룡의 쐐기도 같이 자취를 감췄다.

"이럴 수는… 없어."

더 이상 빛의 힘을 쓸 수 없게 된 아르디언의 얼굴에는 절망감만이 감돌았다.

"신인… 내가 이렇게… 허무하게……."

아르디언은 20대 청년의 얼굴을 지나 평소 남들에게 선보였던 중년의 모습으로 되돌아가더니, 어느새 얼굴에 주름이 잔뜩 긴 노인의 얼굴로 변해 버렸다. 그동안 세월의 섭리를 거스른 대가를 한꺼번에 받는 중이었다.

"죽… 다니……."

힘없이 고개를 떨군 아르디언의 몸이 희미해지기 시작했다.

파아앗.

마지막 빛을 발한 아르디언의 육체는 완전히 소멸되어 사라졌다. 그에게 이식되었던 코어들만을 남기고서.

교황이 완전히 죽었다는 걸 확인한 크루겐은 자신을 감쌌던 어둠을 거두고 몸이 원래대로 돌아왔다.

"으, 이제야 끝났네."

크루겐은 지겹다는 표정을 지으며 교황이 남긴 코어들을 내려다봤다.

"진짜 징 하게 모았네. 그것도 값진 코어들만."

그는 발끝으로 광룡의 어금니를 툭 걸어찼다.

"그런데 오싹한 생각이 들어. 만약 교황이 이렇게 많은 빛의 코어를 자신이 아닌 다른 이들에게 이식했다면……."

"그래도 어떻게든 이겼겠지만, 훨씬 더 많은 희생을 치러야만 했을 거야."

전생의 교황은 현생보다 약했지만, 단순히 자신의 힘만으로 결사대와 맞서지 않았다.

교단의 제어를 받지 않는 이레귤러를 인간의 적으로 만드는 식으로 대적했다. 그 결과 결사대는 패배했고, 회귀라는 수단을 통해 다시 한번 교단에 도전해야만 했다.

"그리고 이건 내 생각이지만, 너무나 쉽게 힘을 얻은 대가라고 봐야겠지."

이식의 고통을 견뎌야 한다는 점에서는 하이브리드들 모두가 공통으로 겪어야 하는 대가임은 분명하다.

그러나 그것 말고도 치러야 하는 대가를 아르디언은 치르지 않았다.

하이브리드로서 살아가면서 피할 수 없었던 수난과 핍박에서 오직 아르디언만이 제외되었었다.

"그런데… 으윽… 역시 무리네."

크루겐은 돌연 힘겹게 숨을 몰아쉬었다.

"미안, 그레인. 나… 거짓말을 했어."

털썩.

"크루겐!"

그레인은 앞으로 쓰러진 크루겐을 부축해 상체를 일으켰다.

"괜찮아? 지금이라도 페트로의 힘으로……."

"아니… 통하지 않을 거야. 그리고 이게 내… 운명이야."

"무슨 소리야? 운명이라니!"

"내 잠재 기술에 대해… 아까 말했었지?"

크루겐은 죽음이 임박했음을 실감하면서 힘겹게 말을 이어갔다.

"수명의 변환… 나의 수명은 기간이 아니라, 횟수로 변해 있었어……."

죽음에 도달하면 정해진 횟수가 한 번씩 소모되며 되살아나는 잠재 기술.

크루겐은 혼자만 읽고, 불태워 버렸던 쉐일의 문서에 기록된 내용을 떠올리며 희미한 미소를 지었다.

"암룡의 영혼으로 만들어진 스펙터의 코어를 이식받으면서 하이브리드가 될 때부터, 그 횟수는 4번으로… 정해져 있었지."

"4번?"

그레인의 뇌리에 크루겐이 쓰러졌던 장면이 떠올랐다.

"하, 하지만… 그렇다고 해도 한 번은 남아 있어야……."

교황을 쓰러뜨릴 때와, 직접 목격하지 못했던 경우를 더하더라도 한 번의 기회는 아직 남아 있어야 했다.

"미안, 아딜나를 구하느라 한 번 더 썼어……."

"아딜나를? 무슨 소리야?"

"멜린다 교관님을 우연히 만났던… 그때……."

"설마 그때? 왜 말하지 않았어? 왜 말하지 않았냐고!"

멜린다와 아딜나를 보호하기 위해 크루겐과 함께 격리시켰던 적이 있었다.

그러나 지금 와서 생각하면 필요하지 않았던 조치였다.

"나 때문에 크루겐, 네가……."

그것으로 인해 크루겐의 죽음을 앞당겼다는 죄책감에 그레인은 목이 메었다.

게다가 교황을 쓰러뜨리기 위해서였지만, 결국 자신의 손으로 친구의 마지막 생명을 꺼뜨린 셈이었기에 죄책감은 커져만 갔다.

"크루겐, 미안해. 내가 널 죽인 거야."

"아냐, 내가 미안해. 널 속여서… 그것도 두 번씩이나."

크루겐은 머플러를 천천히 풀더니 그레인의 얼굴에서 흘러나온 피를 닦아냈다.

죽음에 가까워지면서 어둠의 힘을 서서히 잃어가는 그의 얼굴은, 어둠의 힘을 쓴 직후임에도 흉측하게 변하지 않았다.

"너는… 넌… 죽어서는 안 돼! 기껏 교황을 쓰러뜨렸는데, 네가 죽으면 무슨 소용이야?"

그레인의 얼굴 아래로 눈물과 함께 흘러내린 피가 크루겐의 뺨 위에 뚝뚝 떨어졌다.

"헤헷… 한 번쯤은 그런 말, 들어보고 싶었어. 하하하……. 하지만 나는 말이지, 살아서 실패하기보단 죽더라도 목적을 이루고 싶었어. 결사대란 그런 거잖아? 우리들이 속했던 곳을… 잊지 말자고."

"크루겐……."

그레인은 크루겐을 강하게 얼싸안았다.

다른 일행들은 그레인과 크루겐 주위에 서서 말을 잇지 못했다. 모두 슬픈 표정을 지으며, 마지막까지 함께했던 동료의 죽음을 받아들여야 했다.

그들 중 데인은 차마 고개를 들지 못하고 눈물을 뚝뚝 흘렸다.

크루겐이 보여준 악몽을 통해 그가 어떤 감정을 가지고 살아왔는지 알고 있었기 때문이다.

무엇보다 크루겐은 데인을 구하기 위해 생명의 횟수를 소모했기에, 그레인 못지않게 죄책감에서 벗어날 수 없었다.

"그레인……."

죽음에 거의 다다랐기 때문일까.

지금 그가 보고 느끼는 현실이 마치 환상처럼 여겨졌다.

교황을 쓰러뜨렸다는 사실 자체도 현실이 아닌 마치 꿈만 같았다.

"우리, 이젠… 자유를 얻은 거지?"

"그래! 그러니까……!"

죽지 마.

오랜 고난 끝에, 겨우 손에 거머쥔 자유를 제대로 누리지도 못하고 가버려서는 안 돼.

그레인은 그렇게 외치고 싶었지만, 목이 메어 제대로 말할 수 없었다.

"나는 먼저… 갈게. 하지만 날 일찍 만나러 오면 안 돼. 아주 나중에… 아주 나중이어야 해. 무슨 의미인지… 알겠지?"

그레인은 어떻게 해서든 크루겐을 살려내고 싶었다.

그러나 지금 그는 크루겐의 손을 움켜쥐는 것 말고는 할 수 있는 게 없었다.

"크루겐!"

멀리서 달려오고 있는 누군가의 목소리를 들은 크루겐은 미소를 머금더니, 천천히 눈을 감았다.

"그래도 마지막으로… 목소리는 듣고… 가네. 그러면… 안녕."

"크루겐! 안 돼! 눈을 떠! 제발!"

"날씨 한번… 환하구나."

천장이 무너져 내린 대성당 안으로 빛이 들어왔다.

회귀 직전, 고성 안에 감돌았던 짙은 어둠과는 대조적이었다.

"크루겐—!"

에필로그

크루겐의 고백

그레인.

이 편지를 네가 펼쳐 들었다면, 난 지금 이 세상에 없을 거야.

내가 어떤 형태로 죽음을 맞이할지는 당연하게도, 잘 모르겠어.

그래도 어떤 식으로 내가 죽든 간에 솔직히 아쉽지 않다고는, 말할 수 없을 것 같아.

하지만 말이야, 예전 생보다 오래 살지 못해도 그 대신 짧고 굵게 살았으니 그걸로 만족해야겠지? 회귀 전의 나는 결사대 내에서 제대로 된 역할을 했다고 보기도 어렵고, 너처럼 강한 녀석들 뒤에서 숨어 있었던 처지였으니까.

미안, 나도 모르게 감상적이 되어버려 넋두리만 늘어놨네.

나 사실, 너에게 말 못 한 것이 있어.

그것은……

*　　　　*　　　　*

2년 전, 격렬한 전투가 있었던 옛 교황령.

폐허가 되어버린 성궁 곳곳에 카르디어스 교단의 문양이 먼지가 묻은 채로 방치되어 있었다. 치열했던 전쟁의 흔적은 고요함 속에 가라앉았고, 전사자들의 비석이 여기저기 설치되어 있었다.

이레귤러와 결사대의 연합 병력의 승리와 함께 교황의 정체가 대륙 널리 퍼졌고, 카르디어스 교단은 허무하리만치 빠른 속도로 몰락해 갔다.

그 후 신자였던 이들 중 그 누구도 찾지 않게 된 이곳에, 한 명의 여성이 홀로 대성당이 있었던 자리를 향해 걸어갔다.

교단과의 전쟁이 끝난 이후부터 다시 기르기 시작한 검은색 머리카락이 바람에 흔들렸다. 머리카락과 똑같은 색의 드레스를 걸친 그녀는 얼굴에 드리운 베일을 걷어 올렸다.

"크루겐. 저, 왔어요."

아딜나는 자세를 낮추더니 비석을 쓰다듬었다.

"당신이 떠난 후 이곳을 찾아오는 게 벌써… 두 번째겠네요."

입술은 억지로 웃고 있었지만, 눈에는 슬픔이 담겨 있었다.

"미안해요. 그때 받은 편지를 너무 늦게 전달해서."

교황과의 결전이 있기 전, 크루겐의 부탁을 받아 보관하고 있었던 편지.

아딜나는 만약 자신이 죽을 경우 그레인에게 전해달라던 크루겐의 약속을 지키지 못했다.

교황을 쓰러뜨렸지만, 크루겐을 잃은 슬픔에서 벗어나지 못한 그레인에게 차마 편지를 건네줄 수 없었다.

편지의 내용이 무엇인지 알지 못했지만, 친구의 죽음을 겪은 그를 더 슬프게 만들 거라는 짐작 때문이었다.

교황의 죽음 이후, 비공정에 탑승했던 이들은 승리를 뒤로하고 각자의 길을 찾아 떠났다.

그 후로 2년 가까이 되는 시간이 흘러간 어느 날, 아딜나는 그레인이 머물고 있는 새 왕국에 편지를 뒤늦게 부쳤다.

편지를 건넬 당시 크루겐을 떠올려서였을까, 편지 봉투에 떨어진 눈물로 인해 잉크가 번지는 걸 막을 수 없었다.

"만약 내가 죽는다면… 그레인에게 이걸 전해줘."

아딜나는 크루겐이 편지를 건네면서 했던 말을 떠올렸다.

편지를 쓴 당사자였던 크루겐마저도 부쳐지기를 원치 않았던 편지.

그 안에 어떤 내용이 적혀 있는지 보고 싶은 충동에 휩싸였던 적이 한두 번이 아니었지만, 아딜나는 마지막까지 참았다.

고인의 뜻을 기리기 위함이기도 했지만, 읽지 말라고 크루겐이 당부했던 내용을 자신이 알게 될 경우 감당할 수 있을까에 대한 두려움 때문이기도 했다.

"그동안 너무 외로웠죠?"

아딜나는 비석 위에 쌓인 먼지를 조심스럽게 털어냈다.

"하지만 저 말고도 다른 분들이 올 거예요."

크루겐의 묘지를 찾은 이는 그녀 혼자만이 아니었다.

석양을 등지고서, 저 멀리서 한 쌍의 남녀가 나란히 걸어오고 있었다.

"그러니 크루겐, 돌아와 줘요. 모두 당신을 기다리고 있으니… 제발."

*　　　*　　　*

휴우, 그동안 너에게 숨겼던 감정을 토로해 내니 마음이 조금이나 가벼워졌어. 그런 감정을 품고서 너의 옆에 있다는 것 자체가 죄를 짓는 기분이었거든.

물론 이 편지를 읽게 되는 건 지금보다 훗날의 일일 테니, 당분간은 계속 죄책감에서 벗어나진 못하겠지만.

그런데 이렇게 쓰고 보니 내가 나잇값을 못 하는 것 같아. 우리들이 전생과 현생을 합친 나이보다 훨씬 어린 소년 같다고 새삼 느끼긴 했지만, 하이브리드란 존재가 원래 그런 거잖아?

그리고 편지를 계속 쓰다가 이런 식으로 내 감정이 적힌 앞부분을 확인하다 보니, 글자로 남겨져 있는 내 감정이 여전히 쑥스러워.

그러면 다른 이야기로 좀 돌아가 볼까?

지금 와서 돌이켜 보면, 우리가 교황을 쓰러뜨린다고 해도 그게 끝은 아닐 것 같아.

교황을 죽이고, 교단을 섬멸하는 것만으로 모든 것이 모든 것이 해결될 거라 생각되지도 않고.

어쩌면 우리들이 이긴 뒤에 할 일이 더 많을지도 모르겠어.

그래서인지 나만 죽음이라는 이유로 쏙 빠져야 하는 게 마음에 걸려. 내가 죽을지, 아니면 살아남을지는 나도 모르지만 이편지를 네가 읽게 된다면 전자일 경우이니까.

*　　　　*　　　　*

"감사합니다… 정말로 감사합니다!"

아이를 꼭 껴안은 중년 여성이 눈물을 흘리며 한 사내를 향해 연신 고개를 조아렸다.

회색 로브를 걸치고, 후드로 얼굴을 가린 사내는 고개를 들어 반쯤 탄 건물을 올려다봤다.

갑자기 일어난 산불은 산골짝 깊은 곳에 위치한 마을까지 덮쳤고, 급히 대피한 마을 사람들은 혼란의 와중 속에서 미처 빠져나오지 못한 이들을 걱정하며 발을 동동 굴렀다.

하지만 다행스럽게도 사망자는 단 한 명도 나오지 않았다. 우연히 마을 근처를 지나가던 정체불명의 집단의 도움 덕분이었다.

단숨에 마을을 집어삼킬 기세의 화마도 로브에 가려진 코어의 힘 앞에는 아무것도 아니었다.

집단의 우두머리로 보이는 청년은 빛의 힘으로 전신을 감싸 보호한 상태에서 불타오르는 건물 안으로 뛰어들었고, 우는 아이들을 무사히 구출했다.

그와 함께 온 다른 이들은 불타오르는 건물들을 꺼뜨렸고, 산불이 더 이상 마을 안으로 들어오지 못하게 마나의 장벽을 펼쳤다.

"다친 분들은 저희들에게 맡기십시오."

전생에 마지막까지 살아남았던 30명의 결사대원 중, 가장 늦게 회귀에 성공한 데인.

그는 자신처럼 교황의 경호원이었던 에르나와 교단 소속의 하이브리드들과 함께 대륙 곳곳을 돌아다니는 중이었다.

그들이 교단이라는 이름 아래 저질렀던 악행을 속죄하기 위해서.

헤르디온 왕자는 한때 적이었던 그의 실력을 높이 사며 자신과 함께하길 권했었다. 물론 그답게 거액의 급료를 약속하면서.

그러나 데인은 정중하게 거절하며 자신만의 길을 선택했다.

현생에서 그가 회귀하기 이전까지 걸어갔던 길이 새롭게 건국된 왕국에 있어서 불화의 씨앗이 될 수 있음을 그는 부정하지 않았다. 무엇보다 다른 결사대원들보다 늦게 회귀한 만큼, 해야 할 일이 다르다고 느꼈다.

힘을 가진 자만이 할 수 있는 일 중 하나.

힘이 누군가를 해치는 데에만 쓰이는 게 아니라, 누군가를 구하는 데에도 쓰일 수 있다는 것의 증명.

에르나로부터 현생의 그가 회귀 전까지 어떤 일을 해왔는지 들은 이후에 결정한 일이었다.

"데인, 불은 모두 꺼졌어."

에르나의 보고에 데인은 고개를 끄덕였다.

"그러면 나는 다른 사람들을 돌보고 있을게."

불은 꺼졌지만, 아직도 두려움에 떨고 있는 마을 사람들을 향해 에르나는 종종걸음으로 뛰어갔다.

데인은 에르나가 알아채지 못하게 조심스럽게 팔소매를 걷어올린 뒤, 팔에 문신으로 새겨났던 문구를 읽었다.

만약 크루겐이 회귀 전의 자신에게 '악몽'을 보여주지 않았다면, 절대 몸에 새기지 않았을 문구. 덕분에 데인은 연인이었던 에르나를 구할 수 있었고, 회귀 후에도 다시 연인이 될 수 있었다.

'크루겐……'

데인에게 있어서 크루겐은 단순한 동료를 넘어서서 은인으로 자리 잡았다. 정작 그의 죽음을 자신이 앞당겼다는 죄책감에서 여전히 벗어나지 못했지만.

"자자! 너도 고맙다고 인사드려야지!"

감정을 추스른 여성은 데인이 구출한 아이를 그의 앞에 내세웠다. 아이는 그을음이 잔뜩 묻은 얼굴로 눈을 깜박이더니 데인에게 고개를 꾸벅 숙였다.

"아저씨, 고마워요."

"아니란다."

데인은 한쪽 무릎을 꿇으며 아이와 눈높이를 맞췄다.

"이건 당연히 해야 하는 일이란다. 우리들에게 있어서는……."

*   *   *

전생과 달리 현생의 우리들은 많은 조력자를 얻었지.

그러나 한편으로는 조력자였던 이를 적으로 돌려야만 했어.

쉐일 추기경에 대해서는 여전히 아쉬움만 남아.

만약 그가 누구인지 좀 더 일찍 알아챘더라면, 친구인 이스트라 교관님과 비극적인 최후를 맞이하지 않도록 막을 수 있었을 텐데 말이야.

어쩌면 두 사람 모두 구할 수 있었겠지.

다시 회귀를 할 수 있다면, 이번에야말로 가능한 한 모두를 구하고 싶어.

그런데 말이야, 쉐일 추기경이 교관님의 여동생을 끝까지 인질로 삼지 않고 결국에는 아무런 조건 없이 풀어준 점을 이해하기 힘들어.

결국 이스트라 교관님과 친구였던 것을 잊지 못하고, 친구로 계속 남고 싶어서였을까?

나도 남자이지만, 남자들의 우정이란 참 복잡한 것 같아.

*   *   *

교단이 몰락한 이후, 아무도 살지 않게 된 벤트 섬.

그 누구도 방문하지 않던 외로운 섬에 한 척의 배가 항구에 정박했고, 배에서 내린 남자가 홀로 걸음을 옮겼다. 하염없이 걸어가던 그가 멈춰선 곳은 북쪽에 위치한 낭떠러지 위.

"나, 왔다."

세 명의 친구를 먼저 보내고, 혼자 살아남은 던컨은 품에서 여송연을 꺼냈다.

먼저 간 친구를 기억하기 위해 피우기 시작했던 여송연.

던컨은 여송연을 빨지 않고 불을 붙인 채로 입에 물고만 있었다.

낭떠러지 너머 하늘을 응시하던 던컨은 시선을 아래로 내렸다. 그러자 나란히 서 있는 세 개의 비석이 그의 시야에 들어왔다.

던컨은 과거 네 명이 함께 어울렸던 시절을 회상하며 천천히 눈을 감았다.

"고든……."

네 명 중 가장 먼저 다른 곳으로 떠나가 버린 친구.

"이스트라……."

너무나 많은 것을 혼자 짊어지려 했던, 험난한 삶을 걸어갔던 친구.

"쉐일……."

복수의 대상인 맥스가 사라짐으로 인해, 쉐일이 품었던 증오는 하이브리드라는 존재 자체로 확산되었다.

그 결과, 쉐일이 남긴 암룡의 쐐기는 교황을 쓰러뜨리는 데 가장 중추적인 역할을 맡게 되었다.

쉐일이 걸어온 길을 생각하면, 참으로 역설적인 결과였다.

그러나 그런 것과 상관없이 마지막 순간까지 같은 길을 걷지 못했던 두 남자의 마지막 안식처는 같은 곳이었다.

그 둘보다 먼저 안식을 맞이한 친구가 있던 곳으로.

"난 그 녀석이 무슨 말을 하려고 했는지 모르겠어."

교황령에서의 전투가 끝난 이후 각자의 길을 떠나기 전, 그레인은 던컨과 단둘이서 이야기를 나누었다.

무슨 이유에서인지 미안하다고 말하면서, 진실을 숨겨왔다고 토로했다.

그 진실에 대해 그레인이 말하기 직전, 던컨은 물어봤다. 그것을 들음으로써 친구를 잃은 슬픔에서 벗어날 수 있냐며.

그레인은 고심 끝에 아니라는 대답을 내놨다.

그러자 던컨은 그냥 묻어두는 편이 나을 거라며 그레인의 어깨를 두들겼다.

때로는 숨겨져야 하는 진실이 있다며 그레인을 위로하면서.

"뭐, 나도 남 말할 처지는 아닌 것 같다."

던컨은 오빠의 행방을 물어보는 이스트라의 여동생에게, 오빠가 죽었다고 말하지 못했다. 그저 머나먼 곳으로 떠났다는 거짓말을 해야만 했다. 이스트라가 이전에 부탁한 대로.

"그나저나 너희들, 뭐가 급하다고 먼저 가버렸어?"

던컨은 입에 문 여송연을 길게 빨아들였다. 허연 연기를 뿜으며 던컨은 조용히 기다렸지만, 당연하게도 대답은 없었다.

"이렇게 되면 나 혼자만 외톨이가 되어버린 셈이잖아."

던컨은 여송연을 입에서 떼더니 손등으로 눈물을 훔쳐냈다.

여전히 대답은 없었지만, 대답을 원하고 물어본 말은 아니었다.

고요함 속에 던컨의 어깨가 들썩거렸고, 손에 쥔 여송연에서 연기가 계속 위로 피어올랐다.

"그러면 난 후배의 결혼식에나 가보련다."

가까스로 감정을 추스른 던컨은 여송연을 땅바닥에 비벼 껐다.

"앞으로 너희들 몫까지 살아가려면… 이것도 슬슬 끊어야겠지?"

*   *   *

그러고 보니, 나는 이번에 '처음' 죽게 되는 거겠네.

전생에 많은 것을 경험했지만, 살아 있었기에 회귀할 수 있었던 우리들이 유일하게 직접 못 겪은 게 바로 죽음이었잖아?

이 편지를 내가 죽은 뒤에 네가 읽게 된다고 상상하니 손이 떨려. 사실 지금 쓰는 부분은 세 번째 고쳐 쓰고 있어. 계속 손이 떨려서 깃털 펜이 엉뚱한 곳으로 빗나가서 말이야.

이런 식으로 가다 보면 종이를 너무 낭비할 것 같기도 해.

이젠 좀 진정된 것 같으니 다시 이어서 쓸게.

수명이 사실상 반으로 토막 났다는 걸 알게 되는 순간, 옛날 성격으로 돌아갈 뻔했어.

그런데 곰곰이 생각해 보니, 죽음에 두려워하는 나 자신이 우습게 느껴졌어.

그렇잖아? 전생에 몸담았고, 현생에는 한때 있었던 곳이 결사대였잖아. 죽음을 무릅쓰고 목적을 위해 멈추지 않고 달렸던 집단에 머물렀던 내가 죽음을 두려워하다니 말이야.

그러다 보니 생각이 또 바뀌더라.

어차피 생명은 언젠가 죽음을 맞이하게 마련이고, 죽기 전까지 얼마나 의미 있는 일을 하느냐가 중요하다는 쪽으로.

그렇다고 죽음에 대한 두려움을 완전히 떨쳐낸 건 아니지만.

아, 그러고 보니 갑자기 궁금해진 게 있어.

내가 죽는다면, 슬퍼할 이들이 몇이나 될까? 전생보다 많긴 하겠지?

*   *   *

우거진 숲 한가운데에 위치한 한적한 마을은 평상시와 다를 바 없이 조용하고 평화로웠다. 워낙 깊은 산속에 위치한 터라 전란의 소용돌이에 휘말리지 않았고, 그사이 영주가 바뀌었지만 마을의 일상에는 큰 변화는 없었다.

이전보다 좀 더 활기차게 변했다는 점을 제외하고는.

그러나 오늘만은 남달랐다. 한 달에 한 번, 약초를 실기 위해 오는 마차가 아닌 처음 보는 마차 한 대가 마을 입구에 멈춰 섰다.

"웅? 누구지?"

"구경 가보자!"

마을 외곽에서 뛰놀던 소년들이 호기심을 참지 못하고 마차 주위로 우르르 몰려들었다.

"어이, 너희들!"

바로 그때, 마차 문이 벌컥 열리면서 한 사내가 소년들을 향해 소리쳤다.

"어? 설마……"

"리카르도 형이잖아?"

"형이 왔어! 왔다고!"

"그래, 나다! 이 녀석들, 오래간만이다! 하하하!"

6년 만에 고향으로 돌아온 사내의 호탕한 웃음소리가 마을 전체에 쩌렁쩌렁 울렸다.

그가 굳이 누구인지 설명할 필요는 없었다. 특유의 거대한 덩치와 40대로 보이는 외모는 변함없었기에 누구인지 단번에 알아챌 수 있었다.

"그동안 잘 지냈냐?"

"네!"

어린 꼬마에서 소년으로 성장한 그들은 입을 모아 대답했다.

"아, 잠깐만. 나 혼자 온 게 아니라서 말이야."

리카르도는 마차에서 내린 뒤, 옆자리에 타고 있던 여성을 부축해서 내리도록 했다.

"조심, 조심해서……"

리카르도의 도움을 받아 마차에서 내린 트리아나.

새롭게 태어날 생명을 품은 그녀의 배가 툭 튀어나와 있었다.

"모두들 안녕, 앞으로 리카르도와 함께 이곳에서 신세 질 예정이니 잘 부탁해."

포르테 가문의 하녀였던 트리아나는 소년들의 머리를 한 명씩 쓰다듬었다.

"예… 예쁜 누나다."

"와……."

결혼 적령기의 남성은 물론이고 여성도 없었던 터라, 20대의 여성인 트리아나를 보는 소년들의 뺨은 붉게 달아올라 있었다.

"하하하! 부럽지? 내 부인이야!"

"형, 결혼한 거야?"

"그것뿐만 아니야! 이제 귀여운 아이도 태어난다고!"

"대단해……."

소년들은 리카르도를 존경 어린 눈빛으로 올려다봤다.

"그런데, 내가 정말 그렇게 보여?"

"네! 이렇게 예쁜 누나는 처음 봐요!"

"도시에서도 본 적이 없었다고요!"

"이렇게 배가 나왔는데도?"

"네!"

소년들의 한결같은 칭찬에 트리아나의 입가에 미소가 자리 잡았다.

그녀는 왼쪽 뺨을 손끝으로 천천히 더듬었다.

흉터로 인한, 우둘투둘한 감촉은 조금도 느껴지지 않았다. 렌딜이 선물한 작별 선물인 비약 덕분이었다.

'진짜 나는… 포르테 가문이 아닌 이곳에서 살게 되는구나.'

트리아나는 렌딜의 마지막 당부를 떠올렸다.

포르테 가문의 하녀이자 에르닌의 친구로서의 삶이 아닌, 아내이자 어머니로서의 삶을 살아달라면서. 트리아나는 오른손을 가슴 위에 얹었다. 떠나기 직전, 자신을 꼭 껴안고 놔두지 않았던 에르닌의 온기가 아직도 품에 남은 듯했다.

"참, 이곳에 별일은 없었냐? 몬스터의 습격은 없었고?"

"경비병 아저씨들 덕분에 안전해요."

"뭐, 나도 돌아왔으니 더더욱 걱정할 필요는 없을 거다. 물론 사랑하는 내 아내 트리아나를 지키기 위해서이기도 하지만… 윽!"

"주책맞게시리……."

트리아나는 팔꿈치로 계속 우쭐대는 리카르도의 옆구리를 쿡 찔렀다.

"그런데 시간이 진짜 많이 흐르긴 했나 보다. 계속 애들처럼 보일 것 같았던 너희들의 목소리가 제법 굵어진 걸 보니까 말이다."

"참! 크루겐 형은요?"

"같이 안 왔어요?"

소년들은 빈 마차 안을 둘러보며 당연히 같이 왔을 거라 여겼던 크루겐을 찾기 시작했다.

그러자 웃음이 만발했던 리카르도의 표정이 순식간에 굳어졌다.

심경의 변화를 알아챈 트리아나는 리카르도의 손을 붙잡았다.

"리카르도······."

"난··· 괜찮아."

리카르도는 당장에라도 터질 듯한 눈물을 간신히 참아내며 먼 산을 응시했다.

"이것 보세요! 크루겐 형에는 아직 못 미치겠지만, 이젠 제법 따라 할 수 있다고요!"

소년들은 나무를 깎아 만든 단검을 꺼내더니 살짝 위로 던졌다. 당시 크루겐의 단검 저글링을 신비하게 봤던 아이들의 저글링은 제법 능숙했다.

"그 녀석은 먼 곳으로 떠났어."

"정말로요? 얼마나 먼데요?"

"언제 돌아오는데요?"

소년들은 예전 크루겐의 저글링을 처음 봤을 때와 같이, 천진난만한 표정으로 질문을 계속했다.

"아마도··· 꽤 오래 걸릴 거야. 너무나 먼 곳으로 떠났으니까······."

*   *   *

내가 너무 무거운 이야기만 했지?

그러면 좀 가벼운 이야기로 돌아가 보도록 할게.

교단과의 싸움이 처절한 거야 전생이나 현생이나 마찬가지였지만, 그래도 회귀를 한 번 하고 나니 이전에는 느끼지 못했던 즐거움이라는 걸 많이 느꼈던 것 같아.

너에게는 많이 미안했지만, 그저 바라만 봐야 했던 그녀하고 춤도 춰본 건 결코 잊을 수 없는 추억이 될 거야.

그리고 전과 달라진 사람들을 만나는 게 회귀 이후의 소소한 즐거움이었다고 한다면, 맞을 거야. 어디였더라? 아, 그래. 거기. 리카르도 녀석의 고향을 찾아갔을 때 일 말이야.

10대의 얼굴이어야 할 녀석의 얼굴이 회귀 직전과 다를 바 없다는 걸 알았을 땐 정말 어이가 없었지. 요리 실력은 훨씬 나아졌다는 건 다행이었지만.

그리고 또 하나, 발렌 주임사제님의 경우 오래간만에 다시 만났을 때도 그랬어.

정말 몰라볼 정도로 미남이 되어 있더라.

그때 너는 몰랐겠지만, 네가 그렇게 얼빠진 표정을 지은 건 처음이었어. 나 역시 마찬가지였겠지만. 그리고 발렌 주임사제님과 너와 함께 적은 인원으로 교구를 힘겹게 꾸려갈 때도 나름 즐거웠어.

한편으로는 아쉽기도 했어. 그렇게 좋은 사람을 전생에 만났다면, 우리들의 이전 삶은 달라지지 않았을까?

굳이 회귀를 하지 않아도 될 정도로……

그래도 회귀한 이후에라도 그런 사람들을 만날 수 있었던 게 다행인 것 같아.

전생에는 연이 없었던 사람들과 동료가 된 것도 기억에 남아.

대공 전하 같은 분 말이지.

직접 보기 전에는 전생에 왕이었던 이미지만 떠올랐지만, 만난 이후에는 우여곡절이 많았지.

전생과 달라진 운명 때문에 어두운 세계에 몸을 담아야만 했고, 왕이 아닌 하이브리드가 되어 동생이 거쳐 갔던 길을 대신 걸어가야 했었지.

대공 전하가 베릴란트 성을 떠나기 전, 옛 약혼녀를 찾아갈 때의 모습이 아직도 눈에 선해.

굳이 표현은 안 했지만, 가슴이 뭉클해지더라. 마치 너와 아딜나 사이를 보는 거 같아서.

*   *   *

베릴란트 성 뒤편에 자리 잡은 언덕.

왕인 스코트가 '영웅의 안식처'라 명한 언덕 위에는 수많은 비석들이 자리 잡고 있었다. 비석의 대다수는 카르디어스 교단의 침략에 맞서 베릴란트 성을 지키고 전사한 이들을 기리고 있었다.

그리고 가장 늦게 만들어진 비석 앞에 두 남녀가 조용히 다가갔다.

"플로이드 경, 그대에게 입은 은혜를 갚기도 전에 먼저 갈 줄이야……."

거대한 덩치의 남성이 한쪽 무릎을 꿇으며 비석의 주인에게 예를 표했다.

그의 옆에 선 여성은 꽃다발을 안고서 슬픈 눈으로 비석에 적힌 이름을 바라봤다. 그녀가 입은 검은색 드레스는 이전에 입었던 옷보다 훨씬 소박했지만, 고귀한 분위기는 사라지지 않았다.

"플로이드 경……"

왕비의 신분을 벗어던지고, 펠릭스와 함께하게 된 밀레느는 노병의 비석 앞에 들고 온 꽃다발을 내려놓았다.

"너무 늦게 찾아와서 미안할 따름이랍니다."

베릴란트 왕실을 수호하는 근위대장이었고 근위대에서 물러난 뒤에도 위기에 처한 조국을 위해 검을 뽑아 들었던 노병, 플로이드. 교단과의 전쟁이 끝난 후, 그는 지병을 이기지 못하고 많은 이들이 보는 앞에서 1년 전쯤에 숨을 거뒀다.

스코트는 그를 구하기 위해 대륙을 떠돌고 있는 성자 페트로를 급히 물색했지만, 플로이드는 자신의 생은 여기까지라며 담담하게 죽음을 맞이했다. 비록 전생보다 일찍 삶을 끝마쳤지만, 전생과 다르게 평화로운 마지막이었다.

"이 늙은 몸이… 베릴란트 왕국을 지킬 수 있어서… 저는 행복합니다."

그의 장례식에는 펠릭스와 밀레느 부부와, 세상을 정처 없이 떠돌아다니는 페트로와 듀란을 제외하고는 비공정의 멤버 전원이 참석했다.

전생의 플로이드가 어떠한 최후를 맞이했는지 기억하고 있는 회귀자들은 슬퍼하기보다, 고마워하며 그의 죽음을 추모했다.

뒤늦게 플로이드의 사망 소식을 접한 펠릭스와 밀레느는 단둘이 머무르던 숲을 떠나 베릴란트 성에 도착했다.

그리고 두 남녀는 플로이드가 묻힌 언덕 입구에서 예상 밖의 인물을 만났다. 둘이 온다는 소식을 접하고 기다리고 있었던, 펠릭스의 동생이자 베릴란트 왕국의 왕인 스코트였다.

"펠릭스, 아까……."

밀레느는 스코트가 있는 베릴란트 성 쪽을 바라보며 말끝을 흐렸다.

"…무슨 이야기였나요?"

예전 왕비였다는 입장이 부담스러웠기 때문일까.

그녀는 두 형제의 대화를 듣지 못하고 거리를 두고 기다려야 했다.

"……."

펠릭스는 그녀의 물음에 곧바로 대답하지 않고 회상에 잠겼다.

"형, 교단은 소멸했어. 그러니 앞으로의 베릴란트 왕국에는 진정한 왕이 필요해."

스코트는 왕위에 더 이상 미련이 없다는 얼굴로 펠릭스에게 부탁했다.

왕의 자리는 자신의 것이 아니라, 원래 주인이었던 형에게 돌아가야 한다면서.

침묵으로 대답한 형에게 동생은 또 하나의 제안을 제시했다. 베릴란트 왕국의 왕이 되지 않겠다면, 하다못해 베릴란트 왕국령으로 들어간 쉬르 왕국의 왕이 되어달라고.

그러나 펠릭스는 동생의 두 가지 제안 모두에 고개를 가로저었다. 펠릭스는 회귀로 인해 뒤틀린 운명을 바꾸기 위해 노력했고, 결국 바꾸고 말았다.

하지만 바꿔어서는 안 되는 운명도 있는 법.

펠릭스는 전생의 베릴란트 왕국을 파멸로 이끌었던 자신에게는 왕의 자격이 없다며 거절했다. 또한 전쟁이 끝난 후 겨우 안정을 되찾은 베릴란트 왕국에 자신의 존재는 새로운 혼란만을 가져올 거라며, 여태까지 그랬던 것처럼 아무도 찾지 않는 숲속에서 살아가겠다고 대답했다.

"하지만 반드시 약속하겠다. 만약 베릴란트 왕국이 다시 위기에 처하면, 내가 어디에 있든 간에 구하러 오겠다."

"이미 나에게 있는, 나만의 왕국으로 충분하다는 이야기를 나누고 왔소."

"왕국, 말인가요?"

"밀레느."

펠릭스는 밀레느의 양어깨 위에 두 손을 가볍게 얹었다.

"나의 왕국은, 당신과 함께하는 곳이오."

　　　　　*　　　　　　*　　　　　　*

　운명이라는 이름의 우연은 참으로 기묘한 것 같아.

　고아원에서 만났고 헤어졌으면서, 우연히도 너와 재회한 꼬마 아가씨 말이야.

　우리들이 회귀한 이후, 우리들이 만들어낸 변수로 많은 이들의 운명이 바뀔 거라고 생각했지만 그런 식으로 너와 꼬마 아가씨가 다시 만날 줄은 몰랐어.

　하지만 나에게는 그 꼬마 아가씨와의 만남이 너처럼 달갑지만은 않았어.

　처음 봤을 때는 인형처럼 예쁘장하기만 할 줄 알았는데, 내 말실수를 놓치지 않고 지적했던 걸 떠올리면 지금도 등골이 오싹해.

　뭐, 회귀에 대해 알게 된 지금에 와서는 상관없어진 이야기지만 말이야.

　그렇다고 그 꼬마 아가씨가 그런 운명을 맞이하는 걸 원한 건 결코 아니었어. 그녀에게 이식되었던 메두사의 눈이 꼬마 아가씨의 눈에 자리 잡은 걸 본 너는 큰 죄책감에 시달렸지만, 그건 너 혼자 그랬던 것은 아니었어.

　우리들을 포함한 회귀자들이 만들어낸 변수 탓이 아니라고 부정할 수 없겠더라. 그렇기에 원래 하이브리드였던 우리들과 달리, 그 꼬마 아가씨는 반드시 인간으로 되돌아가야 한다고 생각해.

　네가 이 편지를 읽을 즈음에는, 다시 인간으로 돌아가서 행복하게 살고 있지 않을까?

반드시 그렇게 되기를 바라고 있어.

*　　　　*　　　　*

"자! 나를 잡아봐!"

나이트로는 아이들을 향해 크게 외치면서 공터 한복판을 가로질렀다.

그를 따라 아이들이 줄지어 달려가며 술래잡기를 시작했다.

맨 앞으로 달려가는 나이트로는 아이들보다 더 신나게 달리고 있었다.

"너무 빨라요!"

"그래? 그러면……."

나이트로는 아이들이 포기하지 않고 쫓아올 수 있도록 적당히 속도를 늦춰서 뛰기 시작했다.

아이들은 나이트로의 옷자락을 움켜쥐려다가 실패하기를 반복했지만, 포기하지 않고 계속 그를 쫓았다.

"어이쿠! 이런, 붙잡히고 말았네?"

"아하하! 내가 잡았다!"

"그러면 이번에는……."

나이트로는 다음 술래를 정한 뒤, 이번에는 자신이 술래를 쫓아가며 달리기 시작했다. 물론 아까처럼 적당히 속도를 조절하면서, 술래인 아이를 잡을락말락할 정도로.

"또 넘어지겠네."

고아원 앞에서 빨래를 하던 멜린다가 흐뭇한 표정으로 나이트로와 아이들을 바라봤다. 그녀뿐만 아니라, 우물 근처에서 설거지를 하던 이들 역시 마찬가지였다.

그들이 있는 곳은 그레인과 에르닌이 머물렀던, 옛 고아원 터에 새롭게 지은 고아원. 에르닌은 자신에게 있어서 고향이나 다름없는 곳으로 돌아와, 새롭게 고아원을 세웠다.

처음에는 작게 시작했던 고아원이었지만, 하나둘씩 그녀를 도와줄 사람들이 모이면서 규모가 점점 커지기 시작했다. 급기야는 수백 명이 넘는 고아들을 돌볼 수 있게 되었고, 고아원에는 아이들의 웃음소리가 끊이질 않았다.

고아원의 보모를 자청한 이들은 나이트로와 멜린다, 그리고 비공정에 몸담았던 하이브리드 출신이 대다수였다.

고아 출신이라는 공통점 때문이었을까.

자신이 겪었던 어린 시절보다 더 행복한 삶을 누릴 수 있도록, 그들은 아이들에게 정성을 다했다.

"……."

베릴란트 왕국의 대마법사가 아닌, 고아원의 원장이 된 렌딜은 아이들이 뛰노는 모습을 바라보며 온화한 미소를 지었다.

집사 플로이드의 죽음으로 인해 침울해한 적도 있었지만, 해맑게 웃는 아이들을 보면서 슬픔을 극복할 수 있었다.

먼저 간 플로이드 역시 그러길 바랐을 거라고 생각하면서.

"회귀라……."

지금 그가 보고 있는 평화로운 모습도 회귀가 없었다면 못 보았을 광경. 그리고 전생에 대해 알지 못했기에, 전생에 있었던 일을 모르며 행복하게 웃는 이들.

물론 다시 한번 회귀를 할 수 있다면, 지금보다 더 행복한 미래를 만들어낼 수 있지 아닐까 하는 미련이 렌딜에게 남아 있었다.

하지만 그건 불가능한 일이었다.

'그것에 대해서는 영원히 알리지 않는 쪽이 좋겠지.'

시간 회귀술에 감춰진 또 하나의 진실.

그것은 한번 되돌려진 시간대 속에서는 회귀를 반복할 수 없다는 사실. 렌딜은 한번 회귀를 했다면, 최소한 회귀가 일어났던 시점 이후에나 다시 회귀가 가능하다는 숨겨진 진실을 그레인 일행에게 알리지 않았다.

그래서였을까, 그레인이 가급적 회귀하지 않은 이들에게 회귀라는 진실을 숨겼던 이유를, 렌딜은 이제 확실히 깨달을 수 있었다.

교단이 사라진 지금, 중요한 것은 현생을 어떻게 살아가는가였기에.

'그나저나 가문의 빌어먹을 전통이 끊긴 건 다행이지만 저렇게 쓸쓸해하는 딸을 보니 마음이 영……'

렌딜은 나무 그늘 아래서 아이들에게 동화책을 낭독 중인 에르닌을 바라보며 쓸쓸해했다.

아버지의 안쓰러워하는 시선을 모르는 에르닌은 동화책의 마지막 페이지를 넘겼다.

더 이상을 안대를 끼지 않아도 된 그녀는 두 눈으로 세상을 볼 수 있게 되었다. 맥스의 희생으로 만들어진 비약 덕분에, 그녀는 다시 인간으로 되돌아올 수 있었다.

그러나 진심으로 원했던 운명에는 결국 도달하지 못했다.

"…그렇게 왕자와 공주는, 행복하게 살았단다."

에르닌은 동화책을 덮고 두 눈을 지그시 감았다.

그레인과의 추억을 떠올리는 그녀의 입술이 살짝 떨렸다.

둘 다 어린 소년 소녀였을 당시, 이따금씩 그레인이 보여줬던 고독한 시선을 그때는 이해하지 못했다. 그레인의 그런 눈빛을 옆에서 지켜볼 때마다 가슴이 두근거리긴 했지만.

회귀에 대해 알게 되고, 친구인 아달나가 그레인에게 어떤 존재인지 알게 된 지금은 왜 그랬는지 알 수 있었다.

'그레인 오빠…….'

"에르닌 언니! 그때 이야기 해줘요!"

방금 전 동화책 낭독을 마친 에르닌에게 아이들이 새 이야기를 독촉했다.

"그때?"

"그 아저씨와 함께 있었던 이야기 말이에요!"

"그레인이라는 아저씨… 가 아니라, 오빠 좋아했었죠?"

아저씨라는 단어에 에르닌의 눈매가 가늘게 변하자, 아이들은 허겁지겁 오빠라는 호칭으로 바꿔 불렀다.

"그레인 오빠는… 아니, 그레인은……."

고독한 눈빛으로 목검을 휘두르던 소년.

그리고 그런 그를 뒤에서, 옆에서 바라보던 소녀.

소년은 동화책의 왕자처럼 늠름한 청년이 되었고, 소녀는 책 속의 공주처럼 많은 이들의 사랑을 받는 여성이 되었다.

"나를 새로운 운명으로 이끌어준… 소중한 남자란다."

고아에서 귀족 가문의 아가씨로.

하이브리드가 될 수밖에 없었던 운명에서, 다시 인간으로.

방금 읽었던 동화책의 엔딩과 다르게, 비록 여자와 남자로서의 사랑은 끝내 손에 쥐지 못했지만.

"아니, 은인이란다. 운명으로 만난……."

* * *

맥스에 대해서는… 뭐라고 말해야 할지 잘 모르겠어.

어찌 되었든 간에, 그 꼬마 아가씨에게 우리들과 같은 운명을 맞이하게 한 건 용서받을 수 없는 짓이니까.

그래서 너나 나나 맥스와 함께하지 못했지.

목적지는 같았지만 서로 다른 길을 택했고, 마지막에 만나긴 했지만.

회귀하기 전 맥스가 했던 말이 기억나. 너도 잊지 않고 있겠지?

난 맥스가 전생과는 완전히 다른 방향으로 변했다고 여겼어. 그러나 본질적인 부분은 변하지 않았다는 걸 깨달았지.

너무 늦게.

교단이 하이브리드라는 존재를 만들지 않았다면 이런 비극은 없었을 거야.

그러니 다시 이런 비극이 일어나지 않게 하이브리드를 만드는 비법 자체를 소멸시켜야 한다고 봐. 더 나아가서는 하이브리드에 대한 것 자체를 역사에서 지워야 해.

교단을 섬멸시킨 후, 나도 그 일에 동참하고 싶지만 아마도 무리겠지.

미안해.

다시 한번 적을게.

나 먼저, 할 일을 남겨두고 떠나서 정말 미안해.

＊   ＊   ＊

이름 없는 고성 뒤에 자리 잡은 언덕.

뜻을 이루기도 전에 전사한 결사대원들의 무덤이 자리 잡고 있었고, 맨 앞에는 맥스의 무덤이 서 있었다.

그는 교단과의 투쟁을 승리로 마무리 짓기 전에는 절대 자신의 무덤을 만들지 말라고 부탁했다.

교단과의 전쟁이 끝난 이후 2년째 되는 지금. 살아남은 이들은 맥스에게 영원한 보금자리를 선사할 수 있게 되었다.

"맥스……."

전생에 그와 인연을 맺었던 두 여성이 맥스의 무덤 앞에 나란히 섰다. 회귀에 대해 알리면서까지 그가 구하려고 했던 첫 번째 연인, 델리아는 손등으로 흘러내리는 눈물을 훔쳤다.

"오래간만이야……."

전생의 델리아가 죽은 이후, 그녀와 꼭 닮았기에 맥스의 두 번째 연인이 되었던 렌.

그녀는 두 팔로 들고 온 두툼한 문서들을 맥스의 무덤 앞에 내려놓았다. 두 여성은 교단이 소멸된 이후에도 계속 험난한 길을 걸어가야 했다.

교황을 쓰러뜨리고, 교단을 붕괴시키는 것만으로도 모든 것은 해결되지 않았다. 다시는 자신들과 같은 운명을 다른 이들이 겪지 않도록 해야 했다.

둘은 다른 이들과 함께 전쟁이 끝난 이후 대륙을 돌아다니며 교단의 잔당들로부터 하이브리드에 대한 연구 자료들을 회수하기 시작했다.

쉴 틈도 없이 2년 가까이 되는 시간이 흘러갔고, 하이브리드에 대한 문서를 발견하고 태우기를 반복했다.

지금 두 여성이 들고 온 것은 마지막으로 남은 문서들이었다.

화르륵.

맥스가 현생에서 새롭게 택했던 힘이자, 그의 마지막을 장식했던 불.

새로운 비극의 씨앗이 될 수 있는 문서들이 불길에 휩싸였다.

누군가가 다시 하이브리드를 만들지 모르고, 제2의 아르디언이 나타날지도 모른다.

"이게 마지막이 아닐지도 몰라. 아마도 나와 델리아는… 계속 이 길을 걸어가야 할지도 모르겠어."

"하지만 먼저 간 당신을 위해서, 내가 걸어가야 할 운명일지도 모르겠어요."

첫 번째 연인의 죽음을 잊지 못했던 맥스는 현생에서 델리아의 운명을 바꾸어놓았다.

그러나 그 대가로 맥스는 전생과 다른 운명을 걸어가야 했다.

그는 '결사대'다운 운명을 맞이했고, 받아들였다.

하지만 두 여성 모두 그가 그러한 운명을 걸어가기를 원치 않았다.

그의 운명은 되돌릴 수 없었다. 다른 이들이 그와 같은 걸을 걷지 않도록 막는 것만이 그녀들이 할 수 있는 최선이었다.

"맥스, 남은 일은 살아남은 자들의 몫이야."

"그러니 편안히⋯ 쉬어요."

*　　　　　*　　　　　*

헤르디온 왕자는 우리가 알던 하이브리드와는 확실히 다른 부류였지. 회귀자가 아님에도 스스로 하이브리드가 되기를 자처한 것부터 뭐랄까⋯ 특이했거든.

그러나 하이브리드가 된 이들은 모두 그런 길을 걸어가야만 했던 것일까?

우리들이 거쳐 갔던 감정의 굴곡을 고스란히 걸어가는 걸 보고 있자니, 많이 안쓰러웠어.

후배 같기도 하고, 나이로 치면 조카나 자식 같기도 했었고.

물론 왕자라는 신분 때문에 그렇게 가깝게 지내지는 못했지. 드레이크와는 곧잘 어울리는 것 같았지만.

가볍게 보이면서도, 부하의 죽음에 슬퍼하는 모습은 아직도 잊히지 않아. 아직도 슬픔을 완전히 떨쳐내지 못해 보이던데, 교단과의 전쟁이 끝난 뒤에는 좀 나아지겠지?

그러고 보니 비공정에 계속 눈독을 들였는데, 네가 이 편지를 읽을 즈음에는 결국 꿈을 이뤘을까?

                    *   *   *

교단과의 전쟁이 끝난 후, 헤르디온 왕자는 모국을 떠나 델타 섬을 기점으로 새로운 왕국을 건설했다.

인간이 아닌, 하이브리드를 주축으로 삼은.

그는 자신이 하이브리드라는 걸 부정하지 않았고, 인간과 하이브리드가 쉽게 섞일 수 없다는 것 역시 부정하지 않았다. 이스트라 추기경이 개발한 비약을 써서 인간으로 되돌아갈 수도 있었지만, 그는 더 이상 누군가의 희생을 원하지 않는다며 거부했다.

헤르디온 왕자는 베세스 왕국의 차기 왕위에 오르는 자격을 포기한 대신, 그 대가로 받은 돈을 신 왕국의 건설에 쏟아부었다.

새 왕국을 위해 많은 인재가 필요했던 그에게 비공정의 멤버들은 최우선으로 교섭 대상에 포함되었고, 렌딜에게도 손을 내밀었다.

그러나 소박한 말년을 희망했던 렌딜은 그의 제안을 정중히 거절했다. 대신 가문의 유산인 콜드란세 2호를 헤르디온 왕자에게 넘겼다. 교단과의 격렬한 전투를 겪었기 때문에, 지상 위를 떠서 이동할 수 있는 능력마저 상실했지만, 배로서의 역할은 충분히 발휘할 수 있었다.

렌딜은 비공정을 주는 대가로 헤르디온이 제시한 거금을 거절했다. 고대 문명의 유산으로 어둠 속에 숨어 지내기보다는, 배로서 새 생명을 얻는 것으로 만족하겠다는 말을 덧붙이면서.

그로부터 2년 후, 콜드란세 2호는 비공정이 아닌 신(新)왕국의 상징으로서 항해를 시작했다.

단, 렌딜조차 예상하지 못한 방향으로.

"정말 감사합니다!"

"뭘요. 공짜로 해드리는 것도 아니잖아요. 오히려 제가 더 감사합니다."

화물선의 선장은 계속해서 드레이크를 향해 고개를 조아렸다.

드레이크는 어깨를 으쓱거리며 왼팔의 촉수를 쓰다듬으며 왼쪽을 바라봤다. 거대한 배, 콜드란세 2호 오른쪽에는 그보다 훨씬 작은 화물선이 있었고 왼쪽에는 그 화물선을 습격했던 해적전이 서서히 가라앉고 있었다.

콜드란세 2호가 등장하기 전까지만 하더라도 상선의 물건을 약탈하던 해적선은 완전 만신창이가 되어버렸다.

포박되어 콜드란세 2호로 끌려온 해적들은 물 위로 모습을 드러낸 거대한 크라켄에 벌벌 떨었다. 커다란 눈동자와 마주칠 때마다 움찔거리며 제발 살려달라는 말만 반복했다.

당연히 구출된 선박의 선원들도 크라겐에 놀라야 마땅했다.

그러나 그들은 구출받았다는 사실에 안도할 뿐, 바다에 흔히 보이는 물고기를 보는 것처럼 아무렇지 않게 바라봤다.

왜냐하면 이런 식으로 드레이크 해적단에 구출받은 게 처음이 아니었기 때문이다.

"선장님, 그러고 보니 이번까지 치면 네 번째로 구출받으신 거죠?"

"그, 그랬습니까?"

"단골 고객에게는 특별한 혜택이 있습니다. 다음번에는 무료로 구출해 드리겠습니다! 사실 손해 보는 일이지만 말이죠!"

"하하하……."

화물선의 선장은 억지로 웃음을 지으며 진땀을 흘렸다.

"어찌어찌 고치면 더 빠르게 항해할 수 있을 것 같은데……."

콜드란세 2호의 정비 역할을 담당한 제스테일은 설계도를 펼쳐 들고 고심에 잠겼다. 그는 렌딜과 다르게 헤르디온이 세운 왕국의 일원으로 참여했다. 언젠가 콜드란세 2호를, 비공정이라는 명칭에 걸맞게 하늘 위를 날도록 고치고 말겠다며 다짐하면서.

"드레이크는 여전하군."

더 이상 왕자가 아닌, '왕'이 된 헤르디온은 콜드란세 2호의 선수에 홀로 서서 수평선을 응시했다. 처음 비공정에 탑승했던 그날의 느낌이 되살아나자, 자신도 모르게 가슴이 벅차올랐다.

"그 녀석도 나와 똑같았지."

이레귤러와의 협상이 끝난 후, 콜드란세 2호에 오르게 되었던 그날. 부하 중 한 명이었던 벤의 표정은 평소와 다를 바 없이 무뚝뚝했다. 하지만 비공정이 낮게나마 지상 위를 떠서 이동하기 시작하자, 말을 처음 탄 소년처럼 흥분한 눈빛만큼은 숨기지 못했다.

헤르디온은 고개를 옆으로 돌렸다.

당연히 있을 거라 여겼던 벤은, '당연히' 보이지 않았다.

순간 슬픈 표정을 지었던 헤르디온은 고개를 젓더니 원래 표정으로 되돌아갔다. 살아남은 자들의 의무는 먼저 간 이를 그리워하며 계속 슬픔에 빠져 있는 것이 아니기에.

헤르디온은 하늘을 올려다보며 허리에 찬 단검을 어루만졌다.

"벤, 넌 너무 일찍 갔어. 대신 너의 몫까지 살아줄 테니… 잘 보고 있으라고!"

*　　　　*　　　　*

아, 그 녀석을 말하지 않고 넘어갈 수는 없지.

페트로 말이야.

페트로는 전생의 동료이자, 절대 잊어서는 안 되는 은인이었어.

그 녀석의 희생으로 전생의 우리들은 살아남았고, 회귀라는 기회를 거머쥘 수 있었으니까.

그렇기에 현생의 우리들은 그를 어떻게 해서든 지켜야 했어.

성자의 힘이 있으면 교황과의 마지막 결전을 보다 쉽게 이끌 수 있을 거야.

그러나 그 누구도 먼저 그 녀석에게 나서달라고 하지 않았지.

그때 난 알았어.

회귀한 동료들 모두의 마음속에 그의 희생이 지워지지 않고 남아 있었다는 것을. 문득 죽은 자는 살아남은 자들의 가슴속에서 영원히 살아간다는 말이 떠올라.

아마도 모두들 그렇게 페트로를 가슴에 품고 살아왔을 것 같아.

나는… 동료들의 가슴에 어떤 식으로 품기게 될까?

＊　　　　＊　　　　＊

"히이익! 괴, 괴물이다!"

"모두 도망쳐!"

페트로를 둘러싸던 괴한들이 비명을 지르며 도망쳤다.

무기를 내팽개치고 도망치기에 급급했던 그들의 모습이 완전히 사라지자, 페트로의 주위를 휘감은 핏빛 안개가 서서히 옅어지기 시작했다.

"괜찮으십니까?"

흡혈귀의 힘으로 괴한들을 쫓아낸 듀란이 페트로를 조심스레 살폈다. 그러나 그에 못지않게 페트로는 걱정스러운 시선으로 듀란을 마주 봤다.

"저는 괜찮습니다. 그것보다 듀란 님은……."

"이 정도는 아무것도 아닙니다."

'전생의 당신에게 졌던 빛에 비하면.'

듀란은 말을 마치자마자 박쥐로 변해 어둠 속에 모습을 감췄다.

"……."

페트로는 안타까운 표정을 지으며 다시 걸음을 옮겼다.

이전에 머물렀던 마을에서 병자를 치료한 뒤, 인적이 드문 깊은 숲속 길을 걸어갈 때부터 예상된 일이기도 했다.

실제로 이런 일을 겪는 게 한두 번이 아니기도 했고.

"저를 지키기 위해 듀란 님이 괴물로 불리는 것은… 원치 않습니다."

이레귤러와 결사대의 필사적인 투쟁 끝에 교단은 소멸하고, 신을 믿던 이들은 사라졌다. 그러나 페트로가 받은 성자로서의 힘은 사라지지 않았다. 전쟁이 끝난 이후 페트로는 자신에게 아직도 빛의 힘이 머물고 있음을 운명이라 받아들였다.

그리고 홀로 대륙을 떠돌기로 결심했다.

카르디어스 교단의 성직자나 성자로서도 아닌, 그저 남을 치유할 수 있는 힘을 괴로워하는 이들에게 쓰기 위해서.

힘겨우면서도 외로운 길을 택한 페트로를 위하여, 듀란은 그를 따라가기로 결심했다.

페트로의 힘을 칭송하며 받드는 이들이 많았지만, 반대로 그의 힘을 호시탐탐 노리는 이들 역시 존재했다.

듀란은 페트로가 빛의 힘으로 병자들을 치유하고, 환대를 받을 때에는 타인의 눈을 피해 그의 근처에 머물렀다.

아까처럼 부득이한 경우에만 다른 이들 앞에 모습을 드러냈다.

그를 해하려 하는 이들에게 괴물이라도 불러도 상관없었다.

전생처럼 그의 희생을 막지 못하고 후회하기보다는, 그가 평온한 죽음을 맞이하기 전까지 어둠 속에 숨어서 그를 지키는 쪽이 훨씬 낫다고 여겼기 때문이다.

수십 년이 넘는 시간이 앞으로 기다리고 있다고 하여도.

그러나 듀란의 속사정을 모르는 페트로의 입장에서, 자신을 지킬 때만 모습을 드러내는 듀란이 안쓰럽게만 느껴졌다.

"듀란 님."

페트로는 수풀 속의 어둠을 이용해 자신을 따라오고 있는 듀란의 이름을 불렀다.

"듀란 님."

"부탁하실 일이라도 있습니까?"

페트로가 거듭해 자신을 부르자, 듀란은 그의 옆에 모습을 드러냈다. 혹시라도 주위에 다른 인간이 없는지 유심히 살피면서.

"저와 함께 걸어가 주실 수 있겠습니까?"

"네?"

"저를 지킬 때만이 아니라, 평소에도 말입니다."

"하지만 다른 인간들이 혹시라도 저와 성자님이 같이 있는 걸 보기라도 한다면… 흡혈귀의 힘을 지닌 저는 성자님께 폐만 될 뿐입니다."

"아닙니다. 기약 없는 길을 떠나기 시작한 이후로 줄곧 저를 지켜준 이는 바로 당신이었습니다. 저는 누군가에게 칭송받기를 바라고 이 길을 택한 것이 아닙니다. 저를 지켜주는 분과 함께 걸어갈 수 없다면, 저는 당장 그만두겠습니다."

"그, 그러실 필요까지는 없……."

"그리고 앞으로는 저를 이름으로 불러주십시오. 부탁입니다."

페트로가 그답지 않게 상대의 말을 끊으면서 고집까지 부리자 듀란은 난감해했다. 그러나 전생과 마찬가지로 따스한 시선을 보여주는 페트로의 의견을 듀란은 결국 받아들일 수밖에 없었다.

비록 전생 때처럼 이름만 부르는 사이로 돌아갈 수는 없었지만.

"페트로 님……."

"네. 앞으로 계속 잘 부탁드리겠습니다, 듀란 님."

그렇게 말없이, 그러나 이전과는 다른 느낌으로 수풀 길을 걸어가던 두 청년은 처음 보는 마을 입구에서 멈춰 섰다.

둘을 기다리고 있던 부부는 듀란을 알아보고는 가볍게 고개를 숙이며 인사를 나눴다. 그러나 페트로는 '처음 보는' 두 부부를 향해 정중하게 인사를 건넸다.

"처음 뵙겠습니다."

"페트로……."

남편인 고르다가 옛 동료였던 청년의 이름을 나지막하게 불렀다. 그러나 단지 이름만으로 부를 사이는 아니었다.

전생과 다르게, 현생에서는 처음 만난 사이.

마지막까지 숨겨야 하는 진실을 가슴에 품은 두 부부의 눈가에 눈물이 괴어 있었다.

상대가 은인이기에, 숨겨야만 하는.

"…님이시죠? 저 역시 처음… 뵙겠습니다."

*　　　　*　　　　*

참, 뒤늦게 고백할 게 있어.

대공 전하의 보석으로 벌였던 파티, 기억나지?

그때 아달나와 춤추다가 넘어진 거, 일부로 그랬던 거야.

숨죽여서 우는 널 보고 있자니 내가 더 슬퍼지더라. 내가 너에게 못 할 짓을 했나 하는 죄책감까지 들 정도로.

그 뒤 한동안 발목이 뻐근하긴 했지만, 절대 아픈 티를 낼 수 없었어. 아달나가 옆에 있어도 아무 말도 없이 감정을 억누르는 걸 보고 있자니, 내가 느끼는 고통은 아무것도 아니라고 여겼거든.

그제야 난 깨달았어.

난 그녀를 좋아했던 게 아니라, 너와 함께 있던 그녀를 바라봤다는 사실을.

그래서 네가 그녀가 아닌 다른 여자와 이어졌을 땐, 솔직히 좀 슬펐어.

다시 한번 그녀가 네 앞에서 행복하게 웃는 모습을 보고 싶었거든. 하지만 이번 생에선 그녀는 너 없어도 행복할 것 같으니, 괜찮을려나?

아니, 괜찮아야겠지. 반드시.

*　　　　*　　　　*

2년 만에 재회한 그레인과 아딜나.

그레인과 함께 온 베스티나는 아딜나와 인사를 주고받았다. 그녀 역시 아딜나처럼 옛 동료의 죽음을 추모하기 위해 검은색의 드레스를 걸치고 있었다.

'아딜나……'

그레인의 시선은 전생을 떠올리게 하는 긴 머리의 아딜나를 바라보고 있었다. 이제는 혼자만의 추억이 되어버린 전생의 기억.

그리고 전생과는 다른 형태로 만난 그녀와의 흘러간 시간.

그녀의 비극적인 최후를 막지 못했던 그는 그녀가 전생과 다른 삶을 살길 바랐다.

그렇기에 현생에서 그녀와 첫 마남이 운명이 아닌 우연이기를 바랐고, 결국 전생과는 다른 형태로 그녀와의 인연이 시작되었다.

그때부터 시작된 변화 때문이었을까.

전생의 그녀가 그레인과 함께 걸어갔던 길을 현생에는 그녀가 아닌 베스티나가 걸어가게 되었다. 그리고 현생에서 그레인의 연인은 그녀가 아닌 베스티나가 되었다.

"그레인, 오래간만이에요."

"저도… 오래간만입니다."

그레인은 전생과 달리, 여전히 인간으로 남아 있는 그녀를 보며 안도했다.

그러나 그레인은 하이브리드의 운명에서 아직 벗어나지 않았다.

이스트라가 개발한 비약을 마신다면, 아딜나처럼 인간으로 되돌아갈 수 있었지만 하이브리드로서의 힘이 아직은 필요했다.

전쟁이 끝난 후 흘러간 시간은 2년.

교황 아르디언을 쓰러뜨리고 교단을 섬멸시켰지만 그것은 끝이 아닌, 또 다른 시작이라는 걸 절실히 느꼈다.

그렇다고 좌절하거나 절망에 빠지지 않았다. 시작조차 하지 못했던 전생에 비해, 현생은 그에게 많은 행복을 가져다주었기에.

그런 그를 바라보는 아딜나의 눈은 슬퍼 보였지만, 살아 있기에 슬픔을 느낄 수 있다는 점에 그레인은 다시 한번 안도했다.

그러나 슬픔과 행복 둘 다 누릴 수 없게 된 친구를 떠올리자 그레인은 고개를 숙였다.

아딜나는 크루겐의 비석을 쓰다듬으며 옅은 미소를 지었다.

"크루겐, 보여요? 당신의 친구가 왔어요."

모두에게 시작을 안겨주기 위해, 스스로를 끝내야만 했던 친구의 비석. 그 비석을 바라보는 그레인의 목에는 크루겐이 얼굴에 두르고 다니던 검은색의 머플러가 둘러져 있었다.

교황과의 마지막 결전에서 입었던 왼쪽 볼의 깊숙한 상처는 흉터로 남아 머플러에 가려져 있었다. 먼저 가버린 친구의 유품을 위하여, 그 상처만은 치료하지 않고 남겨둔 결과였다. 그레인의 오른손에는 아딜나가 뒤늦게 부쳤던 크루겐의 편지가 들려 있었다.

여기로 오기까지 이미 수십 번이나 반복해 읽은 내용이었지만, 매번 읽을 때마다 크루겐이 살아 돌아와서, 자신의 앞에서 말하는 듯한 착각이 들었다.

아니, 착각이 아니라 현실이기를 그레인은 바랐다.

"뭔지 모르겠지만, 전 크루겐에게 많은 것을 빚진 것 같은 기분이 들어요. 그래서 이런 식으로 크루겐을 재회해야 하는 지금이 너무나 슬프답니다."

"저 역시… 마찬가지입니다."

"하지만 이런 모습을 그가 원하지는 않겠죠."

행복해져야만 한다.

모두를 위해 스스로를 희생한 그를 위해서라도.

"크루겐……."

그레인은 계속 읽어 꼬깃꼬깃해진 그의 편지 마지막 부분을 이어서 읽어 내려갔다.

*   *   *

그레인.

예전 생에선 너의 뒤만 바라봐야 했지만…….

이번 생에선 너의 옆에 나란히 설 수 있어서 행복했어.

물론 넌 다른 사람과 마주 보겠지만, 두 번의 생 중 한 번이라도 너같이 좋은 친구 옆에 있었다는 것을 난 자랑스럽게 여겨.

그러니…….

내가 너보다 먼저 떠나더라도 너무 슬퍼하지 마.

너는 행복해야 해.

내 몫까지. 그리고 그 누구보다도.

그게 내 마지막 소망이야.

안녕, 나의 영원한 친구. 그레인.

*   *   *

뜨거움과 차가움, 모두를 느낄 수 없는 몸이 되어버린 지금 그레인에게 남은 미련은 하나. 크루겐이 마지막으로 숨을 거두기 전, 그가 살아 있다는 증거였던 따스함을 느끼지 못했다는 점이다.

지금 그의 볼을 타고 내려오는 따스한 눈물처럼.

베스티나는 그레인의 등에 오른손을 대고, 그가 친구에게 다가갈 수 있도록 살며시 이끌었다. 그레인은 크루겐의 비석 앞에 서더니, 친구를 위해 그가 남긴 문구 위를 손가락 끝으로 더듬었다.

—진정한 빛을 모두에게 가져다 준 어둠으로서, 생을 마감하다.

"크루겐, 보여?"

그레인은 머플러를 목 아래로 끌어 내린 후 비석을 양손으로 붙들었다.

"지금… 너와 마주하고 있잖아."

30인의 회귀자를 마치며

이전과 마찬가지로, 이번 글 역시 새벽을 맞이하며 글을 마치게 되었습니다.

전작을 마칠 때에도, 그 전의 글들을 마칠 때도 느꼈던 감정은 여전히 절 찾아왔습니다.

더 좋은 글을 쓸 수 있었음에도, 이번에도 미흡했다는 아쉬움과 후회입니다.

긴 글을 끝까지 읽어주신 독자 여러분들께 감사드립니다.

다음에는 더 좋은 글로 독자분들과 다시 만나고자 합니다.

이성현

『30인의 회귀자』 완결